salis

Daniel Mezger

LAND SPIELEN

salis

DANIEL MEZGER - LAND SPIELEN

VERLAG SALIS VERLAG AG, ZÜRICH
www.salisverlag.com • info@salisverlag.com
Sie finden uns auch auf Facebook und bei Twitter

LEKTORAT PATRICK SCHÄR, BASEL

KORREKTORAT INA SERIF, FREIBURG

GESTALTUNG UMSCHLAG MICHEL GILGEN, ZÜRICH

FOTO UMSCHLAG MARTIN GUGGISBERG, ZÜRICH

FOTO VORSATZ MICHEL GILGEN, ZÜRICH

SATZ BARBARA HERRMANN, FREIBURG

GESAMTHERSTELLUNG CPI BOOKS GMBH, LECK

1. AUFLAGE 2012

ISBN 978-3-905801-71-2
PRINTED IN GERMANY

Stadt Zürich
Kultur

Mit freundlicher Unterstützung der Stadt Zürich

Die Arbeit an diesem Buch wurde unterstützt durch Werk- und Förderbeiträge der Kantone Glarus, Schaffhausen und Zürich

Wir spielen Land. Sind hierhergezogen in dieses Haus, das eigentlich zu alt ist, um ernst genommen zu werden, wir reißen die alten Böden raus, ohne Geld für neue zu haben, es kommen Spanplatten rein, Spannteppiche drauf. Auf dem Dachboden stehen Flaschen vom Vor-Vorbewohner, wir bringen sie zur Glassammelstelle, die Dorfbewohner schauen uns zu dabei: »Noch nicht mal angekommen und schon solche Feiern?« Wir grüßen freundlich zurück und machen uns wieder an die Arbeit. Der Schreiner vom Dorf freut sich, als wir Bretter bestellen, Holztäfelung für viereinhalb Zimmer inklusive Zimmerdecken. Wenig Holz, weil die Räume klein sind. Aber viel Arbeit für einen Schreiner, denkt der Schreiner, doch der Schreiner freut sich nicht mehr, als wir das Holz ins Auto, das einem Freund gehört und das wir nur geliehen haben, stapeln, als er bar ausbezahlt wird, weil wir die Arbeit selbst machen. Wir hämmern tagelang im Erdgeschoss herum und taufen den Raum Wohnzimmer, wir hämmern nächtelang in den oberen Kammern, bis sie Schlafzimmer heißen dürfen, bis jeder von uns seine Luftmatratze auf dem eigenen Spannteppich im eigenen Zimmer aufblasen kann. Betten kommen noch, Geduld, erst gibt es noch Löcher im Flur zu stopfen, gemeine Fallen und Direktzugänge zum Keller zu verschließen – gewisse von uns sind noch klein, fallen durch Ritzen, über die andere spielend hinweggehen.

Linoleumrollen werden aus dem Auto geladen, werden in die Flure, in die Küche, ins Badezimmer gelegt, ausgerollt, festgeklebt. Vor dem Haus stapeln sich kaputte Stühle, morsche Dielenbretter, ein halber Tisch und ein schimmelnder Kühlschrank. Für die Treppe holen wir doch den Schreiner, er ist freundlich, er schaut diskret, schaut sich um und lehnt den Kaffee ab, den wir ihm anbieten. In seinen Pausen fährt er ins Dorf oder bleibt und tauscht stumme Blicke aus mit dem Bauer, der hier nebenan täglich die gemähte Wiese mäht, der mit dem Traktor herumfährt und schaut, wie alles gedeiht, sein Land, unser Leben.

Also setzen wir Grenzen.

Kleine Birken-, Haselnuss- und andere Zweige verlassen das Auto, das Budget ist längst überschritten, der Freund mit dem Auto hat auch schon schlechte Laune. Birken-, Haselnuss- und andere Zweige graben wir ein, die Grenze wird Hecke getauft und täglich begossen. Schon drei Tage nach der Taufe steht einer von der Gemeinde da, der Gemeindemann nickt höflich, nimmt das Angebot zum Kaffee an, entschuldigt sich, sagt, es habe Beschwerden gegeben. Haselsträucher, die wuchern, Birken wachsen hoch, Hecken hat man keine hier, aber Gesetze, die Hecken betreffen. Da brauche es eben einen gewissen Abstand. Die Zweige stünden zu grenznah, er könne das gerne mit uns abschreiten.

Also graben wir wieder im vom Bewässern noch feuchten Boden, also ziehen wir Haselnuss-, Birken- und andere Zweige wieder aus der Erde, machen zwei Schritte zurück und pflanzen sie wieder ein. Unser Reich ist nun verkleinert, aber ist unser Reich, ist immer noch groß genug, um Land zu spielen.

Eins

Wir spielen Land. Stehen vor dem fertigen Haus, neben dem eine Scheune steht. Heu muss da hinein, wenn da Tiere hineinsollen. Wiesen haben wir genügend und die Gräser konnten wachsen in den letzten Jahren. Wir lesen Bücher über die Heuernte, kaufen im Dorf eine Sense, einen Schleifstein, drei Rechen, zwei Heugabeln, ein Heunetz und eine Sennenkutte, weiß mit Kapuze, für den Heuträger. Wir tragen die Sachen zu Fuß nach Hause, der Freund mit dem Auto ist zurück in die Stadt gefahren, wir brauchen das Auto nicht mehr, brauchen die Stadt nicht mehr, brauchen keine Freunde, wir leben jetzt auf dem Land, stehen jetzt im hohen Gras, schwingen die Sense. Grashalm für Grashalm lässt sein Leben, bleibt nicht auf dem Schlachtfeld liegen, sondern wird weggerecht, er soll sich nicht an seine Kameraden klammern, soll frei und allein und gut verteilt zu liegen kommen, damit die Sonne ihn austrocknen kann, drei Tage lang soll schönes Wetter sein. Wir stehen schwitzend und niesend auf unseren Wiesen, der Sensenschwinger unterbricht das Sensenschwingen nur, wenn er die Sense nachschleifen muss. Der Schleifstein liegt im Plastikköcher, der Köcher ist wassergefüllt, der Köcher hängt am Gürtel des Sensenschleifers. Jetzt

greift er nach dem Schleifstein, jetzt spielt er Musik auf dem Sensenmesser, tadang-tadang-tadang, das Geläut lässt uns tanzen, lockt die Dorfleute an, sie bleiben stehen auf der Straße, schauen uns zu, freuen sich, dass wir zu ihnen gehören wollen, dass wir alles falsch machen, dass wir spinnen, dass wir alles von Hand machen, dass wir Land spielen, ausgerechnet hier, wo sie arbeiten müssen. Wir haben uns fürs Land entschieden, sie haben keine andere Wahl. Die Felder, die sie geerbt haben, sind zu klein, ihre Schufterei bringt wenig ein, sie bräuchten mehr Freizeit, mehr Land, mehr Kühe, mehr Geld, aber niemanden, der sie schlecht imitiert.
Stumpen werden angezündet, gesagt wird nichts. Die Dorfstraße eingenebelt von den schweigenden Stumpenrauchern, wir im Pollentanz, ein Fest für Groß und Klein, drei Tage lang.
Drei Tage später ist die Sensenmusik verstummt, aber zu tun und zu schauen gibt es noch reichlich. Wir ziehen unsere Rechen über das Stoppelgras, türmen die ausgedorrten Grashalmleichen aufeinander, wir stechen mit den Heugabeln in den Heustapel, stapeln das Heu um und auf das ausgebreitete Netz. Anleitungen gab es keine im Dorfladen, aber ein Buch weiß Rat: Man muss den Stapel groß genug machen, dann die Enden des Netzes über dem Stapel in die Mitte bringen, die Seilenden durch die Holzschiffchen ziehen. Das hält, das lässt sich später von den Netzöffnern wieder öffnen. Aber erst muss der Netzträger die Sennenkutte anziehen, muss die Kapuze hochziehen, wir wollen uns nicht den Nacken zerstechen.
Aus dem Stumpennebelmeer von der Straße her erklingt ein raunendes Murren, als unser Netzträger vor

dem großen, rund geschnürten Netz in die Knie geht, als er den Rücken dagegendrückt, als er ins Netz greift, es festhält und aufsteht. Atlas mit unserer neuen Welt auf der Schulter. Das Murmeln und Husten und Ascheabklopfen ist unser Applaus, wir umringen Atlas, lobpreisen seine Stärke, unser erster Ballen Heu wird wie eine Trophäe nach Hause getragen, nach Hause in die Scheune, an der eine große Leiter steht. Der Netzträger ist schwindelfrei, nur eine Hand ist noch am Netz, die andere an der Leiter, er nimmt Sprosse für Sprosse, wir jubeln ihm zu, immer hastiger und atemloser ziehen die Dorfbewohner an ihren Stumpen, bald ist der Akrobat oben, bald heißt es das große Netz in die kleine Luke unter dem Scheunendach zwängen. Die Stumpenwolke wird größer und größer, der Sommer hält den Atem an.
Das erste Geräusch, das wieder zu hören ist, stammt vom Heunetz, das im Scheuneninnern auf die noch leere Heubühne fällt. Ein knisternder Doppelschlag, es ist vollbracht.
Wir empfangen den Heuträger am Fuße der Leiter, die Kleineren von uns werden in die Scheune geschickt, mit geschickten Fingern müssen die Schiffchen wieder aus den Schlingen gezogen werden, das Netz wird ausgebreitet, Heugabeln stechen in den Heustapel, das Heu wird aufs Neue verteilt, diesmal auf dem nackten Holzboden der Heudiele. Jeder Grashalm soll etwas Luft bekommen und das restliche Wasser hergeben, das er bis jetzt in sich trug, nichts darf faulen, damit wir im Winter, wenn die Tiere da sind, leckeres Futter haben. Damit die Tiere kräftig und wohlgenährt werden. Damit wir sie erst streicheln und dann schlachten

können. Leckere Würste gehören zum Landleben mit dazu.

*

Wir sind wir. Wir sind zu fünft. Wir sind der Größe nach: Moritz, Vera, Ralf, Fabian, Ada. Wir werden fünfeinhalb. Fünf reicht. Aber wir werden fünfeinhalb. Aber dazu später.

*

Unser Haus ist abgelegen. Wie alle Häuser hier abgelegen sind und verstreut über die Wiesen. Abgelegen ist die ganze Gegend, die »hier hinten« heißt, das Dorf eingekesselt von Hügeln und Bergen und nicht wirklich ein Dorf, eine Streusiedlung, ein Flecken höchstens, nicht mehr lange und es wird zusammengelegt mit dem Nachbardorf, dem angrenzenden Flecken, in dem wenigstens eine Fabrik und das Altersheim stehen. Aber auch das Nachbardorf ist abgelegen, es heißt »da vorne«. »Hier hinten« geht man »ins Dorf«, wenn man zum Dorfladen geht oder einen trinken, der Dorfkern, das sind das Gemeindehaus und der Hirschen und dahinter die Brücke über dem Dorfbach. Aber wenn der Hirschen woanders stünde, wäre auch der Kern an einem anderen Ort.
Im Hirschen pafft man Stumpenwolken und haut auf Tische, bestellt noch eine Runde. Wir sehen das Licht, wir hören die Stimmen, wir gehen am Hirschen vorbei und über die Dorfbachbrücke und dann erst die Straße und dann den Weg entlang zu unserem neuen Zuhause,

wo wir zu Hause sind. Wir sind wir, wir sind uns einig, wir sind eins, haben uns geeinigt, dass wir uns genügen. Nebelmeere interessieren uns nicht, schon gar keine, die in dieser Gegend zu dieser Jahreszeit nur in Innenräumen zu finden sind.

*

Einer von uns muss Geldverdiener sein. Nur zwei von uns müssen deswegen Strohhalme ziehen, beide ziehen den Kürzeren und machen sich auf die Suche nach einer jeweils halben Arbeit. Der Gemeindemann zuckt erst mit den Schultern, als der Möchtegerngeldverdiener ihn fragt, aber schon zwei Wochen später steht er wieder vor dem Haus, Telefon scheint hier nicht gebräuchlich zu sein, wir könnten uns das Geld für den Anschluss sparen und es wieder abmelden. Wir könnten uns bewerben, sagt der Gemeindemann, auf die Stelle des Gemeindeschreibers, die eben frei geworden sei. »Sie können doch schreiben, Sie haben doch studiert?« Die Gemeindeschreiberstelle ist nur zur Hälfte frei, auf der anderen Hälfte sitzt der alte Gemeindeschreiber, der den Teil nicht auch noch verlieren will, wo er eben erst die Kontrolle über seine linke Körperseite verloren hat. Der alte Gemeindeschreiber schreibt mit rechts, da kann kein Schlaganfall etwas dagegen tun, die linke Hälfte der Stelle bekommt der Älteste von uns, er ist noch jung, macht in der halben Zeit die doppelte Arbeit. Der rechte Gemeindeschreiber erklärt, wie es geht und was man darf und vor allem was nicht. Der linke macht die ganze Arbeit und bringt das Geld nach Hause. Es ist wenig, aber wenn wir das Brot selbst backen, reicht es. Und weil wir Zeit haben, backen wir gerne. Kleinere Brötchen, als man sie hier in der Gegend isst, mit weniger Butter darauf und noch ohne Fleisch, denn noch ist der untere Teil der Scheune leer. Erst oben ist es warm und weich. Am liebsten möchte man im Heu übernachten, am liebsten möchte man platzen vor Vorfreude. »Ich will ein eigenes Schaf«, sagen die einen von uns. »Du kriegst dein Schaf«, sagen die anderen.

Aber erst muss noch die andere Hälfte Geld verdient sein, Linoleum, Täfelung und Betten waren teuer, Schränke gibt es noch keine und erst einen Tisch. Also zieht auch die zweite Erwachsene los, fragt nach, was eine Krankenschwester in so einem Dorf zu tun kriegen könnte. Auf Krankenschwestern scheint man noch weniger gewartet zu haben als auf Studierte, als auf Leute, die den Hirschen meiden. Die Krankenschwester lässt sich nicht beirren, von einem früheren Freund mit Auto leihen wir uns Geld und kaufen ein rotes Mofa. Den Berg hoch fährt es Schritttempo, den Berg hinunter kracht und rattert es, wir befürchten Kolbenbrenner, Tankexplosionen, fürchten uns vor dem Bremsen und kommen doch heil an im Nachbardorf, wo auch Zugezogene alten Menschen den Hintern abwischen dürfen. Die alten Menschen fragen täglich, wer denn die Neue sei, und sie erklärt es ihnen Tag für Tag, rollt sie zur einen Seite, dann zur anderen, wechselt Leintücher und Windeln, wir sind ja auch Letzteres gewohnt, unsere Kleinsten waren ja auch nicht immer so groß wie jetzt.

*

Wir spielen Land. Der Sommer geht zu Ende, ein paar von uns müssen zur Schule, sie werden in die richtige Klasse eingeteilt oder werden eingeschult, wir werden zu Elternabenden eingeladen, wir lernen den Dorflehrer kennen. Der Dorflehrer ist auch ein Zugezogener, er lebt seit mehreren Jahren mit seiner Frau im Dorf, steht allein vor mehreren Klassen, lehrt gleichzeitig Lesen, das große Einmaleins und wie die Milch aus den Kühen kommt. Er spricht einen Dialekt, der uns vertraut ist und für den uns die Kinder der Stumpenraucher auslachen. Er wird unser erster Freund. Zusammen mit ihm und seiner Frau sitzen wir im nach frischer Farbe riechenden Wohnzimmer, und die größeren Gastgeber von uns sind froh, dass er Wein mitgebracht hat.

Wir erzählen ihnen unsere Pläne, sie erzählen uns ihre Sorgen. Wir trinken viel und reden laut, es gibt keine Nachbarn hier, keine, die in Hörweite wären, auch wenn man ihnen bei unseren Einkäufen im Dorfladen ansieht, dass sie sehr genau wissen, was hier besprochen wird, welche Orgien wir feiern. Sie haben uns zugeschaut, als wir nach der Heuernte ein Bier tranken, aber in den Hirschen sind wir nie gekommen.

Die Kleineren von ihnen werden vor den Kleineren von uns gewarnt, wir lernen unsere Mitschüler von nahem kennen, lernen uns zu verteidigen, lernen stolz zu sein auf unser Spiel. Wir wehren uns gegen Fußtritte und spielen dann doch gemeinsam Fußball. Bis der Dorflehrer die Pausenglocke läutet oder der Ball über den Zaun fliegt und den Abhang hinunterrollt. Wenn wir schnell sind, erwischen wir ihn noch, sind wir langsam, fischt ihn der Mitschüler, der ganz unten im Dorf wohnt, am

Nachmittag aus einem Gestrüpp oder aus dem Bach. Ist der Ball weg, bleiben noch Spiele wie Verstecken oder Fangen. Auch Prügeln steht hoch im Kurs, wir wehren uns tapfer, verstehen, warum es gegen uns geht, und erzählen nichts zu Hause. Der Dorflehrer soll sich nicht einmischen, denn der Dorflehrer ist ein Verbündeter und wir wollen nicht mächtig sein.

Herr und Frau Lehrer sitzen am Abend im Wohnzimmer, die Weintrinker schicken die Fußballspieler, die Zurücktreter, die Sich-Verteidiger und Einmaleinslerner ins Bett, machen auch noch die zweite Dorflehrerweinflasche auf. Wir erzählen vom Sommer und wie die Hecke wächst und sagen, dass wir uns auf den Herbst freuen. Wir fragen Freund Dorflehrer, wo man Schafe kaufen kann und Hühner, der Dorflehrer weiß es nicht, wohnt schon lange hier, aber wohnt in einer Wohnung, hat nichts zu tun mit Tieren, hat nur den Kindern beizubringen, wie sie Milchmädchenrechnungen ausführen müssen. Hat nur zu kämpfen mit den depressiven Verstimmungen seiner Frau, sie hält das Leben im Dorf nicht mehr aus, das Leben in dieser Wohnung, den Lärm unterhalb der Wohnung, denn die Wohnung befindet sich oberhalb des Schulzimmers.

Wird der Lärm zu groß oder werden die Verstimmungen zu stark, klopft sie an die Schulzimmertür, man hört, wie sie leise auf ihren Mann einredet, sieht, wie der Lehrer auf seine Klassen zeigt, wie er hilflose Gesten macht. Manchmal gibt er dann Aufgaben, die wir auch zu Hause hätten machen können, und verschwindet. Manchmal machen wir die Aufgaben, manchmal geben wir uns auch den Rangeleien hin. Oder sprechen miteinander. »Was macht dein Vater?« »Warum macht

ihr Heu, wenn ihr keine Tiere habt?« »Warum wollt ihr Tiere, wenn ihr keine Bauern seid?« Zu Hause müssen die Größeren von uns den Kleineren dieselben Fragen beantworten. Warum haben wir Heu gemacht? Sind wir jetzt Bauern? Wann kommen die Tiere?
Die Stadt vermisst trotzdem noch keiner, denn jetzt kommt der Herbst und mit dem Herbst kommt die Viehschau.

*

Jeder von uns hat seine Stärke, jeder kann etwas. Wie in einem Team. »Wir sind ein Team«, sagen diejenigen von uns, deren Stärke die Stärke ist. Sie heißen Vera und Moritz. Wir nennen sie die Entscheider, sie bringen das Geld heim, bringen die weniger Entschiedenen von uns zu Bett, erklären die Welt und das Landleben, das alle von uns verstehen.
Die Entscheider teilen sich in einen, der reden kann, und eine, die schweigen kann. Wir sind froh um beide Eigenschaften, es braucht jeden von uns im Team.
Es braucht auch Ralf, den Größten von den Kleineren von uns, er weiß Bescheid, seine Stärke ist die Erinnerung.
Ralf weiß noch, was Schulfreunde sind, dass es ein anderes Leben gab vor dem Landleben, er weiß, dass man dazugehören muss, und er erinnert sich daran, einmal dazugehört zu haben. Weil er sich immer daran erinnert, der Größte der Kleinen zu sein, erinnert er die Kleineren immer daran, dass er der Größte ist. Er spielt Entscheidungsträger und nimmt Verantwortung von kleineren Schultern, entscheidet, wer auf der Wiese

den Rechen schwingen und wer Schiffchen aus Schlaufen befreien darf. Er erklärt den Größeren die Welt der Kleineren und den Kleineren die der Größeren. Wir sind froh, dass er mit uns hier auf dem Land ist, einer muss sich auskennen, muss sich vor die Kleineren stellen. Ralf weiß sich zu wehren in der Schulpause, er gehört auch da zu den Größeren, aber nicht zu den Größten der Größeren, also weiß er auch, dass man sich nicht immer dazwischenstellen kann, wenn die Kleineren drankommen. Sich wehren heißt auch sich nicht einmischen, heißt mitlachen, heißt andere Gegner finden für die potenziellen Gegner, heißt Schwächen finden bei Schwächeren und sich mit den Stärksten verbünden. Ralf erinnert sich an die komplizierten Handschläge, mit denen man sich nach Faustkämpfen beglückwünscht: Erst Handballen an Handballen, den Daumen des Händeschüttlers umfassen, dann nach vorne kippen, Daumen an Daumen, Zeige- und Mittelfingerkuppen übereinander, bereit zum Schnippen, ein kurzes Kräftemessen, bis Zeige- und Mittelfingerkuppen gegen die Handballen schnellen, dann schnell die Faust geballt, Knöchel schlägt gegen Knöchel. Und dann ist der Gruß noch nicht zu Ende, stundenlang wird weitergegrüßt, weiter beglückwünscht. Schultern prallen aneinander, der Nachmittag geht vorbei. Ellbogen werden ineinander verhakt, die blaue Stunde breitet sich aus. Man zieht weitergrüßend an jedem Finger einzeln, die Nacht bricht an. Die Fortsetzung bleibt für uns im Dunkeln, nur Ralf erinnert sich, wie es weitergeht. Ralf ist unser Gedächtnis, Ralf ist Teil unseres Teams.

Wie auch Fabian, der unser stärkstes Mitglied ist. Er tritt ein für unser Reich, schneidet im Wald mit der

Säge, die Fuchsschwanz heißt, wie wir ihm erzählt haben, einen Baum, an dem er weitersägt, als dieser schon längst gefällt ist. Ast für Ast fällt auf den Waldboden, bis nur noch ein langer Stamm übrig bleibt. Mit dem Taschenmesser schnitzt der Starke dem einen Ende eine Spitze. Eine Lanze, mutmaßen wir, eine Palisade, falls er noch weiterrodet. Er fragt uns, ob er ein weißes Tuch haben könne, kann eines haben und knotet es an den Stamm, der jetzt Fahnenstange ist. Die Fahne wird gehisst und Spitze nach unten in den Boden gerammt, eingegraben mitten in der Wiese. Der Wind, der ihr entgegenweht, ist nicht eisig, es ist der warme Herbstwind, der erst mit der Flagge spielt und dann Fabians Statement, Fabians Standarte wieder niederreißt. Wir graben tiefer, versuchen es erneut und gemeinsam. Und jetzt hält unser Wahrzeichen. Die weiße Flagge verspricht Krieg mit denen, die den Krieg suchen. Die Dorfbewohner zucken mit den Schultern, Flaggen haben auch sie, aber keine davon ist weiß. Fabian kämpft für die Gerechtigkeit, notfalls auch mit friedlichen Mitteln.
Die größte Stärke in unserem kleinen Team hat die Kleinste von uns, die Ada heißt und deren Gabe das Sich-Verlieben ist.

*

Reden wir über die Frau des Dorflehrers. Sprechen wir über sie, nennen wir sie Christine oder Frau Lehrerin, obwohl sie keine Lehrerin ist und obwohl ein paar von uns sie lieber nennen würden, wie sie sie heimlich rufen: Heulsuse heißt sie dann. Oder Deprihaufen. Aber das

sagen nur die Kleineren von uns, und nur, wenn die Größeren nicht in Hörweite sind. Sie sitzen mit der Frau des Dorflehrers im Wohnzimmer, gut, dass Herr und Frau Lehrer noch ein altes Sofa auf dem Dachboden hatten, zwei Stockwerke über dem Klassenzimmer, jetzt haben wir ein Sofa in der nicht mehr ganz so leeren Stube. Jetzt kann einer unserer Älteren mit Frau Lehrerin auf dem Sofa sitzen, er nennt sie Christine und hört sich mit unserer Schweigerin zusammen Fraudorflehrerinnensorgen an. Unser Redner gibt zu verstehen, dass es verständlich ist, dass es ihr nicht gut geht. All die Jahre in der leeren Wohnung über dem vollen Klassenzimmer, ganz allein ohne nennenswerte Hobbys und eben vor allem ohne Gesellschaft, sprich ohne Nachwuchs, der die zahlreichen Dorfschulkinderstimmen von unten hätte übertönen und oben die nicht ganz so zahlreichen, aber dennoch reichlich vorhandenen Kinderzimmer hätte füllen können.
Da gab es schon einmal Ansätze, die im Fraulehrerinnenbauch zu wachsen begannen. Schnell kündigte sie beim ersten Anzeichen von neuem Leben ihre Stelle als Kindergärtnerin und stellte sich auf das neue Leben als Mutter ein. Bis sich herausstellte, dass der potenzielle Nachwuchs nicht mehr weiterwachsen wollte und er den Lehrerinnenbauch nach dreieinhalb Monaten frühzeitig und unausgewachsen verließ. Die Frau Dorflehrerin wälzte sich weitere dreieinhalb Monate im Bett, kaufte neue Möbel, die alten wanderten erst auf den Dachboden und jetzt also Stück für Stück zu uns.
Auf ihrem neuen Wohnzimmerecksofa wälzte Christine sich damals noch ein paar weitere Tage, bis sie beschloss, nun doch wieder zu arbeiten. Aber während

der Bauch sich unvorhergesehen vorzeitig geleert hatte, hatte sich die Kindergärtnerinnenleerstelle längst wieder gefüllt, die neue Frau Kindergärtnerin namens Anja hatte keine Lust, den Platz wieder herzugeben und sich in ihr Wohnzimmer zurückzuziehen, also blieb die Frau des Dorflehrers bloß noch das: Frau des Dorflehrers. Sie dachte daran, sich Hobbys zu suchen oder Freunde oder beides, fand beides nicht, kam aber drüber hinweg, ließ die Pille abgesetzt und wurde nach monatelangen verkrampften Versuchen endlich wieder schwanger.
Wir sitzen mit der Frau des Dorflehrers auf dem Sofa. Wir kennen die Geschichte. Wir wissen, dass Christine jetzt gleich weinen wird. Die Kleineren von uns sollen das nicht verstehen wollen müssen und sind längst ins Bett geschickt worden. Einer von uns legt seinen Arm um die Fraudorflehrerinnenschulter, die andere reicht Klopapier als Taschentücher und schielt heimlich auf die Uhr: Die Spätschicht sitzt noch im Nacken, die Frühschicht lässt nicht mehr lange auf sich warten. Aber bevor die Taschentuch-Reicherin und Alte-Menschen-im-Bett-Wenderin ihren Mann und die Frau des Dorflehrers auf dem geschenkten Sofa zurücklässt, hört sie sich auch noch die Stelle der Dorflehrersfraugeschichte an, an der ein zweiter Fötus frühzeitig den Ort des Wachstums verlässt. In diesem Teil der Geschichte sind zur Erholung bereits doppelt so viele Bett- und Wohnzimmerecksofaliegetage nötig. Und hier kommt auch die Passage, in der Schulferien um Schulferien geopfert wurden, um Abklärungen zu machen. Der Dorflehrer und seine Frau fuhren zum Hauptort ins Krankenhaus und wurden von da aus in

die Stadt geschickt. Der Dorflehrerinnenbauch wurde von allen Seiten untersucht, aus- und inwendig. Zu finden gab es nichts, zu sagen viel. »Hören Sie, gute Frau, so etwas kommt vor, keine Angst, Sie sind noch jung, noch ist es zu früh, sich Sorgen zu machen, machen Sie sich keine Sorgen und nehmen Sie es nicht persönlich, es könnte ja auch am Mann liegen, Translokation heißt das, man könnte das abklären, es gibt Gentests dafür, aber entspannen Sie sich erst mal, fahren Sie aufs Land, legen Sie einfach mal die Füße hoch oder suchen Sie sich eine Ablenkung.«
Die Frau des Dorflehrers und der Dorflehrer fuhren zurück aufs Land und ins Dorf. Während er unten wieder Kindergeschrei zu dämmen und Kindergehirne zu füttern suchte, setzte sie sich wieder aufs Ecksofa, legte ihre Füße hoch und fand keine Ablenkung. Und dann immer dieses Kindergeschrei! »Die sollen nicht so schreien, die sollen etwas lernen!«, sagt Christine unter Tränen, wir haben unseren Arm immer noch um ihre Schultern gelegt. Wir wissen längst, dass dies ihr Übergang zum Refrain ist. Die Strophen ihres immer gleichen Liedes sind vorüber, der Abend ist spät. Diejenige von uns, die morgen arbeiten muss, muss jetzt dann ins Bett gehen. Sie muss keine Angst haben, dass unser Tröster aus seiner Rolle und über die Frau Dorflehrerin herfällt. Auch wenn die Frau Lehrerin gerne neben dem eloquentesten Mitglied unseres Teams sitzt. Auch wenn er ihre Sorgen jetzt nochmals auf den Punkt bringt und dabei den Arm auf ihren Schultern lässt. Jeder Schritt seiner Argumentation, der Christine von ihrem Sorgenberg wegführen soll, kann von jedem von uns in jedem unserer Zimmer verfolgt werden. Das Haus ist alt, die

Wände und die Decken sind dünn. Jedes Schleichen über Schwellen ist hörbar, selbst Kussgeräusche würden zu uns vordringen.
Unser Redner macht seine Arbeit gut, wir hören es trotz Flüstern im ganzen Haus, sehen es nicht, aber können uns vorstellen, wie die Dorflehrersfrau und Freundin bald wieder lächelt unter den Tränen. Bald streichelt sie die Rednerhand, aber diese wird nicht zutraulicher, tut nichts, außer ein paar Mal aufmunternd die Dorflehrerinnenschulter zu kneten. Denn der Kneter und Redner und Tröster hat keine weitere Streichlerin nötig. Er hat eine Familie, hat eine Frau, die ihn liebt, und er liebt sie auch. Wir sind nicht aufs Land gezogen, damit hier einer sein Ding durchzieht, wir ziehen am selben Strick, haben nicht viel, aber haben mehr als Frau Lehrerin: Wir haben uns. So viel ist dem Sofasitzer klar. Auch wenn er sich seines Charmes bewusst ist. Auch wenn er sich fragt, warum sein Lächeln hier im Dorf mit so viel Argwohn beäugt wird. Warum seine Eloquenz höchstens mit einer weiteren Stumpenwolke beantwortet wird. Oder mit einem »Das macht dann achtzehn fünfzig, bitteschön.«
Von Christine hört er das nicht. Hier hört er, was wir alle hören, ein »Danke«, ein »Das hat gutgetan«, ein »Kommt doch auch einmal zu uns, wir laden euch alle zum Abendessen ein.« Dann hören wir trotzdem Kussgeräusche, leise, verhuscht und dreifach, die Art, wie man sich hier verabschiedet, wenn man es nicht macht wie die Dorfmenschen, die nie zu uns kommen, aber die wir aus der Ferne gesehen haben. Dort hält man sich Zeige- und Mittelfinger vor die rechte Augenbraue und verschwindet. Oder wenn man aufsteht vom

Stammtisch, auf den man Karten geklopft oder mit der Faust gehauen hat, dann haut man mit der flachen Hand gleich noch einmal drauf, im Aufstehen schon. Wir sind nie am Stammtisch, denn wir sind nie im Hirschen, wir schauen nur verstohlen durchs Fenster, bewundern die Eingeborenen und überlegen uns, zu welcher Gelegenheit wir uns einmal zu ihnen setzen könnten. Wir beschließen, noch ein wenig an unseren Kartenspielfähigkeiten zu arbeiten, und da kommt es uns gelegen, dass unser Tröster, unser Verabschieder, unser Zur-Tür-Begleiter jetzt sagt: »Ja gerne, wir kommen gern. Wir könnten ja vielleicht auch mal gemeinsam Karten spielen.«

Christine kann nicht Karten spielen, aber gerne lässt sie es sich beibringen. Ihr Lehrerehemann hat es einmal versucht, war oberlehrerhaft und scheiterte. Aber unser Redner, unser Zuhörer, Grüßeausrichter, Hinterherwinker scheint geduldiger zu sein, von ihm lernt man gerne, von ihm lässt man sich gerne etwas sagen.

*

Am Tag vor der Viehschau sitzen die Jüngeren von uns in der Schule. Alle Klassen schreiben Aufsatz. Der Beruf des Vaters. Alle schreiben voneinander ab. Alle Väter sind Bauern, nur einer kümmert sich um Wald und Bäume.

Oben sitzt unser Geldverdiener neben der Dorflehrersfrau und lädt sie ein, mit zur Viehschau zu kommen, das reiße sie schon aus den Depressionen, aber sie ist schon rausgerissen, schaut dem Familienvater hingerissen in die Augen, während Ralf ein Stockwerk tiefer schreibt:

»Zur Hälfte Gemeindeschreiber.« Während Fabian schreibt: »Meine Mutter hat auch einen Beruf. Sie ist Krankenschwester. Sie hat ein rotes Mofa. Wenn ich größer bin, fahre ich auch Mofa.« Während Ada aus dem Fenster schaut und an die Viehschau denkt und überlegt, was das wohl ist.

*

Braunvieh und Fleckvieh steht auf dem Hauptplatz des Hauptortes herum. Der Hauptort nennt sich Stadt, der Hauptplatz ist voll. Nur in der Mitte ist eine freie Fläche, da liegt Sägemehl. Überall sonst stehen die Kühe, stehen Schilder, auf denen steht, welcher Kategorie die Kühe angehören. Wir stehen im Kuhdreck herum, es macht uns nichts aus, wir spielen Land, spielen Viehschau, spielen Kuhexperten. Wir lesen die Schilder, lesen von fünf Abteilungen sowohl beim Braun- als auch beim Fleckvieh, wir versuchen zu verstehen und erklären es uns, als wüssten wir schon seit ewig: Es gibt Rinder, das ist die erste Kategorie, aber eigentlich die letzte, denn Rinder haben noch nichts getan, geben weder Milch noch hatten sie schon mal ein Kalb, hätten sie eins, wären sie in der zweiten Kategorie, dann wären sie Kühe, dann gäben sie Milch. Sie hießen Erstmelkkühe und würden zehn Monate lang gemolken, bis man ihnen zwei Monate Pause gönnte und sie wieder zum Stier schickte. Wir wissen, was das heißt, Groß und Klein sind aufgeklärt, Klein versucht, das Wort »Laktation« zu verstehen, Groß versteht es auch nicht, aber kann schon besser lesen, liest »Milchleistungsperiode«, und wir erklären uns weiter die dritte Kategorie, die mit der zweiten Laktation einhergeht. Hier sind die Kühe schon zweifache Mütter, die Kälber werden zum Schlachter gebracht oder zu Rindern herangezogen, die Milch wird weitergemolken. Oder der Stier kommt nochmals, dann rücken sie auf in die vierte Kategorie, die sich drei- und vierfache Mutterkühe teilen müssen. Am meisten wollen aber die von der fünften und letzten Kategorie beeindrucken. Diese Kühe sind dick und groß und hoffen auf den Siegerkranz. »Fünfte Laktation«, lesen wir und fügen an, was dahinter steht: »Dauerleistungskühe«.

Auch Dauerleistungskühe scheinen dauernd zu scheißen, scheinen dauernd muhen zu müssen. Es ist ein Lärm und ein Dreck und wir wollen es schon gar nicht mehr so genau wissen, nur ein paar von uns wollen es uns nur noch so gerne vorlesen, wollen uns erklären, dass diese Kühe hier in der Abteilung Nummer fünf bis zum Alter von acht Jahren und drei Monaten mindestens fünf Kälber zur Welt gebracht haben müssen. Und eine gewisse Milchmenge sei auch noch entscheidend, sagt einer, der es wissen muss, den wir aber nicht gefragt haben. Er geht an uns vorbei, tut einheimisch wie wir, aber ist es wohl. Seine Wangen sind geröteter als unsere, und es wird nicht nur der Kaffee mit Schnaps sein, den hier alle trinken, sondern auch der Stolz, in dem sich jeder Kuhbesitzer suhlt. Auch wenn bis jetzt noch keine Preise verliehen wurden. Erst schreiten die Kuhbewerter bloß mit ihren Klemmbrettern die langen Kuhreihen ab. Lange Drahtseile sind gespannt, daran sind kurze Stricke geknüpft. Kuhbauch berührt Kuhbauch, und wir fassen ein paar Kühen ins Gesicht, streichen über die Stirn, bis lange Kuhzungen nach kleinen

Händen schlecken, ein kleines Mädchen beginnt zu kreischen und hält die triefende Hand weit von sich, etwas ältere Jungs beginnen zu lachen, erwachsene Menschen würden gerne mitlachen, tun aber erwachsen, und wir suchen gemeinsam einen Brunnen. Ada darf ihre Hand ins Wasser tauchen, wir dürfen alle einen Schluck trinken und uns wieder den Kühen widmen. Nun wird ein Sicherheitsabstand eingehalten, Kühe sind doof, so viel ist schon mal geklärt.

Wir sind nun Kuhexperten. Sind ein wenig enttäuscht. Wir haben uns mehr versprochen, dachten, wir fänden auch kleinere Tiere. Dachten, wir kriegen Zuckerwatte oder dürfen auf Karussells fahren. Haben uns gefreut, dass wir uns in Kälber verlieben würden. Stattdessen stehen wir vor Verkaufsständen, aber statt dass wir uns mit Gürteln mit Kühen beschenken können, können wir nur sehen, was Kühen so um den Hals gelegt wird, womit Kühe so gestriegelt und gebürstet werden. Wir werden nichts davon kaufen, werden uns heute auch keine Tiere anschaffen, denn verkauft werden die Kühe nicht, sie werden bloß gezeigt und prämiert. Gerne hätten wir uns interessiert für die hohen Rücken, die ausgeprägten Beckenknochen, die riesigen, symmetrischen Euter, die runden Bäuche, die in acht Jahren und drei Monaten fünf Kälbern ein Zuhause waren. Wir hätten gerne weiter davon geträumt, in unserer eigenen Scheune ein eigenes dieser Prachtexemplare zu beheimaten. Wir hätten eigene Milch gehabt, eigene Kälber, eigene Butter und eigenes Fleisch aufs Brot. Aber diese Ungetüme sind uns ungeheuer. Wir wollen Land spielen, aber müssen uns nicht übernehmen. »Mit Hunden sollten wir anfangen«, schlägt Ralf vor. »Hunde kann

man nicht essen«, weiß Fabian. »Katzen sind viel schöner«, fügt Ada hinzu. Und ein Erwachsener fragt: »Was haltet ihr von Schafen?«
Schafe sind schön, sind weich, sind flauschig, und Fleisch geben sie auch. Schafe blöken bloß und pflastern keine Hauptorthauptplätze mit braunen Ausscheidungen zu. Schafe kann man scheren und Geschorenes kann man zu Kleidungsstücken weiterverarbeiten, wer Schafe hat, muss nie mehr frieren. Nur hat es keine Schafe hier. Hier werden nur Kühe auf die Hauptplatzmitte geführt, damit Kühe und Bauern preisgekrönt werden können. Preisträger stehen stolz an der kurzen Leine, neben Preisträgerinnen, die ins Sägemehl scheißen, die sich zu freuen scheinen, dass ihnen ein Kränzchen gewunden wird. Blumen auf die Stirn und einen Wimpel unters Ohr: »Herbstviehschau 1. Rang«. Der Wanderpokal ist eine goldene Glocke. Die Wangen des Preisträgerinnenbesitzers röten sich, bis sie glühen. Er gewinnt zum dritten Mal, darf die Glocke behalten, darf sie der Preisträgerin um den Hals gurten. Sie soll den schweren Preis selbst tragen, soll allen zeigen, dass sie es allen gezeigt hat. Sie ist die Größte. Ist die Dickste, hat die höchste Hüfte. Schöner fanden wir die kleinen Kühe, die Rinder und überhaupt die verhuschten Tiere mit den weichen Formen. Große, dunkle Augen haben auch die, aber sie sind nicht so aufgebläht, so kraftstrotzend, so überfüttert, so Übermutter. Fünf Kälber in acht Jahren. »Dann müsstest du jetzt auch schon vier haben, Ada«, sagt Fabian. »Ich bin keine Kuh!«, sagt Ada. »Bist du doch!«, sagt Fabian. »Bin ich nicht!«, sagt Ada. Und Fabian setzt erneut an, aber ein Schlichter unterbricht, fragt, was

sie denn lieber wäre. Wir wissen schon, was jetzt kommt, denn wir haben uns vorher schon geeinigt, welche Tiere die schönsten sind: Katzen sind in Ordnung, Hühner kann man ertragen, Kaninchenschlachten kann nicht so schwer sein, aber die besten Tiere sind die Schafe.

*

Wir bereiten uns auf den Winter vor. Der Herbst ist schön hier auf dem Land, schöner als damals in der Stadt, finden alle von uns. Eine sitzt gerne vor dem Haus und tut nichts, außer sich zu freuen, dass man keinen Nebel sieht. Ein anderer geht durchs Haus, öffnet die Ofentür, versucht auch, einen Blick in den Kamin zu werfen. Die anderen spielen im nahen Wald Blätterwaten oder Sich-Vergraben. Einer erinnert sich ebenfalls an den Nebel, einer will Blätterburgen bauen und eine macht nicht mit, weil sie verliebt ist, in wen oder was könnte sie gar nicht sagen.

Der Schornsteinfeger kommt vorbei, fegt den Schornstein zur Hälfte, macht Pause, und bevor er weiterfegt, schaut er sich den Ofen genauer an. Er runzelt die Stirn dabei, sagt, dass er das nicht verantworten könne, sagt, dass er da eigentlich nicht mehr weiterarbeiten müsse, sagt, wir bräuchten einen neuen Ofen. Wir sagen ihm, dass das nicht sein kann, denken, er ist Schornsteinfeger, nicht Kachelofenbeurteiler. Denken, dass wir daran nicht gedacht hatten, als wir das Haus gekauft haben, als wir die Bank baten, uns Geld zu leihen, damit wir unsere eigenen vier Wände und unser eigenes Dach über den eigenen Köpfen haben können, unseren eige-

nen Holzofen, der uns wärmen würde im Winter. Schön sieht er aus, der Ofen, wärmt das Herz beim bloßen Anblick, denken wir. Alt sieht er aus, der Ofen, sagt der Schornsteinfeger, außen antik und innen veraltet. Löcher an den falschen Stellen. »Sie wollen sich wärmen, wollen doch nicht, dass er explodiert?«
Wir laden den Ofenbauer zu uns ein, er soll Ofeninspektor spielen, soll uns gute Nachrichten verkünden. Er schaut sich im Haus um, zählt bloß eine Wärmequelle, schaut sich in der Wärmequelle um und erzählt, dass das gar nicht mehr gehe: Der Ofen sei ausgebrannt, da gäbe es Ofenbrände, und wo ein Ofen brenne, brenne bald das ganze kleine Holzhaus. Aber Glück hätten wir, die Rohre zum Schornstein seien noch in Ordnung, gut gefegt sähen die aus, und mit einem neuen Ofen hätten wir schon bald ein warmes Wohnzimmer. In den anderen Zimmern und den Fluren bleibe es allerdings sehr kalt, aber auch dafür gäbe es Lösungen, doch wir hören uns die Lösungen nicht an, unsere Geldzähler haben unser Geld gezählt und wissen, dass es gezählt ist. Der Ofenbauer bleibt auf einen Kaffee. Er schwärmt von Öfen, die man bauen könnte. Schwärmt von grünen und roten Steinen. Von weichen und harten. Er erzählt von der Wärme, die lange in diesen Steinen bleiben mag. Wir hören ihm mit offenem Mund zu, möchten auch in solchen Steinen leben, wo es immer warm ist. Möchten uns zumindest Kacheln leisten können, damit wir nicht erfrieren, wenn dann der Schnee kommt. »Wenn dann der Schnee kommt«, sagt der Ofenbauer, »sind Sie froh um einen rechten Ofen.« Kalt werde es hier auf dem Land, die Wände sähen alt aus, da finde der Wind immer seine

Ritzen. »Haben Sie das selbst vertäfelt? Haben Sie auch isoliert? Wann wollen Sie einziehen?«
Unsere Geldzähler fahren in den Hauptort. Statt zur Bank zur Bibliothek. Diese ist klein, verleiht neben einer stattlichen Anzahl an Videos diverse Bücher über mysteriöse Mordfälle, etwas für kalte Wintertage, etwas für aufs Sofa, wenn draußen der Schnee treibt, etwas, zu dem man seine Füße am Ofen wärmen könnte, aber kein Buch darüber, wie man Öfen selbst baut.
Der Freund, der beim Umbau mit seinem Auto ausgeholfen hat, tut einen letzten Freundschaftsdienst und schaut sich in der Stadt um. Wir bleiben unterdessen auf dem Land, warten auf seine Büchersendung und finden, dass wir nicht untätig sein müssen. Bis das Buch kommt, können wir schon einmal anfangen, Holzvorräte anzulegen.
Wir zersägen und spalten Holz, das wir uns bringen lassen mussten. »Dürfen wir helfen?«, fragen die Kleineren, die auch gerne die große Säge bedient hätten. »Ihr könnt die Scheite stapeln, hier immer regelmäßig und da am Rand immer kreuzweise.« Das ist nur kurzzeitig lustig, sieht dann bald nach Arbeit aus, bald wird das Gestänker lauter als die Motorsäge, also macht Moritz den Scheiß allein, schickt die anderen von uns in den anderen Teil der Scheune, wir sollen lieber die Tiere füttern, sagt er, der unser letztes Geld in solche investiert hatte.

Der Briefträger kommt, wir begrüßen ihn freudig, er sagt, dass wir unseren Briefkasten beschriften sollen, und lässt uns mit einem Paket allein. Alle dürfen helfen, das braune Packpapier zu entfernen, die einen wollen

Klebestreifen mit Kleinmädchenfingernägeln wegschaben, die anderen wollen das Papier zerfetzen und zerreißen, die dritten wollen den zweiten sagen, dass man vorsichtig sein soll, und die übrigen beiden lesen die Karte, die bei dem Gerangel zusammen mit einem Buch über Ofenbau auf den Boden gefallen ist. Der Freund ermahnt unfreundlich: »Bitte bald zurückschicken! Ist nur geliehen! Leihfrist ein Monat! Baut schnell, der Winter kommt bald!«

Die ersten Kapitel sind den Pizzaöfen gewidmet. Von Holzkonstruktionen wird geschrieben. Und Bilder sind zu sehen von Familien: Die Familien bestreichen die Holzkonstruktion mit Lehm, lassen den Lehm trocknen, einer zündet das Holz an und übrig bleibt ein Pizzaofen, den wir nicht brauchen und nicht haben wollen, wir suchen die Wärme und nicht den Luxus. Also lesen wir die hinteren Kapitel, da wird von offenen Kaminfeuerstellen berichtet. Die könnte man selbst mauern, aber die können wir hier nicht brauchen. Wenn nur ein Funke heraus- und auf den Spannteppich herüberspringen würde, hätten wir bald kein Haus mehr. Nur kurz wäre die Wärme, im hellen Schein unseres niederbrennenden Eigenheims könnten wir uns traurig anschauen und uns in Feuerwehrwolldecken einwickeln lassen. Später stünde da vielleicht noch der solide gemauerte Kamin, aber keine der Holzwände mehr, auch kein Holzdach, und also bauen wir auch keine Kaminfeuerstelle, sondern blättern ganz nach hinten, wo es für uns interessant wird.

Ein Ofen, wie wir ihn brauchen, ist nicht leicht zu bauen. Das Buch über den Ofenbau entpuppt sich als Buch, das hauptsächlich davon abrät. Von Mehrkosten durch staatliche Ofenabnahmen, von veralteten DIN-Normen und hauptsächlich von explodierenden Kachelöfen ist die Rede. Wir beschließen, das erste Feuer mit diesem Buch zu machen, verfeuern es probehalber im veralteten Ofen. Wir gehen in Deckung, er explodiert nicht, der Rauch findet seinen Weg durch den Kamin. Das Buch gibt kaum Wärme ab, aber noch ist Herbst, noch geht es auch ohne Ofenhitze. Und diesen einen Winter muss es auch mit dem alten Ofen gehen und im Frühjahr müssen wir dann schauen und überlegen und Geld zählen, vielleicht Nachtschichten annehmen im Altersheim oder dem Lokalblatt Zeitungsartikel anbieten von Kleinviehzüchtergeneralversammlungen. Es wird schon gehen, sagen wir. Wir freuen uns, dass wir fürs Erste Geld sparen können, freuen uns auf den Winter. Und darauf, dass wir lernen werden, Feuer zu machen und dabei vorsichtig zu sein. Dass wir nie zu viel Holz verbrennen und immer genügend Luft zuführen werden. Explosionen können uns nicht schrecken, wir glauben nicht alles, was Ofenbauer erzählen. Denn auch Ofenbauer müssen leben, leben nun einmal vom Ofenbauen, und raten einem also nur allzu gerne dazu.

*

Daheim fühlen wir uns zu Hause. Wir tragen Gummistiefel wie alle im Dorf, tragen blau-weiße Hemden, haben uns grüne Fleecejacken gekauft, die schmutzig werden dürfen beim Holzspalten oder Tierefüttern. Die Jacken sind nicht schön, aber heißen so, heißen hier hinten Faserpelz. Im Dorf werden wir dennoch nicht mit Einheimischen verwechselt. Man schaut uns

fremd an, auch wenn wir nicht die Einzigen sind, die nicht schon immer hier waren, nicht die Einzigen, die sich eingenistet haben an diesem Ort, wo andere früher waren und deswegen sagen, dass sie hierhergehören.
Da ist zum Beispiel der Dorflehrer, der die Zungenschläge der Hiesigen ebenfalls ungenügend beherrscht, seine Melodieführung ist zu begrenzt, seine Vokale sind zu breit. Seine Frau hat ihm noch nicht alle Wörter ausgeredet, die man hier nicht sagt. Aber auch Christine, die Lehrersfrau, gehört auf die Fremdenliste, ist mindestens acht Dörfer entfernt aufgewachsen und ist also auch keine Einheimische. Da ist man streng.
Und dann ist da noch die Ehefrau des Försters, die kann nicht von hier sein, sie ist zu klein, zu schmal, passt in zu schöne Kleider und zu schlecht in Gummistiefel. Wie ein Mädchen sieht sie aus, wenn sie durch den Matsch stapft, die Ärmel der grünen Fleecejacke sind zu lang, vielleicht lässt sie die Arme deswegen nie ganz hängen, sondern hält sie in der Luft, die Ellbogen nicht am Körper wie die großen, breitschultrigen Ehefrauen dieser Gegend. Diese haben ihre praktischen kurzen Haare zur Dauerwelle geformt, und bei ihnen passt der Faserpelz wie angewachsen, sie tragen diese Jacken also wie ihr echtes Fell und nicht, als trügen sie lieber echten Pelz. Die Haut der Förstersfrau schimmert grünlich, wir sehen sie und denken an Südsee.
Und gewisse von uns sagen: »Wahrscheinlich Philippinerin«. Und andere von uns fragen: »Was heißt das?«
Die Förstersfrau heißt Joy, das heißt Freude, erklären wir uns. Wir freuen uns an ihrem Anblick, fragen uns, wovon sie träumt in der Nacht, wundern uns, was sie den ganzen Tag macht. Tiere hat die Förstersfrau keine

zu füttern, Freundinnen scheint sie auch keine zu haben, sie hat offensichtlich den ganzen Tag Zeit, sich aufs Heimkommen ihres Gatten vorzubereiten oder sich im Gummistiefelgang zu üben. Oder im Heimischsein. Das Letzte scheint am besten zu gelingen. Obwohl sie wie verpflanzt aussieht an diesem Ort, trägt keiner die Heimatliebe so bedeutsam vor sich her wie sie. Und wahrscheinlich ist sie wegen der Flagge im Garten so beliebt, oder wahrscheinlich auch wegen ihres fröhlich lispelnden »Grüßgott«, oder noch wahrscheinlicher, weil sie die schönste Frau im Ort ist. Der Förster hat sie verdient, er ist selbst herrlich anzusehen, wenn er die Ärmel seines Armeepullovers hochkrempelt oder wenn er im karierten Hemd im Hirschen sitzt und seine zerkratzten Unterarme präsentiert. Die Uhr, die ihm das Handgelenk abzuschnüren droht, war ein Geschenk der Ehefrau, ob er sie im Unter- oder im Ausland kennengelernt hat, interessiert keinen, denn keine ist so verliebt in ihren Liebsten wie sie, vielleicht weil keine Zweite so viel Zeit hat, das Heim so heimisch einzurichten wie diese Fremde. Sie ist nicht fremd, sie ist ja die Frau des Försters, sie nimmt man gerne auf in der Mitte.

Wie auch den letzten der Fremden, den man den Jugoslawen nennt, auch wenn er bestimmt anders heißt und auch wenn das entsprechende Land schon länger nicht mehr existiert. Der Jugoslawe gehört einem der Bauern, sagen die Bauern, auch wenn er nur für jenen Bauern arbeitet.

Im Sommer ist der Jugoslawe irgendwo weiter oben, macht Käse und hütet Kühe, die im Herbst mit ihm und den Kuhbesitzern zurück in die Ställe beim Dorf getrieben werden müssen. Man zieht lächelnd an hupenden Autos vorbei, die Kühe mit geschmückten Köpfen, die Kuhtreiber mit glühenden Gesichtern vom frühen Auf- und vom fröhlichen Abstieg. Und vom Schnaps im Kaffee, der in Feldflaschen herumgereicht wird, bis man endlich wieder unten angekommen ist im eigenen Dorf, wo die Kühe und die Kuhbesitzer wohnen, wo Kühe zurück in Ställe getrieben werden und Kuhbesitzer sich auf den Hirschen freuen, in dem auch der Jugoslawe gern gesehen ist.

Man hat ihn gerne bei Tisch, lacht gerne mit ihm, im Winter holt er die Geselligkeit nach, die er im einsamen Sommer verpasst hat. Er macht Scherze, ahmt die Sprache der Alteingesessenen lustig nach und kann gar nicht aufhören damit. Der ganze Hirschen freut sich über die Art, wie er Bier bestellt. Der Jugoslawe lacht mit, fühlt sich nicht fremd, auch wenn der Winter kalt ist in dieser Gegend, kälter als in seiner Heimat, man versteht nicht recht, warum er nicht zurück in die Wärme will. Der Jugoslawe will nur ab und an in den Hauptort, wo er noch unverständlicher redet, mit anderen, die ebenfalls einen Sommer lang in der Höhe waren und die ihrerseits die heimische Wärme vermissen.

Wir treffen den Jugoslawen vor dem Hirschen, wir fragen ihn, wie er heißt, wir fragen ihn, wie er hierherkam, wir fragen ihn, ob es ihm gefällt, wir fragen, ob er hier gut verdient, wir fragen, ob er viele Freunde hat, wir sagen ihm, dass ihm das blaue edelweißbestickte Hemd, das unter seinem grünen Faserpelz zu sehen ist, sehr gut stehe, wir sagen, er solle doch einmal zum Essen kommen. Der Jugoslawe sagt: »Mirko«, er sagt: »Wegen der Arbeit«, er sagt: »Ja«, er sagt, er würde sich über mehr nie beklagen, er lacht, er sagt: »Danke«, er sagt: »Mal schauen.« Dann tippt er mit dem Zeigefinger an die rechte Augenbraue. Auch wenn wir uns selbst noch nicht im Dorfjargon ausdrücken, wissen wir, was das heißt, wir verabschieden uns ebenfalls, sehen Mirko im Hirschen verschwinden und machen uns auf den Weg nach Hause.

*

Wir lernen stricken. Die, die es halb können, prahlen mit ihrem Mehrwissen, die eine, die es ganz kann, zeigt sich geduldig, zeigt uns, wie man den Faden um den Finger wickelt, hinten zwischen Ring- und kleinem Finger muss er raushängen, dann muss er nach vorne laufen, zweimal um den Zeigefinger drehen und dann hinüber zur Stricknadel, auf der sich die Maschen reihen, auf der vom Projekt Schal, von der Idee Topflappen bloß eine wilde Ahnung übrig bleibt. Festgezurrt scheint der Faden bei den einen zu sein, viel zu lose baumeln die Maschen bei den anderen. Unsere Geduldigste tut weiter geduldig, Ungeduldigere schmeißen das Gewirr in eine Ecke und holen es bald wieder hervor, als sie sehen und hören, wie die anderen lachen bei der Arbeit, wie sie die Zunge zwischen die Zähne klemmen und jedes geglückte Durchfädeln des Fadens durch die Masche feiern, wie sie ihr Werk ausstrecken und sich selbst loben. Wir vergleichen, wir bestimmen, wer es am besten kann, die Wahl fällt immer auf einen selbst, denn eine strickt außer Konkurrenz, hat keine Angst, dass sie eingeholt wird, auch wenn die Kleineren von uns es deutlich besser machen als der Größte von uns, der am lautesten lacht bei der Arbeit, die keine ist. Moritz nimmt sich eine Mütze vor, spricht von Winterabenden und Schlittenfahrten mit eisigem Wind und warmen Ohren und stochert in etwas, das wir anderen »Knäuel« nennen oder »Gewirr« oder »netter Versuch«. Wir lachen ihn aus, was ihn nicht zu stören scheint, am liebsten kann er alles besser, aber zu »alles« gehört heute Stricken nicht dazu. Wir gönnen ihm die Niederlage, die ebenfalls keine ist, denn am besten kann er heute scheitern, und lachen kann er auch gut und laut und so laut, dass wir fast nicht hören, dass es klopft.

Wir sind so vertieft ins Maschen-nicht-fallen-Lassen, ins Maschen-aus-Maschen-Erzeugen, ins Zunge-zwischen-die-Zähne-Klemmen, dass uns Besuch egal ist. Es stört nicht, dass Herr und Frau Dorflehrer wieder einmal in unser Wohnzimmer kommen, dass sie es »Werkstatt« nennen oder »Fabrik«, dass sie fragen, was das wird, wenn das fertig ist, dass sie sich und uns eingestehen, dass sie auch nicht stricken können, dass sie sich von unserer Meisterin Stricknadeln geben lassen, dass sie sich ebenfalls unterweisen lassen wollen. Dass der Dorflehrer nicht stricken kann, finden die Kleineren von uns großartig, auch der Lehrer ist ein professioneller Besserwisser, auch ihm soll einmal eine Lektion erteilt werden. Er klemmt den Faden zwischen Ring- und kleinen Finger, wickelt ihn um den Zeigefinger, lässt sich zeigen, wie er Maschen herstellt und weiterverarbeitet zu noch mehr Maschen und zu etwas, das nie etwas wird. Hier wird Können erzeugt und keine Ware. Wir freuen uns, dass er sich dumm anstellt, und fragen uns gleichzeitig, wie es sein kann, dass auch die

Dorflehrersfrau nicht stricken kann. Muss eine Kindergärtnerin das nicht können? Sie kann es noch ungefähr, erinnert sich noch dunkel, lässt sich einiges zeigen und strickt bald die zweitschönsten Maschen. Sie lacht und sie konzentriert sich, sie fragt, was man mit der ersten Masche machen muss, was mit der letzten: »Bloß abheben oder mitstricken?« Sie lässt sich bald Linksstricken zeigen, strickt bald ein rechtes Stück schneller als Klein und Groß, lacht ebenfalls, aber nicht über ihr Unvermögen, sondern über ihr Geschick, über ihre Freude, über das Stricken an sich, darüber, dass man sich an längst Vergessengeglaubtes so einfach erinnert. Bald wird der Abend lang, bald wird es spät, bald werden junge Stricker schlafen geschickt, bald fragen junge Stricker, ob sie ihre Arbeit ins Bett mitnehmen dürfen. Sie dürfen morgen weiterstricken, versichern wir ihnen und stricken dann weiter. Erst zu viert, eine routiniert, die andere enthusiastisch, einer sticht mit plötzlichem Ehrgeiz in etwas herum, was nur er »Mütze« nennt, der Dorflehrer tauft seine eigene Arbeit »verlorene Liebesmüh« und stochert nur aus Gruppendruck weiter.
Heute sprechen wir nicht über Sorgen, denn heute haben wir keine. Wir haben auch fast vergessen, die obligatorische Dorflehrerweinflasche zu entkorken, so entzückt sind wir von der neuen Beschäftigung, der Mützenmacher schaut verschmitzt und erzählt von Manufakturplänen, der Stocherer spinnt den Faden weiter, verliert dabei Masche um Masche, während die Wiederbekehrte nach Wolle fragt, nach Nadeldicken, nach Sockenstrickanleitungen. Die Königin in den Disziplinen, die Rechts-, Links-, Rund- und Fersenstricken heißen, lächelt gutmütig, teilt großmütig ihr Wissen,

wühlt im Strickkorb, sucht, findet und schenkt Nadeln und Anfängerwolle.
Die Beschenkte träumt von Schals, Mützen, Handschuhen, Socken, Pullovern für andere und vor allem für sich. Sie kennt die Winter auf dem Dorf, immer hat sie zu kämpfen mit der Kälte, gegen die sie nicht ankommt, weil ein Teil davon von innen kommt. Ihre Wunschfantasien sind dicke Strickjacken, denn seit jeher finden ihre Albträume am Südpol statt: Schlittenhunde reißen sich von den Leinen, greifen an, zerren an der Polarjacke, zerren die Polarmütze vom Kopf, halbnackt steht sie im Schneegestöber, wird blau, wird lila, gefriert, erfriert. Aus diesen Träumen wacht sie schweißgebadet auf, aber auch der Schweiß ist kalt, obwohl sie nachts einen gefütterten Pyjama trägt, sie weiß, sie müsste erfrieren, wenn sie es nicht täte, weiß, dass sie auch so erfrieren wird. Dass sie eines Tages durch das dünne Eis der Kunsteisbahn brechen, dass ein plötzlicher Wintereinbruch dem sommerlichen Badevergnügen ein jähes Ende bereiten wird. Also hat sie immer eine Zweitjacke dabei, Wollsocken wenn möglich. Also bleibt sie im Winter zu Hause, spart das Geld für die Kunsteisbahn und investiert in Heizkosten. Wenn sie stirbt, will sie auf jeden Fall eingeäschert werden.
Aber jetzt weiß sie, dass sie nicht sterben muss, weiß, dass sie endlich ein Hobby gefunden hat, das ihr entspricht. Sie wird gleich morgen eigene Wolle kaufen, eigene Nadeln, hat einige Ideen. Während wir schon längst Wein trinken, während der Liebesmüheverlierer und der Pläneschmieder längst entspannt nicht nur Maschen fallen gelassen, sondern auch die Nadeln beiseite gelegt haben, während sie über Kinderarbeit erst

witzeln, dann sprechen, dann dozieren, während der Wein seine Wirkung tut, das Gespräch an Lautstärke gewinnt, während das Nadelklappern unserer Schweigerin längst übertönt ist, strahlt die Stricknovizin, ruft immer wieder aus, wie schön dieses Handwerk sei, lacht, als wir über sie lachen, und meint es dennoch ernst. Wir freuen uns für sie, wir freuen uns, als sie sagt, wie sehr sie das Stricken entspanne, wir freuen uns, dass sie glücklich ist, freuen uns, dass sie endlich eine Bestimmung gefunden hat. Etwas Bestimmtes, das sie bestimmt noch lange und oft erfreuen wird.

*

Christine hört nicht mehr auf zu stricken. Erst fährt sie fort mit dem angefangenen Schal, der ihr bald langweilig wird, zu dick ist die Wolle gewählt, zu amateurhaft diese blauen, gleichbleibenden rechten Maschen. Sie braucht größere Herausforderungen, hat neue Pläne, hat im Nachbardorf Wolle eingekauft, es stapeln sich Knäuel und Strickprojekte auf dem Ecksofa in der Lehrerwohnung über dem Schulzimmer. Sie zeigt uns die Farbkombinationen, wir lachen, lassen uns anstecken von der Angesteckten, möchten selbst mitstricken, diskutieren mit ihr, welche Wollsorte sich für welches Kleidungsstück eignet: »Diese hier für Schals, die für Mützen, für Socken immer jene und bei der Ferse damit verstärken.« Bis zu den Fersen ist sie noch nicht gekommen, Vera hat ihr erst das Rundstricken beigebracht. Christine klappert nun mit fünf Nadeln gleichzeitig, sitzt da und hört Radio. Sie strickt und ist glücklich und lacht über sich, dass es so wenig braucht für das

Glück. Muss ihr Mann, der Dorflehrer, in der Pause keine Rangeleien schlichten, kommt er kurz nach oben, er schmunzelt über seine Frau auf dem Ecksofa, er ist froh, dass die Tage vorbei sind, wo sie da mit diesem leeren Blick saß. Dass die Wochen und Monate des Heulens ein Ende gefunden haben. Dass sie zwar nicht rausgeht, aber endlich etwas gefunden hat, das sie begeistert. »Ich bin so begeistert, stricken tut so gut«, sagt die Dorflehrersfrau, der Dorflehrer küsst sie, sie küsst ihn flüchtig zurück, will keine Masche verlieren, braucht noch alle Konzentration, um sich nicht zu verheddern oder zu verzählen. Der Dorflehrer geht wieder nach unten, sammelt seine Schulkinder wieder ein, sie versammeln sich wieder, um zu lernen, wie sich Klee in Milch verwandelt, sind froh um die Pause von der Pause, in der ja doch bloß gelernt wird, wie aus Schlägen blaue Flecken werden.

Christine versucht sich unsere Arbeitszeiten zu merken, die Schichten im Altersheim sind unregelmäßig, aber der Trick ist einfach: Man muss das rote Mofa abpassen. Steht es vor der Scheune, ist auch Vera zu Hause und man kann sich zu ihr ins Wohnzimmer setzen, kann sich erklären lassen, wie das noch mal war mit den drei Teilen der Ferse.

Die Strickmeisterin erklärt ruhig, freut sich, dass sie gefragt wird, muss das Strickzeug selbst in die Hand nehmen, um die Fragen nachvollziehen zu können und die Antworten zu finden. Die Stricksüchtige schreibt mit einem Bleistift auf einen Zettel: »Mit nur zwei Nadeln weiterstricken, ungefähr sechzehn Reihen, dann abnehmen, die Ränder miteinbeziehen, überhaupt die Ränder, da kommen diese seltsamen Maschen hin.«

Sie schreibt und versteht nicht. Aber zu Hause liest sie geduldig, strickt den Zeilen nach und staunt, als sich die Form abzuzeichnen beginnt, dass all diese Dreiecke und Zusammenstrickungen Sinn und langsam auch eine Ferse ergeben.
Stolz hält sie ihr Werk ihrem Mann hin, der noch keinen Feierabend, sondern Prüfungsbogen zu korrigieren hat.
Noch abends im Bett strickt Christine weiter, das entspanne sie viel mehr als Lesen, sagt sie ihrem lesenden Bettgenossen, der es nicht so genießen kann wie sie. Das Klappern nervt ihn, das Blättern in ihren Aufzeichnungen und dass man sich nicht rüberbeugen kann zu ihr, um sie zu küssen oder sie zumindest im Arm zu halten. Immer stechen die Nadeln, immer braucht sie Ellbogenfreiheit. Sie klemmt die Zunge zwischen die Zähne und will nicht bemerken, dass er sein Buch längst weggelegt hat. Sie sitzt aufrecht, während er eine Stelle sucht, wo er seinen Kopf ablegen könnte. Früher war das einfacher, da war er nicht überflüssig im großen Bett, da krümmte sie sich zu einem kleinen Paket, er hielt sie von hinten umarmt, meist weinte sie und meist sagte er: »Alles wird gut.«

*

An Sonntagen schlafen wir aus. Oder wenn Schnee liegt, stehen ein paar von uns am Sonntag früh auf, von keinem Wecker, aber vom Drang geweckt, Schneeburgen zu bauen und Rodelstrecken, sich noch mit Bettwärme in den Schnee fallen zu lassen und mit Armen und Beinen zu rudern, bis da unter einem ein Engel liegt. Die Älteren von uns hören das Geschrei der Jüngeren und bleiben liegen, es ist kalt in den Schlafzimmern, es ist Sonntag, da kann man ausschlafen. »Ihr könntet ruhig schon mal den Ofen heizen, wenn ihr so früh aufsteht«, haben die Älteren den Jüngeren gesagt. Ralf erinnert die anderen daran, dass man auch die Schafe füttern sollte. Er weiß, dass auch sie Hunger haben, weiß, dass er seine Pflicht getan hat, wenn er sich und die anderen erinnert, dann müssen die anderen beiden auch etwas machen, dann müssen sie das Füttern übernehmen, weil er das Drandenken übernommen hat. Aber lieber werfen wir Schneebälle an den Sonntagen oder wir spielen im Flur oder im Wohnzimmer, spielen wild und lassen unsere Ältesten dennoch in Ruhe. Im kleinen Haus herrscht großes Geschrei, viel Lachen und manchmal unterdrücktes Stöhnen. Am Sonntag kann Ausschlafen vieles heißen.

Der Sonntagmorgen wird zum Vormittag, wird zum Mittag, in die Kirche gehen wir nie, wir glauben nicht an die Kirche, glauben nur an Schneeengel oder an Marx-Engels, glauben nicht, dass wir in unserer freien Zeit auf harten Holzbänken sitzen müssen, nur damit uns von noch unbequemeren Stellungen erzählt wird, in die sich Menschen bringen lassen, wenn sie in Wirklichkeit gar keine Menschen sind. Ralf, der gerne täte, was alle tun, ist der Einzige, der manchmal fragt, ob man nicht manchmal trotzdem hingehen sollte. Wenn man Pausenhofgesprächen Glauben schenken darf, soll es in der Kirche nicht schön sein, aber es scheint, als müsse man sie hinnehmen als unausweichliches Übel. Ralf versteht nicht, warum wir uns davor drücken können, versteht nicht, warum die anderen nicht.

Den Pfarrer lernen wir dennoch kennen, spät und zufällig, er wohnt ein Dorf weiter, hat drei Gemeinden in seiner Verantwortung. Eine Kirche hat hier jeder Fleck, aber einen eigenen Pfarrer kann man sich nicht leisten. Der Pfarrer hat ein schwarzes Auto, fährt sonntags vor, hält seine Predigten kurz, drückt am Ausgang alle nötigen Hände und fährt dann ein Dorf weiter. Die Dörfer liegen nicht so dicht gedrängt wie seine Wochenendtermine, also drückt der Pfarrer gerne aufs Gas. Geschwindigkeitskontrollen gibt es hier so selten wie schnelle Autos, und ansonsten würde die Polizei ein Auge zudrücken: Schnell fahren ist in Gottes Namen keine Sünde.
Unter der Woche hat der Pfarrer mehr Zeit. Wo nicht viele Leute sind, gibt es auch nicht viele Beerdigungen. Im Altersheim ist er ab und an, um den alten Menschen Märchen zu erzählen, die sie gerne glauben wollen, also haben gewisse von uns den Pfarrer schon mal gesehen. Von weitem zumindest. Und als wir ihm im Fünferpack über den Weg laufen, ein chorisches »Guten Tag« anstimmen wollen, bleibt der Pfarrer stehen, sagt, er habe gewisse von uns doch schon einmal gesehen. Er schenkt Vera einen musternden Blick. Wir strecken dem Pfarrer Hände hin, stellen uns vor: Vera, Moritz, Ralf, Fabian, Ada. Er schüttelt Hände, nennt auch seinen Namen.
Rudolf heißt er, wir staunen nicht, denn hier heißen alle so. Alle außer die Frauen, diese heißen Erika. Es ist für den Steinmetz ein Leichtes, immer den richtigen Grabstein auf Lager zu haben, nur die Jahreszahlen muss er noch einmeißeln, denn auch die Nachnamen sind rar in dieser Gegend.

Der Pfarrer lacht über unsere Ausführungen, sagt: »Wenn ihr den Friedhof wirklich einmal angeschaut hättet, wüsstet ihr, was für einen Blödsinn ihr verzapft.« Er lacht auch über diesen Satz, fügt hinzu: »Aber gut erfunden ist bloß halb gelogen.«
»Schön, dass gerade Sie das sagen, Herr Pfarrer«, stichelt Moritz, doch so viel ist klar, der Pfarrer mag von den falschen Dingen überzeugt sein, aber wir mögen ihn trotzdem, würden ihn gerne einladen zum Abendessen, würden mit ihm ein Bier trinken gehen, würden hier gerne Freundschaften schließen.
»Kommt doch am Sonntag einmal in die Kirche«, sagt Pfarrer Rudolf, die Sonntagsausschlafer nicken und wackeln mit dem Kopf und sagen nichts von dem, was sie am Sonntagmorgen sonst so sagen.

*

Wir beschließen, dass auch wir in den Hirschen müssen. Auch wir sollten uns da einmal zeigen, sollten uns nicht verschließen, sollten uns nicht verstecken vor den Stumpenrauchern. Wir leben hier, haben unsere Tiere, unsere Stellen, wir arbeiten für die Allgemeinheit. Eine von uns fürs Nachbardorf und für dessen alte Menschen, um die jungen Menschen zu entlasten, einer von uns entlastet den Gemeindeschreiber, ist seine linke Hälfte, obwohl man im Dorf murmelt und raunt und hustet, dass man auf so einen Linken hätte verzichten können. So einen sollte man da nicht reinlassen, wo die Musik spielt. Aber die wahre Musik spielt nicht im Gemeindehaus und schon gar nicht auf dem halben Gemeindeschreiberplatz, die Musik spielt donnerstags

abends auf, im Hirschen, immer nach der Feuerwehrübung, oder am Dienstag nach dem Turnverein oder am Montag, Mittwoch, Freitag und Samstag während des Feierabendbiers. Der, der hier das Sagen hat, ist keiner, der Reden schwingt, er sitzt still da und wird von allen respektiert, warum weiß keiner, aber Recht bekommt er immer. Immer kommt alles, wie er gewollt hat, und keiner weiß, wie es dazu kam. Unser Gemeindeschreiberstellenteiler kennt den Mann gut, es ist der Förster, und der tut, als fände die Politik nicht im Hirschen statt, aber auch nicht im Gemeindehaus, als gäbe es überhaupt keine Politik, höchstens die, die von allen propagiert wird und »Wir haben es schon immer so gemacht« heißt.
Die Musik spielt auf. Es ist Freitag, und heute spielt nicht die Jukebox, sondern ein Volksmusiktrio, das sich in einer Ecke aufgestellt hat, die Älteren von uns öffnen die Tür zum Hirschen, während die Jüngeren von uns zu Hause auf sich selbst aufpassen müssen. Wir setzen uns an einen der Tische, die Musik verstummt nicht, nur ein paar Blicke schwenken herüber, wir bestellen ein Bier und einen Apfelsaft, spielen Dorfkneipe, auch wenn das bei uns aussieht, als spielten wir Jazzlokal.

Wir spielen Dorfkneipe. Das Bier kommt, der Apfelsaft auch, wir sitzen an unserem Tisch und merken, dass wir bereits den ersten Fehler gemacht haben: Wir sitzen da allein, und es gibt keinen Anlass, das zu ändern. Zu den Kartenklopfern werden wir nicht herbeigewunken. Zu den anderen verstreuten Biertrinkern können wir auch nicht, denn die stieren bloß in ihre Biere oder zu uns herüber. Also nippen wir an unserem Getränk, hören als Einzige der Musik zu. Der Hirschen ist nicht besonders voll, im kleinen Dorf hat nicht jeder Zeit zum Trinken. Wir leeren unsere Getränke, und die eine von uns will jetzt wieder gehen, während der andere von uns das feige findet. Der Mutige will bleiben, will sich nicht verstecken, will dazugehören, will auch ein Fingerchen mitzuklopfen haben, wenn am Stammtisch Fäuste auf die Tischplatte knallen. »Es sind ja alle freundlich«, sagt er. Und die Nicht-so-Mutige sagt, dass ihr trotzdem langweilig werde. Sie sehe den Sinn nicht, hier herumzusitzen, und das Trio mache ja auch schon Pause, und so, wie die da hinten säßen und rauchten, werde das bestimmt eine lange Pause. Der, der bleiben will, hat keine Argumente mehr, will aber dennoch bleiben, nur allein will er nicht sein, die, die gehen will, hat ihm das längst vorgeschlagen. Dann endlich entdeckt der Bleibewillige hinten in der Ecke, halb verdeckt von zwei anderen Dörflern, den Gemeindemann. Den kennt er, mit dem könnte man sich unterhalten. Er sagt, er unterhalte sich jetzt mal mit dem, bestellt nochmals dasselbe, steht auf und geht durch den Raum auf den Gemeindemanntisch zu.

Das Kneipenspiel ist kompliziert, wir beherrschen die Regeln nicht. Über Tierhaltung und Heunetze, da gibt es Bücher, Sensen sind selbsterklärend und Heckenpflege ist keine Kunst. Im Hirschen zu punkten ist schwerer, erste Abzüge erhält man für »Darf ich mich setzen?«, das fragt keiner, das macht man einfach, weil man einfach dazugehört. Wenn man nicht dazugehört, bekommt man nochmals Punktabzug, und zwar so gewaltig, dass wenige den Rückstand je aufgeholt haben. Auch wenn man jetzt einen kennt, den man etwas besser kennt, einen, den man dreimal die Woche bei der Arbeit sieht, von dem man sich den Kopierer und die Kaffeemaschine hat zeigen lassen, der einem erklärt hat, wie es hier läuft und wer hier was zu sagen hat, der immer freundlich war und nur kurz Angst hatte, dass der Neue zu kompetent, zu schnell oder zu städtisch sei. Aber wem hätte das auch auffallen sollen außer ihm und dem Gemeindepräsidenten? Und der Gemeindepräsident hätte sowieso keinen Städter befördert, also konnte der Gemeindemann ruhig bleiben und sich freuen, dass er einem Neuen die Dorfgeschichten erzählen konnte. Er erklärte ihm gerne die Regeln, wie damals mit der Hecke, hier im Hirschen kann er aber nicht helfen, kann der Neuankömmling denn nicht sehen, dass bei ihm am Tisch und in der Dreierrunde kein Platz ist für einen Vierten?

Man muss mit hohem Einsatz spielen, wenn man spielt. Das wissen alle von uns, und unser Mutigster setzt deswegen alles ein, lässt sogar seine Frau vor ihrem Apfelsaft sitzen, nimmt Platz neben dem Gemeindemann, grüßt freundlich in die Runde, prostet allen zu und bringt die Gespräche am Tisch zum Verstummen. Der Schreiner, der am Tisch sitzt, könnte jetzt fragen, wie es um das Haus und um die Treppe stehe. Der Bauer, der die Wiese neben unserem Haus mähte, könnte fragen, ob wir nicht mal die Hecke schneiden wollten, die Haselsträucher wüchsen etwas gar üppig. Oder man könnte sich über die Kinder unterhalten, die gemeinsam zur Schule gehen, die weniger Berührungsängste haben, die Fäusteausteilen oder Eckequetschen spielen. Ersteres, um sich abzugrenzen, Letzteres, um sich näherzukommen. Hier am Tisch kommt aber keiner aus sich

heraus, keiner will sich vor den anderen bloßstellen. Hier beherrscht jeder die Regeln. Außer dem, der als Letzter dazukam, der jetzt anfängt, seinen viel gepriesenen Charme einzusetzen und seine rhetorischen Fähigkeiten: Er erzählt vom Leben auf dem Land und dass es ein schöner Flecken Erde sei hier, er habe diesen Ort immer bewundert, bis er dieses Haus gefunden habe, alt zwar, zwar heruntergekommen, aber man könne was daraus machen, und ob irgendeiner in der Runde einen der Vorbewohner kenne. Einer kennt einen, sagt: Ja, den einen da, den kenne er noch, das sei der Vor-Vorgänger gewesen, ein großer Trinker. Irgendwann habe der Hausverbot bekommen im Hirschen. Die Lampen habe der einmal kaputtgehauen im Suff. Und zwar alle. Man habe im Dunkeln gesessen, unter Scherbenregen, die Wirtin habe erst die Polizei und dann Kerzen geholt. Heimelig sei das gewesen, stimmungsvoll. Leider habe es da die Jukebox noch nicht gegeben. Und das Trio spiele ja höchstens einmal im Monat. Im Kerzenlicht hätten sie damals weitergetrunken, nur der eine nicht, der sei nach Hause geschickt worden. Die Rechnung, die der dann geschickt bekam, habe er nie bezahlt, aber er sei von da an zu Hause geblieben. Habe von da an dort weitergetrunken bis zu seinem frühen Tod. Umgebracht habe der sich. Zu Tode gesoffen. Und danach habe ja noch dieser andere im Haus gewohnt, aber da wisse er nichts, sagt der, der es durchaus wüsste, der jetzt aber schon viel zu viel gesagt hat. Das Gespräch ist schon in vollem Gange wegen ihm, voller Punktgewinn für den Neuankömmling!
Und da kommt es dem Gemeindemann gerade recht, dass jetzt die Frau des Neuen an den Tisch kommt und

sagt, sie gehe jetzt nach Hause, Moritz könne ja noch bleiben, sie finde den Weg schon, nur den Apfelsaft müsse er noch bezahlen, sie habe kein Geld dabei. Dann sagt sie nicht: »Meine Herren!«, und klopft auch nicht auf den Tisch, macht also alles falsch, was man falsch machen kann, und macht sich mit einem »Auf Wiedersehen« davon. Und jeder in der Runde hätte jetzt gerne den Rückschlag des Neulings gefeiert. Wäre es eine der eigenen Alten gewesen, hätte man jetzt über sie gelacht, oder über den Pantoffelhelden, und gesagt, dass es gut sei, dass er sich wehre, dass er noch bleibe. Vielleicht hätte man gefragt, ob man sich mal um die Alte kümmern gehen solle. Dann hätte man gelacht und auf den Tisch gehauen dabei. Aber jetzt sagt man nichts, starrt nur vor sich hin, während unser letzter Spieler auf dem Feld seine letzte Trumpfkarte zieht und das Thema Politik anschneidet.
»Milchkontingent«, sagt der Städter. »Bauernsterben«, sagt er. Er sagt: »Flurpflege.« Fügt an: »Aufwertung der Landschaft.« Er will ansetzen zu: »Selbstbestimmte Arbeit«, wird unterbrochen, erntet ein: »Jaja.« Ein: »Nur reden kann jeder.« Ein Schweigen von der ganzen Runde.
Die Dreiergruppe überlegt sich, was man mit dem vierten Mann anfangen soll, bis das Schweigen selbst die trainiertesten Nichtssager zu langweilen beginnt, und einer fragt: »Kannst du Schieber?«

Jetzt wird Karten gespielt. In dieser Gegend spielt man zu viert, immer zwei gegen zwei. Es ist gut, wenn man Freunde hat, denkt man, gut, wenn es da einen Verbündeten gibt, einen, der dann nachzutrumpfen weiß, wenn man selbst schlechte Karten hat, einen, der einen aus der Misere zieht und der einen mit Herz und Kreuz gegen die Gegner verteidigt. Denkt man. Obwohl man eigentlich wissen müsste, dass man sich nicht vor den Gegnern, sondern vor den Freunden in Acht nehmen sollte. Die Regeln sind einfach, aber das macht das Spiel nicht leichter. Es gibt geheime Verabredungen, die offen auf dem grünen Teppichstückchen liegen, neben welchem Aschenbecher stehen, in denen Stumpen qualmen, diese werden nicht weitergeraucht, weil jetzt Konzentration nötig wird: Soll der andere Rot ausspielen, muss man Rot verwerfen, mit Karo Herzen wünschen. Verwirft der Gegner Schaufeln, dann sollte man sich hüten, die Runde mit Kreuz zu beginnen, es wäre der Punkt, bei dem der Freund zum ärgsten Feind würde. »Du hast doch genau gesehen, dass er Kreuz anzeigt, warum kommst du mit Kreuz, wir hätten noch Stiche gehabt, deine Karo-Neun war Bock und bei Herz hätte ich auch noch etwas gehabt.« Hier helfen keine Ausflüchte, der Freund kennt die Karten, wie ein Feind zählt er mit, weiß, was auf dem Tisch liegt, wir vermuten spiegelnde Fensterscheiben, denn er weiß auch, was noch auf der Hand ist.

Moritz versucht Scherze, setzt an zu Reden, die er schwingen will, darüber, dass es Spaß mache, endlich einmal hier im Hirschen zu sein, die Nachbarn endlich einmal näher kennenzulernen, nicht immer bloß durch Hecken schielend oder wenn einer auf der Straße stehen bleibe, um das Haus anzustarren. Er will lachen und sagen, dass ja alles nur ein Spiel sei, über das Wesen des Spiels will er reden, aber das hier ist kein Spiel, denn hier wird nicht gelacht, und wenn, dann nur über eigene Witze oder über die Fehler der Gegner, allenfalls redet man über die Fehler der Verbündeten, wobei es dabei nichts zu lachen gibt. Ansonsten spielt man schweigend, keiner klopft einem Fremdling auf die Schulter, keiner fragt, wer man denn so sei und was man denn so gemacht habe und wie es einem denn so gehe. Man schweigt, selbst wenn es an eine neue Runde geht, wenn der eine triumphierend mischt, wenn der andere grinsend sein Glas hebt, an die Lippen oder um der Wirtin damit ein Zeichen zu geben, wenn ein Stumpen, der zu verlöschen droht, wieder angezündet wird, um den Ärger hinter einer Rauchwolke zu verstecken. Auch Moritz bestellt noch ein Glas, heute gehört er dazu, bloß Stumpen raucht er nicht, und der Schweiß auf der Stirn kommt nicht vom Alkohol. Er hat keine Zeit, ihn abzuwischen, denn die Runde geht wieder los, im Gegenuhrzeigersinn wird ihm immer schwindliger, weil er zu zählen versucht, weil er mithalten will, weil er keinen Hinweis verpassen darf, keinen Hinweis, was er spielen soll, um zu gewinnen, wie er schauen soll, um als ihresgleichen anerkannt zu werden, was er sagen soll, um Respekt zu ernten.

Wir würden unseren Redner, der verbissen und schweigend in die Karten starrt, gerne anfeuern, würden ihn gerne loben, weil er unser bester Spieler ist, würden sagen, dass er der Mutigste sei, hier in der Höhle des Löwen, die hier Hirschen heißt. Wir freuen uns darauf, dass er nach Hause kommt, dass er schwankt und schwitzt und stinkt und mit lauter Stimme von seinen Trümpfen und Triumphen erzählt, und davon, wie er es denen gezeigt habe und dass man jetzt per Du sei, dass sie ihn in den Turnverein eingeladen hätten und in den Feuerwehrvorstand. Wir freuen uns auf Geschichten von Männern, die sich in den Armen liegen und Lieder anstimmen, und auf das verschmitzte Gesicht unseres Ältesten, wenn er erzählt, dass auch die Internationale dabei gewesen sei. Obwohl man hier keine Herren kenne, hier sei jeder sein eigener Chef und man halte zusammen, und der Förster habe einen zum Essen eingeladen, am Sonntag gleich nach der Kirche. Wir gehen nie in die Kirche, glauben nicht an Götter und nicht an Zuspruch von oben. Wir glaubten nicht, dass unser Redner schweigen kann, aber er kann sich dabei sogar auf die Lippen beißen. Wir können ihn fragen, was los war, aber er kann höchstens grummeln. Wir hatten uns gefreut über betrunkene Lieder, wie sie in diesem Haus viel zu selten gesungen werden, weil zu viele von uns noch zu klein sind fürs Trinken. Aber nicht zu klein fürs Singen und fürs Feiern. Wir wollten um den Hirschenbezwinger herumtanzen und wollten ihm nicht leicht über den Rücken streichen, wollten ihm nicht sagen müssen, dass er das alles nicht so schwer nehmen solle.

Wenn die Schweigerin spricht und der Redner schweigt, dann weiß man, dass etwas nicht gut ist.

Wahrscheinlich haben wir nicht nur das Match, sondern auch das Spiel verloren, wahrscheinlich haben die Kartenspielergegner erst den Städter ausgelacht und dann den Kartenspielerfreund, der mit so einem einen Stich haben wollte gegen solche wie sie. Und der Kartenspielerfreund hat wahrscheinlich den Kopf geschüttelt und etwas Verächtliches gesagt, vielleicht hat ja einer gefragt, ob man noch eine Runde spielen wolle, und der, mit dem man eigentlich verbündet sein sollte, sagte: »Aber mit dem da spiele ich nicht noch mal.« Wahrscheinlich wollte dann auch kein anderer mit dem da spielen. Und auch *gegen* den da eher nicht. Man gewinnt zwar gerne, aber lieber im blutigen Gefecht, die Schwerter gezückt, die Visiere unten, das hier hingegen kann keiner ernst nehmen und also ist es ein schlechtes Spiel.

Unser Ältester ist ein schlechter Verlierer, hat den Hirschen nicht bezwungen und wäre jetzt gerne einer, der in Kneipen randaliert, der Glühbirnen kaputtschlägt. Gerne hätte er Hausverbot im Hirschen bekommen, wäre gerne von der Wirtin nach Hause geschickt worden. Alles wäre ihm lieber, als allein die Dorfstraße hochzuwanken, über die kleine Brücke und Richtung Haus, der einzige Ort an diesem Ort, wo er sich willkommen fühlt. Natürlich darf er zurück in den Hirschen, natürlich darf er es da wieder versuchen, keiner hat ihn weggeschickt, auch wenn keiner traurig war, als er gegangen ist. Auch er vergaß das »Meine Herren«, auch er klopfte nicht mit der flachen Hand auf den Tisch beim Aufstehen. Keiner zählte mehr die Punkte, dem Verlierer war klar, wer die Gewinner sind und dass sie sich jetzt noch eine letzte Runde gönnen, dass sie jetzt lachen und Witze reißen, dass all die Verstummten jetzt Lieder anstimmen, nicht die Internationale, sondern Lieder gegen Städter, gegen Zugezogene, gegen schlechte Kartenspieler und Menschen, die beim Mischen die Karten verbiegen.

Unser Redner ist für heute verstummt, wir sehen ihm auch so an, dass das Hirschenspiel nichts für einen ist, der früher immer der Gewinner war, der Runden unterhielt, dem der Applaus gewiss war. Wir möchten ihn feiern, den geschlagenen Kriegshelden, aber er will sich heute von keinem von uns die Wunden lecken lassen. Er geht stumm zu Bett, da kann unsere Schweigerin noch so lange auf ihn einreden und ihm sagen, sie habe es ihm ja gesagt.

Zwei

Wir sind wir, wir sind zu fünft. Die Stärken wie die Rollen sind verteilt. Das sind der Größe nach: Sich-Verlieben (Ada), Stärke (Fabian), Erinnern (Ralf), Schweigen (Vera), Reden (Moritz). Mehr braucht es nicht. Wir sind fünf. Wir werden fünfeinhalb. Das können wir nicht wissen, wir können nicht einmal wissen, dass wir es nicht wissen wollen.

*

Seit unser Redner im Hirschen war, spricht er erstaunlich wenig, und wenn, dann höchstens durch die Zähne. Er murrt, er grummelt. Wenn wir ihn fragen, ob er uns Schieber beibringt, sagt er, dass Kartenspiele doof seien, und bei diesem hänge zu viel vom bloßen Kartenglück ab, die Regeln seien unfair, und überhaupt mögen wir nur Spiele, bei denen alle gewinnen können. Das Landspiel ist eins davon. Man muss mit viel Einsatz spielen, muss das alte Leben aufgeben, gewinnt dafür ein neues Leben, gewinnt Spaß, gewinnt Gemeinsamkeit. Wir haben unser altes Leben eingesetzt, der Spielsieg ist das gute Leben. Wir leben, wie wir es immer wollten, auch wenn nicht alle von uns wussten, dass das, was wir hier gefunden haben, das ist, was wir immer gesucht haben. Früher hatten wir Schulfreunde, jetzt lernen wir, uns handgreiflich durchzusetzen. Früher hatten wir einen Beruf, der uns nicht glücklich machte, jetzt haben wir einen Job, der uns nicht glücklich machen muss. Jetzt haben wir Haus und Hof und uns. Da brauchen wir kein altes Leben, da brauchen wir keine Dörfler, die uns sagen, wer dazugehört und wer nicht. Wir sind nicht hergekommen, um Dorf, sondern um Land zu spielen. Wir spielen gemeinsam, sind im selben Team. Auch wenn es heute bloß Moritz ist, der vor dem Haus steht, in die Frühlingsmorgensonne blinzelt und schaut, was die nächsten Spielherausforderungen sind.

Seit er das Hirschenspiel verloren hat, ist er ein noch nachdrücklicherer Verfechter von dem, was er das wahre Leben nennt.

Im wahren Leben bringt der Frühling viel Arbeit. Mit grimmigem Gesicht und mit Pfahleisen macht er sich ans Tagwerk. Ein Schafzaun ist das Etappenziel. Maschendrahtrollen besitzen wir seit dem Herbst, sie liegen bei der Scheunenwand, der Winter hat sie zu Ellipsen verformt. Setzt man sich auf sie, federn sie nach, die Sonne scheint einem direkt ins Gesicht, die Scheunenwand ist dunkel, wärmt von hinten. Man könnte wippen und federn und sich über den Frühling freuen, aber Moritz vertreibt Rollensitzer jeweils, spricht von Knicken im Gitter, die Mehrarbeit bedeuten. Arbeit, die an ihm hängen bleibt, weil wir anderen ja doch nur helfen, wenn wir gerade Lust haben.

Lustlos steht Moritz jetzt auf unserer Wiese. Mit dem Pfahleisen muss er vorbohren, um die Zaunpfähle tief zu verankern, damit der Zaun hält und die Schafe bei uns bleiben und nicht zum Nachbarsbauer überlaufen. Moritz rammt das Pfahleisen in die Erde, lässt es stecken, lässt den Vorschlaghammer darauf niedersausen, als wolle er das Eisen für immer im Boden versenken. Der Vorschlaghammer wird ins frühlingsnasse Gras geworfen, Moritz zerrt am Pfahleisen, drückt es nach rechts, drückt es nach links, nach vorne, nach hinten, bewegt es dann im Kreis. Sein Kopf ist rot, seine Stirn glänzt. Es ist die Arbeit, es ist der Ärger, dass er ganz allein hier steht, wahrscheinlich ist es auch der Gedanke an die Stumpenraucher. Ärger verleiht ungeahnte Kräfte, Moritz zieht das Eisen mit einem Ruck aus dem Loch, positioniert den Zaunpfahl, hält ihn mit einer Hand, angelt sich mit der anderen den Vorschlaghammer, haut auf das Holz, bis es von selbst steht. Nun kann er den Hammer beidhändig halten, er holt weit aus, donnert auf den Pfahl, als könne der etwas dafür, dass die Dorfmenschen charmeresistent sind, als könne der etwas dafür, dass wir anderen heute keine Zeit haben, uns die Zeit mit Spielen zu vertreiben.

Der erste Zaunpfahl steht so unverrückbar wie die Hügel und Berge, die uns umgeben. Wir sehen von Ferne, wie Moritz ein paar Meter weiter den nächsten verankert, sehen den wuchtigen Schlag, hören den Ton zeitlich leicht versetzt, könnten diesem Phänomen stundenlang zuschauen, müssen aber leider los. Heute können wir unseren Bewundernswertesten nicht bewundern, er muss sich heute allein um das Landleben kümmern, wir haben andere Verpflichtungen. Sie heißen Schulpflicht oder Erwerbsarbeit.

Moritz, unser Größter, bleibt allein, bekommt seine Größe von niemandem bestätigt. Er hat sich die Arbeit selbst eingebrockt, nennt sie ansonsten freiwillig und selbstgewählt, aber das Spiel verliert schnell seinen Reiz, wenn Mitspieler oder Zuschauer fehlen.
Moritz haut den Vorschlaghammer auf Holz, bis Holz splittert, bis der Splitter beinahe ins Auge geht, bis Moritz einen Grund hat, lauthals loszufluchen. Er verflucht den Splitter, verflucht Pfähle, die nicht von allein stehen können, verflucht den Boden, der entweder noch gefroren oder viel zu felsig ist, er verflucht die Arbeit, verflucht den Alltag, verflucht die verfluchte Idee hierherzuziehen.
Moritz muss an die Freunde denken, die schon länger keine Freunde mehr sind, die ihn halb bewunderten, halb verspotteten, als er damals sagte: »Wir ziehen aufs Land!« Ein paar von den Freunden halfen noch beim Umbau, wenig später fehlten bald alle Gesprächsthemen, Moritz kann sich ihre Leben und Werdegänge zu gut vorstellen, er braucht nicht nachzufragen. So einen Werdegang könnte Moritz auch haben, so ein Leben, das wäre einfach. Erst die Beförderung, dann die Überstunden, dann das Geld, das man investiert in ein Auto, in ein Haus im Grünen, nahe am Stadtrand, in der Nähe von anderen Freunden, die man nie zu Gesicht bekommt, wegen der Überstunden und weil vielleicht bald die nächste Beförderung ansteht oder bald die Selbstständigkeit und sicher bald ein neues Auto. Und neue Sachzwänge, denen man die Schuld geben kann, dass nicht alles ist, wie es sein soll. Hier auf dem Land ist es anders, hier ist das gute Leben, hier ist es richtig, hier hat

man alles. Außer eine Entschuldigung fürs Unglücklichsein.
Aber das wollen Freunde nicht hören, also kommen sie nicht mehr zu Besuch. Moritz kann gerne darauf verzichten! Nein, so schnell gibt sich einer wie Moritz nicht geschlagen. Ein paar Zaunpfähle werden ihn nicht in Zweifel stürzen, ein paar Stiche und gegnerische Trümpfe kann er verschmerzen, er hat zu viel investiert, um nach einem Jahr schon aufzugeben, es ist Frühling, jetzt geht die Sache erst richtig los. Und Moritz rammt das Pfahleisen erneut in den Boden, schlägt wieder und wieder mit dem Vorschlaghammer darauf, zerrt dann am Eisen, rüttelt daran, bis es aufhört, sich am Erdinneren festzuklammern. Moritz rammt den nächsten Pfahl in das neue Loch, traktiert den Pfahl erst ein- und dann beidhändig mit dem Vorschlaghammer. »Ihr werdet schon sehen«, denkt Moritz und weiß nicht recht, wen er mit »ihr« meint.

Und während Moritz schwitzt und stöhnt und schlägt und unsere Wiese umsäumt mit Zeichen des Widerstands, fährt unsere Altenpflegerin auf dem roten Mofa. Das rote Mofa knattert, Vera singt. Sie liebt die Fahrt, die erst die abschüssige Straße hinunterführt, dann durchs Dorf. Nur im Winter war die Fahrt streckenweise anstrengend, Vera musste ihren Gesang unterbrechen, musste sich hangabwärts auf ihre Fußsohlen konzentrieren, die übers Eis schlitterten, während der Motor das Tempo lautstark drosselte. Wortlos schimpfte sie auf die Erfinder von Winter und diejenigen von Mofas, weil Mofas nicht gleichzeitig Schlitten sein können.

Vera fährt auf dem roten Mofa. Sie fährt durchs Dorf, ist froh, dass das Eis geschmolzen ist. Sie grüßt die Dorfbewohner mit zwei Fingern der linken Hand, die rechte gibt konstant Gas, mit dreißig Stundenkilometern verlässt sie das Dorf. Sie freut sich über den Frühling, sie freut sich auf die Strecke zwischen den Dörfern, die leer ist, die lang ist. Vera fährt auf dem roten Mofa, lässt erst Bauern, dann die Fabrik hinter sich, die Straße biegt um einen Hügelausläufer, die Straße ist auch hier noch einmal abschüssig, wird erst wieder flach, wenn die ersten Häuser des Nachbardorfs auftauchen.
Vera auf dem roten Mofa. Sie ist die Einzige von uns, die gerne zur Arbeit geht. Vielleicht, weil sie zur Arbeit fährt. Vielleicht, weil sie von der Arbeit keine Aufgaben mit nach Hause nehmen, vielleicht, weil sie sich nicht wie andere von uns in den Pausen in Selbstverteidigung üben muss. Wahrscheinlich auch, weil sie machen darf, was sie sich ausgesucht und was sie gelernt hat. Während unser Ältester am Arbeitsplatz bloß Geldverdiener ist: In der Gemeindestube schiebt er jeweils Blätter hin und her, sucht sich lange und umständlich die passendsten Büroklammern aus, um ja nicht zu schnell zu sein, überflügelt auch so die andere Gemeindeschreiberhälfte. Moritz' Job ist es, unauffällig die ganze Gemeindeschreiberarbeit zu machen und dabei nicht vor Langeweile umzukommen. Vera hingegen spielt gerne Sisyphus, sie stellt sich den Altersheimbewohnerinnen täglich vor, muss sich um Alltag und frische Windeln kümmern. Sie mag die Damen und Herren, auch wenn sie von den meisten regelmäßig beschimpft wird, weil sie plötzlich

doch nicht ihre Tochter ist oder weil sie es wagt, ihnen an die Wäsche zu gehen.
Die Witwe des Fabrikanten beschuldigt unsere Mofafahrerin täglich. Die Witwe des Fabrikanten fühlt sich bestohlen. Die Witwe des Fabrikanten kann nicht sagen, was es ist, das ihr wegkommt. Die anderen Pflegerinnen halten sie für dement. Offenbar scheint nur Vera zu wissen, dass die Witwe des Fabrikanten heimlich raucht, dass es wahrscheinlich die Zigaretten sind, die ihr seltsamerweise frühzeitig ausgehen.
Rauchen ist auf den Zimmern verboten, nur am Ende jedes Flurs ist es erlaubt. Die Witwe des Fabrikanten rollt dort mit emporgereckter und gerümpfter Nase vorbei, ist stolz auf ihre Gesundheit, schimpft über Menschen, die sich nicht im Griff haben. Und sie schimpft über Diebe, allerdings bleibt die genaue Anklage wie gesagt im Dunkeln. Klar wird bloß, dass die Witwe des Fabrikanten nicht ins Altersheim gehört, dass sie etwas Besseres verdient hat, dass sie sich ein Leben lang gut um sich gekümmert hat, dass sie es nicht verdient hat, beim Frühstück, beim Mittag- und beim Abendessen den Tisch mit all diesen sabbernden, schreienden, kranken Alten zu teilen. Sie hat es nicht verdient, bestohlen zu werden.
Die Witwe des Fabrikanten bleibt lieber auf ihrem Zimmer, unsere Pflegerin spielt Zimmermädchen, wechselt Bettwäsche, übersieht kommentarlos die Schachtel Zigaretten unter der Matratze, arbeitet unabgelenkt und schweigend, während die Witwe des Fabrikanten vom Fabrikanten erzählt und von der Fabrik.
Die Witwe des Fabrikanten empört sich über die neue Zeit, die ein Familienunternehmen zu vernichten weiß.

Die Witwe des Fabrikanten empört sich über Fabrikantennachfolger, die nicht mal mehr Industrielle sind, sondern bloß noch Manager, die mit der Firma Schindluder treiben, statt auf feine Stoffe zu setzen wie ihr Mann, Gott hab ihn selig. Der Fabrikant wusste noch, was ein Geschäftssinn ist, erbte die Fabrik von seinem Vater, der sie seinerzeit den Gründern und Erbauern abkaufte, damals in der Wirtschaftskrise, als sie billig zu haben, sprich zeitweise geschlossen war. Der Schwiegervater, auch er längst selig und bei den Seinen, der hat den Dorfbewohnern Hoffnung gegeben und Arbeit und junge Italienerinnen, die sie auf den Dorfstraßen anstarren, bei Dorfbällen auffordern und in der Dorfkirche heiraten konnten. Bald übertrug der Vater dem Sohn die Fabrik, kümmerte sich um andere Ableger, bald fand der Fabrikantensohn eine Fabrikantentochter, die er vor den Traualtar der Stadtkirche führen konnte. Die Stadtkirche, selbstverständlich die Stadtkirche, sagt die Witwe des Fabrikanten, auch wenn der Hauptort kaum Stadt genannt werden kann. Die Witwe des Fabrikanten spricht von der Hochzeitsfahrt zurück ins Dorf, spricht von den Stufen zur Fabrikantenvilla, die sie ihr Gatte hochgetragen hat. Der habe noch zupacken können, sagt die Witwe des Fabrikanten, die wieder ganz Fabrikantengattin geworden ist, die ihr Dienstmädchen im kleinen Altersheimzimmer herumkommandiert. Das Dienstmädchen ist allerdings Altenpflegerin geblieben, hört nicht auf Kommandos, hört den Erzählungen nur halb zu, schaut nur aus Reflex dem Zeigfinger der Fabrikantengattin nach, die aus dem Fenster Richtung Hügel zeigt, wo die Fabrikantenvilla noch heute steht. Wo die Frau Fabrikantin

heute noch hingehören würde. Von wo aus ein Dorf regiert wurde, bis die neue Zeit erst den Mann zur Strecke brachte und sicherlich auch bald die Fabrik.
»Und dann sitzt man im Altersheim und wird auch noch bestohlen«, fügt die Witwe des Fabrikanten an.
Unsere Schweigerin nickt abwesend, lächelt schweigend.
Seit wir auf dem Land sind, geht es Vera gut, sie sitzt täglich vergnügt vor dem Haus, bewundert die Landschaft, nennt das Leben Urlaub, fährt ohne Murren auch im Urlaub zur Arbeit, liebt das Singen auf dem Mofa, mag sogar die Geschichten der Witwe des Fabrikanten, freut sich auf die Zigaretten unter deren Matratze, raucht heimlich jeweils eine davon in der Arbeitspause.

*

Moritz gönnt sich auch am kommenden Tag keine Unterbrechung, er wehrt sich weiter mit Vorschlaghammerschlägen gegen sich verbündende Dörfler, gegen feixende Freunde, gegen Katerstimmung, gegen aufsteigende Gedanken, die den Dörflern, die den Feinden, die dem Kater recht geben wollen. Er wehrt sich Schlag um Schlag gegen unsere Faulheit, will uns zeigen, dass er es auch allein kann, aber seine Stärke bleibt unbeobachtet. Kein Einziger von uns applaudiert, als der letzte Pfahl seinen unverrückbaren Platz am Wiesenrand gefunden hat, kein Stumpenraucher kommt zufälligerweise vorbei, um beiläufig an diesem Pfahl zu rütteln und dem Zugezogenen anerkennend zuzunicken. Niemand sagt, dass man dem Städter solch fachmännisch verankerte Pfosten gar nicht zugetraut hätte. Ungerühmt gönnt sich Moritz weder einen imaginären Schwatz mit nicht Anwesenden noch einen Augenblick der Ruhe, das Pfahleisen bleibt in der Wiese liegen neben dem Vorschlaghammer und den überzähligen Pfählen. Moritz marschiert zur Scheune, wendet sich den Gitterrollen zu. Die erste wird vom Stapel gezerrt, hier saßen wir in der ersten Frühlingswärme, von hier aus blinzelten wir in die Sonne und bewunderten die Aussicht, wir spielten Meer, spielten Kreuzfahrt, wippten im Takt der Wellen. Die schäumende Gischt und Eisberge vor uns, unter uns der zukünftige Schafzaun, der sich mit jeder gemeinsam gefeierten Woge weiter ins Oval verbog.

Moritz schimpft, während er die erste Rolle ausrollt: Eigentlich ist sie neu und hat noch kein einziges Tier eingezäunt, und dennoch ist der Maschendraht zerknickt und nur umständlich aus der Form zu bringen. Moritz lässt auch ihn liegen, macht sich auf die Suche nach einem Hammer, sucht die Schachtel mit Krampen, sie ist fast leer. Wahrscheinlich haben sie die Jüngeren von uns wieder einmal als Geschosse missbraucht. Die Älteren von uns haben das verboten, aber Krampen eignen sich einfach zu gut zum Verschleudern. Man lädt das Gummiband, das zwischen Daumen und Zeigefinger gespannt wird, zieht auf und lässt los, trifft genauer als mit Steinen und zielt also nicht auf Lebendiges, höchstens ausnahmsweise auf Katzen, die streunen und mit jaulenden Lauten Treffer verkünden.

Krampen sind ein gutes Spielzeug, und deswegen sind Krampen jetzt rar, unser Handwerker flucht und wirft die Schachtel auf den Boden, Krampen fallen heraus,

Moritz flucht und sammelt sie wieder ein. Sie sind das wertvolle Bindeglied zwischen Zaun und Pfahl, mit harten Schlägen müssen sie oben, in der Mitte und vor allem ebenerdig ins Holz gehauen werden, damit sich die Schafe nicht dahin fressen können, wo das Gras immer grüner ist. Drei Stück pro Pfahl also, in der Schachtel sind also zu wenig, und also steht Moritz ein Spaziergang ins Dorf bevor und ein Einkauf im Dorfladen.

Moritz will weiterrackern, Moritz will nicht ins Dorf, Moritz will keine vorbeigehenden Dörfler grüßen müssen, Moritz will keine spöttischen Blicke ernten. Und vor allem will er mit niemandem reden müssen heute. Auch der Satz »Eine Schachtel Krampen, bitte!« wäre schon zu viel. Moritz denkt: »Lasst mich doch alle in Ruhe!«, und lässt den Maschendraht und das Zaunprojekt erst einmal liegen. Noch kann Moritz nicht stolz auf sich und seine Arbeit sein, und selbst wenn sie schon abgeschlossen wäre, die Liste der weiteren Aufgaben ist noch lang, man könnte und sollte noch vieles erledigen, und »man« ist Moritz, und Moritz steht vor der Scheune, starrt die Maschendrahtrollen an.

Schon lange wollen wir Kaninchen haben, und Kaninchen wollen in Kaninchenställen leben. Eine Bauanleitung und entsprechende Bretter liegen bereit. Man müsste die Bretter nur zurechtsägen, müsste bloß Holzleisten an die Bretter schrauben, bräuchte dazu Winkeleisen und später Scharniere, um die aus vier kleineren Holzlatten und einem Stück Drahtgitter zu zimmernden Türchen am Rest des Stalls zu befestigen. Noch ist nichts von alledem getan, man könnte die Bretter also auch dazu benutzen, endlich einmal ein Regal zu zimmern. Fürs Wohnzimmer. Damit sich all die Landspielregelwerke und Bauanleitungsbücher nicht überall auf dem Spannteppich stapeln müssen. Damit das Wohnzimmer nicht aussieht, als sei man gestern erst eingezogen. Das von Dorflehrer und Gattin geschenkte Sofa macht sich gut im beinahe unmöblierten Raum, machte sich vielleicht noch besser neben einem selbstgezimmerten Bücherregal.

Und für den nächsten Winter sollte die Ofenfrage rechtzeitig angegangen werden!

Auf einen Hühnerzaun hinter der Scheune wollen wir zum Glück verzichten, aber die Hühner bräuchten neue Hühnerstangen. Nicht bloß weil die alten schon nach einem halben Jahr in den schönsten Grautönen zugekotet sind, sondern weil sie gestuft angebracht sind und die Damen Federn lassen müssen bei der Klärung der Frage, wer oben sitzen darf und wer unten.

Auch hat sich unter den undemokratischen Stangen eine ordentliche Schicht Hühnermist angesammelt, mit der Mistgabel oder der großen Schaufel sollte man ihn aus dem von den Schafen abgetrennten Scheunenteil entfernen. Die Schafe würden sich ebenfalls über neue Streu freuen, der Übergang von Heufutter zu Strohunterlage ist längst fließend. Wir haben den Scheißauftrag hin- und hergeschoben, jetzt bleibt er an Moritz hängen. Er steht noch immer an Ort und Stelle, die Liste in seinem Kopf wird lang und immer länger:

Einen Platz finden fürs Übersommern der Schlitten, die immer noch vor der Scheune herumliegen.

Und dann auch gleich Schneeschaufeln gegen Besen austauschen.

Außerdem will sich unsere Altenpflegerin bald um Kraut und Gemüse kümmern können, will aber nicht, dass Hühnerfüße Setzlinge ausscharren, dass Hühnergefieder in Sandbädern gereinigt wird, wo eigentlich Salat, Karotten, Kartoffeln oder Tomaten wachsen sollten. Wir sind generell gegen Einschränkungen und Gefängnisse, sind also auch gegen Hühnergehege, und also müssen wir den Garten einsperren.
Das sollte bald geschehen, nur werden Bretter, Pfähle und Latten nicht reichen für sämtliche Projekte. Was an Material vorhanden ist, stapelt sich neben den Drahtgitterrollen an der Scheunenwand. Auch Kraft und Lust scheinen nicht in der nötigen Menge zur Verfügung zu stehen. Moritz schaut in die Ferne auf Hügel, kapituliert vor dem Aufgabenberg.
Die Sonne scheint auf die Scheunenwand, scheint auf die herumliegenden Bretter und Latten und Pfähle, scheint auf unseren Maschendrahtrollenthron, scheint auf Moritz, der erst geräuschvoll ausatmet und dann den Thron besteigt.
Die Scheunenwand ist warm, die Sonne scheint. Pfähle, Latten und Bretter geben langsam ihre Winterfeuchtigkeit her, Moritz gibt sich der Frühlingsmüdigkeit hin.
Er lässt sich gerne blenden, lässt sich gerne von der Arbeit abhalten.
Zum Beispiel durch Tagträume. Oder zum Beispiel durch eine, die plötzlich seine Aussicht verdunkelt, weil sie zwischen ihm und der Frühlingssonne steht.
»Na? Anstrengend?«
Er entgegnet: »Sehr! Willst du helfen?«, und klopft dabei zweimal leicht auf den freien Platz neben sich auf dem Gitterrollenthron. Die Sonne beginnt wieder zu

blenden und zu wärmen, denn Christine klettert auf den angewiesenen Platz, staunt, wie bequem der ist, lässt sich ebenfalls blenden, fühlt sich gleichfalls gewärmt und fügt an: »Das Leben ist manchmal gar nicht so schlecht.«

*

Weil Moritz in der ersten Hälfte des Tages so fleißig war, fiel niemandem auf, dass er in der zweiten Hälfte bloß herumsaß. Am Abend erntete er von Vera einen Kuss für die unsere Wiese umrundenden, noch nicht durch einen Zaun verbundenen Pfähle, wir versuchten daran zu ruckeln, wir lobten unseren Vorschlaghammerschwinger, Fabian versuchte, auf einen der Pfähle zu klettern, hielt sich zwei Sekunden, ließ sich mit einem theatralischen »Aaah!« zu Boden fallen, und dann wendeten wir unsere Aufmerksamkeit wieder anderen Dingen zu.
Und auch heute steht Moritz wieder vor dem Haus, winkt uns zum Abschied und blinzelt lustlos in die Frühlingssonne.
Während er darauf wartet, dass er Motivation oder aber Ablenkung findet, darf sich unsere Pflegerin von Jung (privat) und Alt (Beruf) die Geschichte der Witwe des Fabrikanten auch heute wieder anhören. Der Schwiegervater, die Wirtschaftskrise, die Italienerinnen und die Dorfkirche. – Vera denkt an ihre Pausenzigarette. – Der Fabrikantensohn und die Fabrikantentochter, die Stadtkirche und die alte Zeit, die die gute Zeit war. – Vera denkt an früher, an das alte Leben, das das schlechte Leben war. – Industrielle, Manager, Schindluder. – Das

frühere Leben liegt schon Jahrzehnte zurück, Vera kommt es vor, als lebten wir schon ewig hier, als höre sie schon zum hundertsten Mal die Leier der Fabrikantenwitwe, mitsingen könnte sie bereits. – Die böse, neue Zeit, die bösen Diebe, warum grinst das Dienstmädchen so böse?! – Vera ist vergnügt, sie geht nicht auf die alte Frau ein, freut sich, dass sie alles kennt, was diese sagt, dass die Zigaretten immer bereitliegen, dass sie, die Witwe des Fabrikanten, noch immer nicht herausgefunden hat, dass Vera die Diebin ist, und dass sie, Vera, noch immer nicht herausgefunden hat, wer der Witwe des Fabrikanten eigentlich die Zigaretten besorgt.

Moritz steht vor dem Haus, er wartet auf einen Impuls, der ihm sagen würde, dass es jetzt losgeht mit arbeiten. Der Impuls kommt nicht, aber Moritz macht dennoch ein paar Schritte in Richtung Scheune, nur um es sich wenig später genauer zu überlegen und umzukehren. Denn bevor man sich um die Weide und um den Zaun kümmern kann, sollte man sich erst einmal um das Haus kümmern und um die Küche. Schneller, als einem lieb ist, ist wieder Mittag, und am Mittag kommen die Schulpflichtigen zum Essen und Schulpflichtige wollen keine Reste vom Frühstück vorfinden, die sie selbst hinterließen, weil wieder einmal Eile angesagt war, und jetzt stehen die Frühstücksteller als schmutziges Frühstücksgeschirr auf dem Tisch, und also zieht man besser die Stahlkappenstiefel wieder aus, die Stahlkappenstiefel, die man sich extra für die Arbeit da draußen gekauft hat und die bald einmal etwas Schuhcreme vertragen könnten, sonst altern sie schneller, als es unser Budget zulässt. Moritz sucht seine Hausschuhe, und bevor er den Frühstückstisch abräumt, setzt er noch einmal einen Kaffee auf, um in Schwung zu kommen. Dabei fällt ihm ein, dass die Schafe ja auch noch nichts gefrühstückt haben, und also zieht er die Hausschuhe wieder aus und zieht die Stahlkappenstiefel an, zieht diese aber auch gleich wieder aus, wieso soll er auch die Stahlkappenstiefel schmutzig machen, wenn es die Gummistiefel auch tun, Moritz will ja nur kurz die Schafe füttern, das kann man eigentlich auch in Holzpantoffeln tun, also landen auch die Gummistiefel wieder in der Ecke und aus der Ecke werden sie gleich wieder herausgeholt und ordentlich neben die anderen Schuhe gestellt, sonst muss man das nachher tun, denn heute will man ja ordentlich sein, und die Schuhcreme legt Moritz jetzt auch schon einmal bereit, damit er das Schuheeincremen nachher nicht vergisst. Und endlich geht er zu den Schafen. Er begrüßt die Schafe. Er greift mit der Hand tief in Schaffell. Beim Hals packt und krault und streichelt er die Tiere, das mögen sie und Futter auch und das bekommen sie jetzt auch und: »Bald dürft ihr raus«, verspricht Moritz und beschließt, dass er heute noch die Arbeit am Zaun beendet, dann kann er auch endlich den Schafstall ausmisten, aber erst muss eben noch unser eigener Schweinestall ausgemistet werden. In der Küche steht der Kaffee noch auf dem Herd, zischt und sprudelt, die Herdplatte glüht dunkelrot, Moritz nimmt ein Handtuch, nimmt den Kaffee vom Herd, gießt sich eine Tasse ein, gießt etwas kaltes Wasser dazu, heute ist keine Zeit, um zu warten, bis der Kaffee von allein kühler wird, heute muss Moritz das gestern Versäumte aufholen, er darf keinen Gedanken verschwenden an die Sonnenstunden mit

Christine auf dem Gitterthron. Lieber setzt er sich mit dem Kaffee kurz nach draußen auf die Treppe. Von hier aus kann man alles durchdenken, erst die Haus-, dann die Hofarbeit. Auch das Mittagessen, das eingekauft oder gekocht oder beides werden muss. Etwas Einfaches reicht. Brot und Käse. Für mehr ist keine Zeit. Denkt Moritz. Während er auf der Treppe sitzt und in die Morgensonne starrt, an seinem verbrühten, lauwarmen Kaffee nippt. Und nicht an Christine denkt. Christine, die ihn ablenken könnte.

Moritz steht auf, um sich noch einmal einen Kaffee einzugießen, neben der Tür stehen die Stahlkappenschuhe, auf die er die Schuhcreme gelegt hat, er geht also in die Küche und sucht sich einen Lappen, um die Schuhe zu wichsen, er findet etwas, das einmal ein Hemd war und jetzt zum Putzen dient, er schaut das Ex-Hemd an, es hat einmal ihm gehört, er mochte es einmal, er kann nicht verstehen, weswegen es hier gelandet ist, die paar Löcher, die waren doch nicht schlimm. Moritz steht in der Küche, betrachtet den Stofffetzen, was wollte er damit, was will ich hier in der Küche, dieses Herumschlendern, das tut nicht gut, gestern war ich doch auch fleißig, ich brauche gröbere und körperlichere Arbeit, das wird mich in Schwung bringen, denkt Moritz. Und Moritz wirft den Lappen zurück in den Küchenschrank, gießt sich auf dem Weg nach draußen einen weiteren Kaffee ein, trinkt ihn in schnellen Schlucken, er ist schon ganz zittrig von all dem Koffein, besser, er isst mal noch schnell eine Scheibe Brot, also dreht er sich wieder um, wieder in die Küche, Brot steht noch auf dem Tisch, eine Scheibe abschneiden und wieder nach draußen, da die Stahlkappenstiefel anstarren,

womit soll ich beginnen, die Schuhcreme beiseitelegen für später und jetzt endlich in die Schuhe und jetzt endlich wieder in Richtung Scheune, die Schafe haben eine Weide verdient, Moritz kramt bei der Scheune das nötige Werkzeug zusammen, den Hammer hat er schon gefunden, jetzt bloß noch die Krampen, dann kann es losgehen mit der aufgeschobenen Arbeit, und in genau diesem Augenblick sieht er Christine, die die Straße neben Haus und Scheune entlangläuft, die wohl zum Einkaufen geht.
Moritz winkt.
Christine ruft: »Das sieht nach Arbeit aus!«

Vera steht im Garten des Altersheims unter dem kleinen Vordach, schaut in den Frühlingsvormittag, ist froh, dass der erste Winter, dass das erste Jahr überstanden ist. Das Nikotin breitet sich langsam im Körper aus, vernebelt den Kopf, die leichte Übelkeit, die aufsteigt, Vera genießt das Abtauchen, genießt die Ruhe, denn darum geht es doch hier, hier auf dem Land, um die Ruhe geht es, ums Ankommen, gemeinsam.
Das erste Kind kam früh, das zweite und das dritte folgten schnell, eine junge Familie, die sich irgendwie durchhangelte. Bis Moritz endlich sein Studium abgeschlossen hatte, bis er eine Stelle fand, die Geld einbrachte, bis endlich auch Kind Nummer drei im Kindergarten war und bis sie nahe schien und greifbar: die Ruhe. Vera hätte wieder Zeit gehabt zum Arbeiten, hätte wieder Zeit gehabt für ihren Mann, aber der war plötzlich von Unruhe getrieben: Wo war das neue Projekt, was soll man tun im Leben, geht es jetzt immer so weiter, genau so?

Dagegen hätte Vera nichts einzuwenden gehabt, aber Moritz schien sich dabei auf einmal abhandenzukommen. Also länger arbeiten, oder behaupten, dass man länger arbeitet, und später nach Hause kommen und neue Leute kennenlernen und durch die Stadt ziehen mit Bekanntschaften, von denen Vera gar nichts wissen wollte. Vera lag jeweils noch wach, wenn Moritz nach Hause kam, hatte keine Lust, sich Geschichten anzuhören, in denen es um spannende neue Erlebnisse ging, um die es im Grunde eben nicht ging, aber davon erzählte Moritz auch nichts. – »Ich bin ja nicht eifersüchtig, Moritz, aber du machst das alles bloß mit dir aus.« – Und Moritz stritt alles ab, stritt überhaupt gern, fand immer mehr Gründe, immer weniger zu Hause zu sein, bis das Paar eines Nachts in der Stadtwohnung im Bett lag, bis sich Vera aufsetzte, bis sie sagte: »Was ist eigentlich los?« Und bis Moritz endlich ins Reden kam: »Wo ist das neue Projekt, was soll ich tun im Leben, geht es jetzt immer so weiter, genau so?« Oder: »Das, womit ich meine Zeit verbringe, ist nicht das, was ich mag.« »Was magst du denn?« »Ich weiß es nicht.« Und das Paar saß, lag, wälzte sich in der Stadtwohnung im Bett, kaute an Problemen herum, die Vera nicht verstand, und Moritz verstand sie auch nicht, und nun lag es in der Luft, das Wort, dieses unruhestiftende Wort »Trennung«. Und weder Moritz noch Vera wussten, ob er oder sie es lieber hören oder lieber sagen wollte. Und dann plötzlich tauchte ein neues Wort auf, und statt von »Trennung« sprach man plötzlich von »Neuanfang«. Gemeinsam. Und richtig. Und plötzlich sprach man auch vom lange gehegten Traum, aufs Land zu ziehen, und Vera sagte: »Lass es uns einfach tun.«

Und die Zeit, die auf die schlimme Zeit folgte, an die erinnert sich Vera schon lieber und also auch besser. Sie war geprägt von Euphorie, war unruhig, weil es viel zu tun gab, ein Haus mit Hof musste gefunden werden, mit der Bank musste man reden, mit den Freunden, mit den Kindern. Aber greifbar war auch die Vorfreude: Bald würde es neue Aufgaben geben (Moritz), bald würde sie einkehren, die Ruhe (Vera). Und natürlich waren die meisten Häuser zu teuer und natürlich lag das einzige erschwingliche Haus viel zu weit von der Stadt weg, viel weiter als geplant. Abgelegen. Ganz hinten, mitten in den Hügeln. Verlottert. Und diesmal war Moritz derjenige, der den Satz sagte: »Lass es uns einfach tun.«

Und jetzt ist das erste Jahr geschafft, die Dinge beginnen sich einzuspielen, ab jetzt kann es immer so weitergehen, denkt Vera. Vergnügt nimmt sie den letzten Zug von der Zigarette, drückt sie am Stützpfeiler des Vordaches aus. Sie schaut, ob sie niemand beobachte, und wirft den Stummel ins Gebüsch. Es ist ihr etwas schwindlig, etwas übel, der Puls ist erhöht, und trotzdem fühlt sie sich erschlagen. Sie mag dieses seltsame Gefühl, wie in einer Blase. Sie freut sich auf den nächsten Tag, hofft, dass der Witwe des Fabrikanten die Zigarettenvorräte nicht zu schnell ausgehen.

*

Schon länger hat Christine ein Auge für Fahrzeuge, nun nutzt sie ihre Fähigkeit und ihre vormittägliche Freizeit für Spaziergänge in unsere Richtung. Steht das rote Mofa nicht vor der Scheune, setzt sie sich mit unserem Ältesten auf den Gitterrollenthron.

Seit der Frühling da ist, scheint es Christine besser zu gehen, es scheint, als wisse sie sich neuerdings zu wehren gegen das Schwere in der Welt. Vielleicht ist es auch die frische Luft, die sie dank der täglichen Ausflüge und Gitterrollenthronsitzungen abbekommt, die roten Wangen kommen von der Frühlingssonne oder von den Gesprächen, die sie mit unserem Redner führt. Mit unserem Redner, den sie bewundert für seine Tatkraft, für seine Entschlossenheit und für seine Reden. Seit Moritz nicht mehr bloß Tröster sein muss, spricht er auch von eigenen Sorgen, die er ansonsten mit niemandem zu teilen scheint. Er spricht davon, dass der Neuanfang langsam zu Alltag werde, davon, dass er nicht bloß hierhergekommen sei, um Arbeiter zu sein. Christine versteht ihn, Christine hört ihm gerne zu, Christine mag seine Stimme, an die Scheunenwand gelehnt spürt sie die Vibration dieser Stimme im Rücken.
Moritz und Christine. Man trifft sich täglich, sie hält ihn von der Arbeit ab, er erwartet sie freudig, endlich darf er aufhören, seine Aufgabenliste oder die nackt aus der Wiese ragenden Zaunpfähle anzustarren.
Man sitzt da, nebeneinander auf mehreren Rollen Maschendraht oder auf der Bank vor dem Haus, schaut auf die Wiese, schaut zu den Bauernhäusern, beobachtet Zweige, die sich im Frühlingswind wiegen und Tag für Tag mehr hellgrüne Blätter tragen. Auch Christine ist aufgeblüht. Vergnügt erzählt sie von ihrer Kindheit, von seltsamen Nachbarskindern und wann sie sich in wen verliebt hat. Moritz erzählt von der Stadt, erzählt, wie froh er ist, hier auf dem Land zu sein, Christine fragt, ob er nie Zweifel habe, ob das hier alles gut sei, Moritz verneint, dann wendet er den Kopf, schaut

Christine an und grinst, die Augen schmal, auch Christine muss grinsen. »Man ist wohl nie zufrieden«, sagt Moritz, sagt es, als meine er es nicht ernst. Christine lacht und sagt: »So wie ihr, so möchte ich auch leben.«
Moritz und Christine, sie sitzen da auf ihrem Platz an der Sonne, Moritz mit schlechtem Gewissen, weil er sich nicht um das kümmert, worum er sich kümmern sollte, weil er, statt den Schafszaun zu vollenden und einen Kaninchenstall zu bauen, hier sitzt und Reden schwingt über das gute Leben und über schlechte Momente. Weil er es genießt, dass die Dorflehrersfrau ihre Sorgen vergessen zu haben scheint und dass es anscheinend an ihm liegt. Weil er die Nähe genießt, zu dieser Frau, die ihm nicht gehört, aber diese Nähe gehört an diesen Vormittagen ihm und nur ihm, eine handbreite Distanz zwischen seiner Schulter und ihrer Schulter. Diese fremde Schulter hat nichts mit uns zu tun, nur mit Moritz allein, und er genießt es, hier auf diesen federnden Gitterrollen nicht Teil eines großen Ganzen, sondern ganz er selbst zu sein. Und hat ein schlechtes Gewissen, dass er es genießt.
Und er weiß nicht recht, was er anfangen soll mit diesem Gefühl. Er weiß bloß, dass er alles hat: Er hat uns, hat das Haus, hat den Stall, hat die Schafe, hat sich dafür entschieden und weiß, dass es die richtige Entscheidung war. Er könnte froh sein, und er ist froh, denn der erste Winter ist überstanden und es gibt wenigstens eine Person, die uns bewundert für die Art, wie wir leben. Dass wir es richtig machen, dass wir ein Zuhause haben, dass wir eine Familie sind, ein Team, dass jeder seine Stärke hat, dass wir gemeinsam unverwundbar sind.

Moritz' Stärke ist, andere für sich einzunehmen, Dörfler waren bis jetzt resistent, bei Christine scheint die Gabe wieder zu funktionieren. Und Moritz fragt sich Morgen für Morgen, wenn er uns verabschiedet hat, wenn er allein vor Haus und Hof steht, wenn er überlegt, welche der anfallenden Aufgaben er heute aufschieben soll und ob er deswegen so auf die Besucherin hofft, weil er von ihr oder weil sie von ihm so angetan ist.

Auch Vera bleibt nicht unbesucht. Auch dieser Gast ist bekannt, allerdings nicht so bekannt wie Christine, die schon von Anfang an bei uns auf dem Sofa saß, die ja sogar das Sofa selbst mitgebracht hat. Veras Begegnung ist zufälliger, ist abrupter, fängt an mit einem Zusammenstoß: Der Schreck ist groß, dass hinter der Ecke, um die sie gerade biegen will, der Dorfpfarrer hervorgeschossen kommt. Er schwungvoll wie immer, sie noch immer etwas desorientiert von der Wirkung des Nikotins. »Au!«, sagt Vera. »Entschuldigung«, sagt der Pfarrer. »Ja, Entschuldigung«, sagt Vera. »Versteckst du dich?«, fragt der Pfarrer. Die eben Angerempelte fühlt sich überrumpelt, versteht nicht. Verstecken, wovor, weil wir hier leben, weil wir uns ein Refugium gebaut haben, weil wir ..., denkt sie und wird im Gedanken unterbrochen. »Hallo überhaupt«, sagt der Pfarrer, macht den Schritt, den er gerade zurück gemacht hat wieder vor, streckt Vera die Hand entgegen: »Rudolf.«
»Ich weiß«, antwortet Vera.
Wir kennen den Dorfpfarrer, wenn auch nur flüchtig, was daran liegen mag, dass er ein flüchtiger Mensch

ist. Immer unterwegs von einem Lämmlein zum nächsten, sein schwarzes Auto das schnellste in der Gegend, wo die Fahrzeuge meist Rapid heißen. Der Pfarrer, Hirte von mehreren Herden, hält mittwochs im Altersheim Predigten, hört sich Lebensbeichten an, kurz bevor er Beerdigungsreden schreibt, lässt sich einladen zum einen oder anderen Klaren, den der eine oder andere Altersheimbewohner im Schrank bereithält. Seinem Fahrstil ist also so wenig zu trauen wie seiner andauernden guten Laune. Vera versucht zu riechen, ob seine Besuche noch anstehen oder schon abgeschlossen sind. »Du scheinst die Einzige zu sein, die den Garten benutzt«, sagt der Pfarrer. Vera lächelt, Vera schweigt. Der Pfarrer zieht eine Schachtel Zigaretten aus der Innentasche seines Sakkos. (Das Kleidungsstück ist dunkelgrau, dunkel genug, um adäquat zu sein bei bitteren Lebensgeschichten, und hell genug, um zu geborenen Enkeln zu gratulieren.) Der Pfarrer nimmt sich eine Zigarette, hält Vera die Schachtel hin.

Vera: »Eigentlich rauche ich nicht.«

Rudolf: »Eigentlich raucht niemand.«

Er bietet die Zigarette nachdrücklicher an, und endlich darf er auch Feuer geben. »Psst«, sagt Vera und Rudolf kreuzt grinsend die Finger.

Während die ungeübte Raucherin zittrig an der Überdosis zieht, während sich dieses dumpfe Gefühl die Wirbelsäule hocharbeitet und auf die Schläfen drückt, plaudert der Pfarrer fröhlich, fragt die Neue, die nun doch schon ein knappes Jahr hier ist, aus, wie es sich so lebt. Vera sagt: »Gut.« Sie sagt: »Schön ist es hier. Schön ruhig.« Sie denkt, dass der Pfarrer gefälligst wieder zu seinen überalterten Jüngern gehen soll, diese vormittägliche Pause, dieser Gartenplatz, diese Frühlingssonne, die gehören nur ihr. Der Pfarrer fragt sie, wie sie denn mit den Dörflern zurechtkäme, »gut«, sagt Vera, die kein Problem hat mit Dorfbewohnern, weil sie dieselbe Sprache spricht, weil sie kann, was sie können: schweigen.

»Die können manchmal etwas engstirnig und dickköpfig sein, eine unästhetische Kombination«, der Pfarrer lacht über seine Pointe. Gottes Gesellschaft scheint fröhlich zu machen, oder ist es doch der Klare? Der Pfarrer beginnt zu husten, sagt, er rauche einfach zu viel, das werde ihn noch vorzeitig ins Grab bringen, »und wer hält dann die Trauerrede?« Und apropos Rauchen, er müsse jetzt leider los, die Gebete der Frau Fabrikantin müssten erhört werden, sagt er, klopft dabei auf die Tasche seines Sakkos und lacht schon wieder. Wir wussten, dass der Dorfpfarrer Opium unter das Volk bringt, dass er auch Zigaretten schmuggelt, ist uns neu.

»Du gewöhnst dich schon noch an das Leben hier, eigentlich sind alle ganz nett«, sagt der Pfarrer zum Abschied, hält Vera, die sich schon lange und gerne an das Leben hier gewöhnt hat und die Leute nett findet, kurz am Oberarm fest. Dann schreitet der Ermunterer von dannen, lässt Vera mit Nikotinüberdosis und Übelkeit zurück. Auch sie muss wieder zur Arbeit, weiß, dass sie ab jetzt genauer schauen muss, ob das schwarze Pfarrerauto in der Auffahrt parkt, sie hat keine Lust, in ihrer Ruhe gestört zu werden.

*

Moritz und Christine. Sie sitzen also da, geblendet von der Frühlingssonne, an die Holzwand gelehnt. Moritz bedauert, dass Gitterrollen breit genug sind für zwei Rollensitzer, dass seine Schulter nicht zufälligerweise Christines Schulter berührt, man müsste kein Wort verlieren über diese Berührung, könnte einfach schweigend dasitzen. Solange man nicht sprechen muss über das hier, ist das hier nichts.
Und es wird höchstens zu etwas, weil jetzt der Nachbarsbauer mit seinem Rapid die Dorfstraße hochfährt, weil er vom Rapid aus den Faulenzer und seine Zeitvertreiberin genau sieht. Moritz und Christine hören es knattern, kommen sich plötzlich ertappt vor, grüßen den Nachbarsbauer reflexartig mit leicht erhobener Hand. Der Nachbarsbauer spreizt seinen linken Zeige- und Mittelfinger kurz vom Steuer ab, das ist sein Gruß an die Nichtstuer, dann ist er an der Scheune vorbei, fährt weiter seines Weges, denkt sich sein Ding.
Moritz und Christine schauen dem Fahrzeug hinterher, dann rafft sich Moritz auf. »Jetzt muss ich mich aber wirklich einmal um den Zaun kümmern«, sagt er, »die Schafe blöken schon seit Tagen.« Und Christine klettert wie er vom Thron, steht etwas verloren da, als Moritz die erste Zaunrolle vom Stapel hebt, als der gemeinsame Platz an der Sonne dem Pflichtgefühl weichen muss. Und sich der gefederte Sitz in einen Schafzaun zu verwandeln beginnt.
Sie schaut unserem Arbeiter eine Weile zu, bietet ihm dann, um nicht weggeschickt zu werden, ihre Hilfe an. Sie wird dankend angenommen, endlich muss unser Meister des Besserkönnens nicht mehr alles selbst machen. Er rollt den Maschendraht entlang der Holz-

pfähle aus, Christines erste Aufgabe ist das Zuschauen. Moritz richtet das eine Zaunende auf, Christine hält es, während Moritz mit festen Schlägen die ersten Krampen einschlägt. Eine unten, eine in der Mitte und eine oben. Dann gehen die beiden zum nächsten Pfahl, auch hier wird das Gitter aufgerichtet, Moritz zieht daran, damit es gut gespannt ist, Christine hält es fest und Moritz schlägt die nächsten Krampen ein.
Christines Kleidung ist ungeeignet für diese Tätigkeit, sie zieht dennoch ihre Jacke aus, man bewegt sich von Pfahl zu Pfahl, das Duo scheint sich einzuspielen, Christines Kopf ist rot vor Hitze. Moritz nimmt jeweils drei Krampen aus der Schachtel, steckt zwei in den Mund, kniet sich hin, um die dritte so bodennah wie möglich einzuschlagen, die zweite in der Mitte, ungefähr auf Schenkelhöhe. Bevor er die letzte ganz oben einschlägt, richtet sich Moritz auf und, die Krampe immer noch im Mundwinkel, grinst Christine breit an. Er auf der einen Seite des Pfahls, sie auf der anderen. »Vorsicht Finger!«, sagt Moritz, und bevor sie etwas erwidern kann, beugt sich Moritz wieder über seine Arbeit, befestigt den Zaun auch an der obersten Position mit wenigen Schlägen.
Moritz hat seine Lockerheit zurück, in Gesellschaft arbeitet es sich leichter, Moritz wirft den Hammer in die Luft, fängt ihn nach einem Salto wieder am Stiel, Christine lacht, man bewegt sich zum nächsten Pfahl, zieht den Zaun gerade, Christine hält, Moritz hämmert, das könnte immer so weitergehen, bald könnte man anfangen zu pfeifen, bald könnte man auf dem Weg zum nächsten Pfahl den Arm auf die Schultern des andern legen, aber dann greift Moritz ein weiteres Mal

in die Schachtel, zieht bloß zwei statt drei Krampen heraus, die Schachtel ist leer.

*

Der schulpflichtige Teil von uns sitzt vor- und nachmittags im Klassenzimmer. Immer wieder wandert ein Blick in Richtung Decke. Nicht, weil wir da nach einer Lösung suchen, die im Nachbarsheft nicht zu finden ist, nicht, weil wir Zeit schinden wollen, um auf die Antwort einer Lehrerfrage zu kommen, nein, auch beim Schönschreiben, wenn der Lehrer sämtliches Getuschel von sämtlichen auf sechs Klassen verteilten zwölf Schülern zum Schweigen bringen konnte. Im Raum sind bloß kratzende Geräusche von schmierenden Füllern zu hören, ein Schüler- oder der Lehrerblick taucht aus der Arbeit auf, sucht die Decke ab, ungläubige Ohren versuchen sich in den oben liegenden Raum zu bohren, von wo kein leises Heulen, kein Trampeln mit den Füßen zu hören ist und keine Ausrufe, dass »es« ungerecht sei. Die Stimme müsste von der Lehrersfrau und aus der Dorflehrerwohnung kommen, »es« wären wohl die gewünschten Neugeborenen, die es nicht lange genug im Lehrersfrauenbauch ausgehalten hatten, aber »es« wäre bestimmt auch das Leben an sich, das kalt und hart ist und keine Rücksicht nimmt auf Menschen, die eine zu dünne Haut haben, die schneller frieren als andere, die sich am liebsten klein gemacht und zusammengekauert hätten, irgendwo in einer Ecke des eigenen Körpers. Da, wo die böse Welt sie in Ruhe lässt.
Aber seit es Frühling geworden ist, hören wir keine Schritte mehr vom unendlichen Kreisen der Frau Leh-

rerin. Wir vermissen diese Gestalt im Morgenmantel, die kurz anklopfte und dann im Türrahmen erschien, die den Dorflehrer in seinen Wandtafelaufzeichnungen unterbrach und uns Zeit gab, geheime Zettel oder versteckte Knöchelschläge auszutauschen. Der Dorflehrer übertrug uns schnell Fleißübungen. Aus je nach Schulstufe roten, blauen oder grünen Büchern mussten Rechenaufgaben in stets orangefarbene Hefte übertragen und darin gelöst werden. Während der Lehrer seine Autorität dazu einsetzte, die Verlorene wieder einen Stock höherzubringen, ihr ein Buch in die Hand zu drücken und zu sagen, gleich sei Mittag, gleich sei er wieder bei ihr, schaute man einen Stock tiefer offen auf fremde Resultate, bis alle dieselben Fehler in den orangefarbenen Heften hatten. Alle außer Fabian, der sich mit Vorliebe gegen das wehrt, was alle tun, und lieber eigene Fehler macht.

Dass die Dorflehrersfrau nun so gut gelaunt ist, wird am Stricken liegen, denken wir, es werden die spitzen Nadeln sein, mit denen sie sich mögliche Tröster und übermächtige Sorgen vom Leib hält. Seltsamerweise freuen sich nicht alle mit ihr über die neuerdings ungetrübte Laune. Mit ihrem Ehemann teilte sie bisher vor allem Sorgen. Während sie sich dringend ein Kind wünschte, hatte er sich längst an die Vaterrolle gewöhnt, er war ein routinierter Ins-Bett-Bringer, ein verständnisvoller Zudecker, hatte sogar ruhige Worte zur Verfügung, wenn seine Frau wieder einmal unangemeldet vor der Schulzimmertür stand.

Heute kommen wir von der Schule, wir sehen von weitem die Schafe, die ihre neue Umgebung erkunden, sie scheinen trotz reichhaltigem Platz vor allem an ihrer

Umzäunung interessiert, versuchen, ihren Kopf durchs zu enge Gitter zu strecken, um als Erstes das ihnen verwehrte Gras zu fressen. Wir müssen das von nahem sehen, streichen über in Gitter eingeklemmte Schafschnauzen, flüstern unseren Lieblingen zu, dass sie ihre Mahlzeit auch auf legale Weise erhalten können: »Hinter euch wächst genug!«

Schafe scheinen sich von Kindern nicht beeinflussen zu lassen, sie strecken weiter ihre erstaunlich langen Hälse, aber der Zaun scheint zu halten, unser Zaunbauer scheint ganze Arbeit geleistet zu haben. Wir rütteln daran, entdecken und pflücken erste Wollfetzen, die sich bereits im Draht verfangen haben. Mit einem »Schau mal, was wir gefunden haben« stürmen wir ins Haus, ein Wollkügelchen soll unser Begrüßungsgeschenk sein, aber unser Held der Arbeit feiert sich bereits selbst, mit der Frau Dorflehrerin sitzt er am Küchentisch, auf dem Küchentisch stehen zwei Flaschen Bier. Als wir erzählen, wie sehr die Schafe ihr neues Zuhause genießen, legt Moritz die Hand auf Christines Schulter, sagt, man solle ihr danken, ohne ihre Hilfe hätte das nie geklappt.

Dann beginnt Moritz zu prahlen von einem langen und ergiebigen Arbeitstag, aber dieser Text ist schon nicht mehr an uns gerichtet, Christine stimmt in sein Loblied ein, wir riechen den zweifach süßlichen Bieratem, hören, wie die Dorflehrersfrau von körperlicher Arbeit schwärmt und dass sie das jeden Tag machen könne. Wir verlassen die Küche und hoffen, dass sie nicht zum Abendessen bleibt.

*

Am Abend bleibt Moritz' Laune gut, obwohl auch Vera bei ihrer Heimkehr wenig Freude zeigte über die neue Arbeitskraft, die unterdessen zum Glück wieder zu Hause bei ihrem Mann, dem Dorflehrer, ist. Unser Redner ist redselig, unsere Schweigerin schweigt. Wir sitzen beim Abendessen, belegen Brote mit Käse oder mit Wurst oder belassen es bei der Butter. Manche von uns belassen es mit dem Essen. Moritz isst mit Appetit, redet mit vollem Mund über den sonnigen Frühlingstag, über Ausbaupläne, über Kaninchen, die bald angeschafft werden, darüber, dass man bald einmal ein paar Hühner schlachten sollte, dann gäbe es endlich eigenes Fleisch. Das Radio ist an, der Nachrichtensprecher redet mit Moritz um die Wette, unser Mann gewinnt, verkündet an Butter, Käse und Brot vorbei vollmundig, dass er sich freue auf Coq au Vin, auf Hühnerschenkel, darauf, sich als Schlachter zu versuchen und gerne auch als Koch.
Appetitlosere von uns schieben Brote im Teller umher, fragen sich, wo diese gute Laune auf einmal herkommt und ob sie gerechtfertigt ist.
Gewisse von uns lassen Brot und Wurst und Käse aus Vergesslichkeit im Teller, andere vor Aufregung, sie fragen nach Hühnern und ob es wahr sei, dass sie mit abgehacktem Kopf noch tagelang weiterrennen. Und ob wir helfen dürfen beim Hühnerschlachten, ob wir die Axt schwingen und kopflosen Tieren hinterherrennen dürfen. Die Schweigerin hält nichts von toten Hühnern, bevorzugt lebende Eierlegerinnen, bevorzugt Radionachrichten und Schweigen, will nichts hören von Totschlagargumenten oder Um-den-heißen-Brei-Gerede, will aber auch vom Brei genauso wenig hören

wie von Hühnersuppen. Sie möchte bloß in Ruhe essen, möchte bloß in Ruhe leben, möchte bloß zweifellos Land spielen und sich nicht ärgern müssen, dass sie neuerdings ungefragten Helferinnen dankbar sein müsste. Wir wollen wir sein, wollen wir bleiben, wir sind uns genug, das ist Regel Nummer eins des Landspiels.

Wir haben keine Lust auf Uneinigkeit, verzichten also auf Auseinandersetzungen, verzichten auf Fragen, eine ungebetene Helferin bringt uns nicht auseinander. Und zusammengefasst ist unsere Laune gut: Die Esser und die Redseligen versuchen Negativwertungen in der Gesamtrechnung auszugleichen, überstimmen Miesepeter mit Nachdruck. Nur ein »Was ist, du bist doch nicht etwa eifersüchtig?« kann sich unser Gutgelaunter nicht verkneifen, er lacht dabei, fügt dann mit versöhnlicher Stimme hinzu, dass wir die Wahl hätten, ihm zur Hand zu gehen oder ihm nicht dreinzureden, und am Wochenende hätten ja alle von uns frei, dann werde der Kaninchenstall gebaut, und beim Ausmisten dürften alle helfen. Und weil sich unser Arbeiter ansonsten wieder Hilfe holt, bedeutet »dürfen« auch in diesem Fall »müssen«.

Irgendwann steckt Moritz' gute Laune auch Vera an, ausnahmsweise gehen heute alle von uns früh zu Bett. Aus dem Elternschlafzimmer hören wir erst Gelächter, das nach Versöhnung klingt. Dann verändern sich die Laute, wir kennen sie, auch Kinder wissen, dass aus solchen Geräuschen Kinder gemacht werden.

*

Der Schönste in der Schule ist der Schönste im Dorf, es ist der Sohn des Försters. Es wird daran liegen, dass er ein Sohn der Freude ist, seine Mutter heißt Joy, hat ihrem Kind die langen Wimpern vererbt, die dunklen Augen. Er hat die schönste Mutter, nach ihr drehen sich die Bauern noch häufiger um als nach Christine, obwohl sie älter ist als diese, obwohl sie länger da ist, obwohl sie die Frau des Försters ist. Den Förstersohn sahen alle heranwachsen, man fuhr ihm übers kräftige, dunkle Haar, bis er groß genug war, um sich dagegen zu wehren. Wir bewunderten ihn schon am ersten Schultag, er hat den sehnigen Körper des Vaters, ist braungebrannt wie alle Kinder im Dorf, aber wo bei uns Sommersprossen sprießen oder rote Sonnenflecken, schimmert seine Haut grünlich-braun bis zum Haaransatz. Wir betrachten seinen Nacken, sitzen eine Schulbank hinter ihm, Zweitklässlerin Ada will dichten lernen, um Oden verfassen zu können auf diesen Fünftklässlernacken, auf diese Schultern, auf die Arme, die schlank und dennoch muskulös sind. Der Förstersohn ist stark, wir durften seine Oberarme drücken, er hält uns regelmäßig im Schwitzkasten, selbst sein Schweiß riecht angenehm.
Wir versuchen uns auf das Winden aus dem Klammergriff zu konzentrieren, können nicht umhin, seine Technik zu bewundern, seine anmutigen Bewegungen, wenn er uns hin- und herschleudert. Die Dorfschule steht am Hang, Hinunterstoßen ist ein beliebter Sport. Keiner führt ihn so formvollendet aus wie der Sohn des Försters: Gerade hielt er uns noch umklammert, gerade ließ er unsere Beine noch abwechselnd nach links und nach rechts ausschlagen, gerade stockte uns noch der

Atem, und schon liegen wir ihm zu Füßen. Der folgende Fußtritt ist theatralisch inszeniert, der Turnschuh bremst kurz vor unserem Körper, hat nicht vor, uns zu verletzen, will bloß Anschub leisten, sucht und findet unseren Schwerpunkt, der Försterjunge macht ein Geräusch wie aus einer Sprechblase, wir werden in Bewegung versetzt, rollen ein paar Meter hangabwärts. Wir bleiben kurz liegen, denn Zufrühaufsteher werden oben gleich von mehreren erwartet, das Gefolge des Försterssohns verwehrt den Aufstieg, versucht uns erneut und mit groben, ungelenken Stößen hinunterzuschubsen. Kein anderer dosiert so ausgewogen wie der Chef.
Der Sohn des Försters ist der Held des Pausenhofs, zwischen Pausenglocken gibt er den Ton an. Wer so aussieht wie er, muss Anführer werden, andernfalls landete er wohl mit uns am unteren Ende des Hangs. Der Sohn des Försters hat die Lektionen schnell gelernt, sie besagen, dass man dazugehören muss, um dazuzugehören, dass man mutiger sein muss als die anderen und dass der Trick darin besteht, als Erstes weniger Mutige zu Mutproben herauszufordern: Selbst braucht man dann keine Würmer zu essen, nicht das Lehrerauto zu zerkratzen, es reicht, wenn man die verspottet, die Würmer und Schelte meiden.

Weil der Sohn des Försters der Schönste der Schule ist, verehren und fürchten wir ihn gleichermaßen. Wir wissen, dass seine Anerkennung reichte, um aufgenommen zu werden, ahnen, dass er ein anderer Mensch ist, wenn er gerade nicht den Pausenhof regieren muss. Er steht eines Tages vor unserer Tür, steht da lange, steht reglos, sucht wohl nach der Klingel. Bevor er sich entscheiden kann zu klopfen, sagt drinnen einer von uns, da stehe einer draußen. Ada darf Türöffnerin sein, der Junge ihrer Träume steht vor ihr, sie schaut auf seine Turnschuhe, schaut kurz hoch in seine dunklen Augen, schaut dann wieder auf seine Turnschuhe, schaut auf seine Knöchel, schaut auf seine Knie, traut sich nicht, den Blick weiter zu heben. Wortlos steht sie vor dem schweigenden Schönen, auch er ist wohl unsicher, weiß wohl nicht, was er mit unserer Kleinsten bereden soll, scheint auf Größere zu warten, scheint froh zu sein, als Ältere von uns aus der Küche rufen, er solle doch hereinkommen.

Unser schönster Feind steht in der Küche, er will etwas verkaufen: Klebebildchen für einen guten Zweck. Normalerweise spenden wir für Drittweltländer oder für aussterbende Tierarten, aber auch Bergbauern erscheinen uns unterstützenswert. Die Aufkleber kosten nicht viel, also lassen wir uns zeigen, was der Försterjunge zu bieten hat, umringen ihn, zeigen auf die Bilder, die Wildheuer zeigen, die wie wir aussehen.

Den Jüngeren von uns ist der Besuch unangenehm, wir denken an Schläge, an Würgegriffe, an Spottchöre, haben heute noch mehr Angst, denn heute sind wir in der Überzahl. Reagieren reicht heute nicht. Unser Feind weiß sich zu verstellen, er tut beinahe schüchtern, wir wissen nichts mit ihm anzufangen, müssen nett sein, denn erstens ist er es heute auch, zweitens ist er heute nicht Anführer, sondern Abgesandter, drittens ist er der Sohn des Försters. Selbst Vera kann nicht umhin, sein Charisma zu bewundern. Sie will den Schönen offensichtlich nicht so schnell gehen lassen, kauft Berg-

bauernaufkleber, fragt, wie lange seine Tour noch sei, lädt den Gast ein, unser Gast zu sein.
Fabian hat keine Lust auf Anbiederungsversuche, Ada würde gerne spielen, kann aber vor lauter Hitze im Körper nicht mehr sprechen, Ralf teilt mit dem Sohn des Försters den Jahrgang, scheint also der ideale Gastgeber zu sein. Vera spricht vom Wald, spricht von Spielen, die man darin spielen kann, Förster junior scheint den Wald zur Genüge zu kennen, sagt, seine Tour sei noch lang, was nicht an den paar Häusern des Dorfes liegt, sondern daran, dass die Wege dazwischen so weit sind. Der Försterjunge ist der erste Klassenkamerad, der uns besucht, die Distanzen zwischen Häusern und Höfen scheinen für Kinder unüberwindbar. Wir können den Aufklebervertreter nicht so einfach wieder gehen lassen, wenden Tricks an, Vera sagt: »Du kannst ihm ja mal dein Zimmer zeigen.« Sie meint Ralf und meint, dass sie damit ihren Elternpflichten Genüge getan hat, der schöne Junge zuckt mit den schmalen Schultern, nimmt die Schachtel mit den zu unterstützenden Bergbauern wieder an sich, nicht, dass ihm noch ein Wildheuer gestohlen wird. Zwei dunkle Augen schauen Ralf zwischen langen Wimpern an, im Hintergrund macht Vera ihm Zeichen, die bedeuten sollen, dass er ruhig abtreten dürfe. Also geht Ralf vor, geht unsicher die Treppe hoch, hinter ihm folgt der Försterssohn mit seiner Pappschachtel unter dem Arm. Dem Arm, dessen sehnige Muskeln von Ada bewundert werden, die hinter den beiden herschleicht. Ada bleibt auf der Schwelle zu Ralfs Zimmer stehen, schaut bloß und will beim Schauen nicht gesehen werden. Ralf braucht keine kleine Schwester, die dasteht und starrt, schließt die

Tür, bleibt mit dem Sohn des Försters im kleinen Zimmer allein.
Der Sohn des Försters ist in unsere Falle getappt. Hier könnten wir unsere Überlegenheit ausspielen, könnten es dem Übeltäter locker heimzahlen. Wir könnten unseren Gast als Geisel halten, könnten ihn foltern, wissen allerdings schon das Wesentliche. Keine Frage, warum er in den Pausen pausenlos unsere Nähe sucht, unsere Hälse mit starkem Arm umfasst, falls er uns nicht auf Distanz hält, indem er uns die Pausenplatzböschung hinunterstößt.
Nun hat Ralf Heimvorteil, fühlt sich im kleinen Zimmer jedoch selbst in der Falle, weiß nicht, was man tun, weiß nicht, was man sagen soll, tut und sagt also nichts. Auch der Sohn des Försters schweigt, steht im Zimmer herum. Jeder der beiden scheint zu warten, dass der andere den ersten Schachzug macht, es könnte auch ein anderes Spiel sein, alles ist besser als diese Ahnungslosigkeit, alles besser, als im kleinen Zimmer schweigend herumzustehen.
Ada im Flur wird nervös, zweifelt an ihrem Hörvermögen. Presst sie das Ohr an die Tür, ist Meeresrauschen das Einzige, was das Holz preisgibt. Bis der Sohn des Försters sagt, er müsse dann jetzt vielleicht doch noch seine Tour beenden. Ada hört keine Schritte, hört bloß Ralf, der sagt, man könne sonst auch Comics anschauen zusammen. Der Sohn des Försters ist so wortkarg wie alle im Ort, sagt: »Mhm«, wahrscheinlich kneift er dabei seine Augen zusammen, wie die Dorfbewohner, wenn sie denn einmal etwas sagen. Ada stellt sich das Zusammenkneifen der Augen vor, stellt sich die dunklen Augen vor, die langen Wimpern, sie muss auf

ihre Unterlippe beißen, muss von einem Bein aufs andere hüpfen, ist kurz davor, vor sich hin zu singen. Ralf kommt dem zuvor, öffnet die Tür, sagt, sie solle nicht so einen Krach machen. Sagt: »Wir wollen lesen!«

Ralf liebt Superhelden. Er kennt und teilt ihre Nöte, weiß, wie es Spiderman ergeht, wenn er Peter Parker ist, träumt davon, sich nachts durch Häuserschluchten zu schwingen und Bösewichte in Netze zu wickeln. Aber Ralf wurde nie von Spinnen gebissen, und die Häuser hier sind zu wenig hoch, stehen zu vereinzelt. Ralf kniet vor seinem Bett, spürt den starren Blick seines Feindes, den er heute zu seinem Verbündeten machen muss, im Nacken, er zieht den Stapel Hefte hervor, breitet sie auf dem Bett aus, schlägt wahllos Seiten auf, seine Hände hinterlassen feuchte Flecken auf dem Hochglanzpapier. Er preist seinen Schatz an, spricht von Spinnenbissen und von grünen Blitzen, die aus Schuljungen oder Physikstrebern kostümierte Muskelprotze machen. Der Junge des Försters legt sich bäuchlings aufs Bett, greift wahllos nach einem der Hefte, blättert es nach Kampfszenen durch, vertont ein Paar der Schläge, scheint begeistert von den übertriebenen Muskeln, die sich unter den engen Kostümen abzeichnen, blättert weiter und ist noch begeisterter, als er auf weibliche Formen trifft, die von noch engeren Kostümen noch schlechter verdeckt werden.
Ralf sitzt auf der Bettkante, als wäre er der Besuch, er schaut sich Bilder an, die er auswendig kennt, versucht, sich auf zu verprügelnde Bösewichte und Netze schleudernde Handgelenke zu konzentrieren, sein Blick trifft immer wieder den Feind, wandert von dessen Kopf

über den Rücken. Unter dem Hemd zeichnen sich einzelne Rückenwirbel ab. Ralfs Superkraft ist die Erinnerung, er müsste sich erinnern, dass sie das ist. Aber es ist, als habe sich Adas Stärke durch die Tür auf ihn übertragen. Ada, der ansonsten das Blut in den Kopf steigt, wenn sie etwas zu lange anschaut, Ada, die die Zeit anhalten möchte, wenn ihre Hand durch dichte Schafwolle fährt, Ada, die die Hand ausstrecken möchte, wenn sie den Försterjungennacken eine Bankreihe vor sich sieht.

Ralf sieht den Försterjungennacken, sieht die Försterjungenrückenwirbel. Ralf kommt diese Anwesenheit eines fremden Körpers plötzlich seltsam vor. Denn der fremde Körper wirkt plötzlich eigenartig vertraut. Man möchte mit der Hand diese Rückenwirbel ertasten, möchte die kurzen, schwarzen Haare beim Nacken zwischen Zeige- und Mittelfinger nehmen, daran sanft herumdrehen. Man sollte sich aufs Lesen von Superheldengeschichten konzentrieren und nicht auf die Gabe der kleinen Schwester. Die kleine Schwester, die noch immer im Flur vor der verschlossenen Tür sitzt, die ihre langen, dunkelblonden Haare zwischen Zeige- und Mittelfinger dreht, die längst aufgehört hat, in den Raum hineinzuhorchen, die bloß dasitzt und die Zeit vergisst. Ada, die vom schönsten Jungen des Dorfes träumt, der plötzlich der schönste Junge im Haus ist.

Vera entdeckt sie auf ihrem Wachposten, scheucht sie nach draußen, Fabian sei auch dort, und sowieso sei schönes Wetter. Ada versucht sich zu wehren, probiert es mit Argumenten wie: Aber Ralf, aber der Besuch. Vera lässt nicht mit sich reden, die Wache wird abgelöst. Während sich Ada in die Sonne trollt, horcht sie

ins Kinderzimmer, hört gleichfalls nichts und lässt Gast und -geber in Ruhe.
Während Ralf zu Ada wurde, befasst sich diese nun mit Fabians Hauptbeschäftigung, schlendert durchs Gras und langweilt sich. Drinnen spürt Ralf adagleich den Herzschlag im Hals. Er vergisst, regelmäßig umzublättern, um den Leseschein zu wahren, er schaut auf den Feindesrücken, möchte mit seinem Arm den Arm des Klassenkameraden berühren. Plötzlich dreht sich der schöne Feind auf dem Bett, sieht unserem Superheldenkenner direkt in die Augen. Der Blick ist kurz, der Angeschaute bewegungslos, der Försterjunge klappt das Heft zu. Er fragt: »Kann ich ein paar davon ausleihen?«
Ralf verleiht seine Schätze nicht, aber heute macht er sich einen Freund. Der Besuch wählt freudig aus, sagt zusammenhangslos: »Ich muss dir irgendwann unsere Waldhütte zeigen.« Ralf weiß nichts zu antworten. Als der Försterjunge unser Haus verlässt, liegen in seiner Pappschachtel neben Wildheuern und Sennen ein paar mutierte Wissenschaftler, mehrere hochgerüstete Einzelkämpfer und eine kaum bekleidete, silberne Hexe.

*

Erkundigen wir uns bei Ralf, wie sein Nachmittag war, ist er so auskunftsfreudig wie ein Dorfbewohner. Sagen wir, dass wir es schön finden, dass einmal ein Schulkamerad bei uns zu Besuch war, antwortet er: »Mhm.« Fragen wir ihn, ob er sich freue, einen Freund gefunden zu haben, sagt er: »Fragt nicht so blöd.«
Ralf hat die Superhelden längst wieder unter dem Bett verstaut, er versucht, sich mit Tierefüttern abzulenken,

versucht uns wohl zu entkommen. Auf dem Heuboden stochert er mit der Heugabel im Heu, unten blöken die Schafe, sie warten, dass ihr Abendessen von der Decke fällt. Ralf sticht in die Heureserven. Statt neben sich auf dem Holzboden einen Haufen zu bilden, den Haufen durchzulockern und die aufgemischten Halme nach unten zu werfen, bohrt er die Gabel immer tiefer ins tote Gras. Er versteht nicht, was das heute war, denkt an den Rücken des Feindes, an die Rückenwirbel unter dem Baumwollstoff, an die kurzen Haare beim Nacken, denkt an den nächsten Schultag, das Klopfen im Hals ist diesmal die Angst.
Ralf erinnert sich an Schulfreunde aus der Stadt, keinem hatte er so nahe sein wollen wie diesem Landbewohner, dessen Freundschaft er bald verspielt haben wird. Weil die Comichefte ausgehen, weil Ralf nicht dazugehört, weil Ralf zu überschwänglich wird. Ralf weiß es, Ralf flucht, Ralf stochert im Heu, Ralf lässt die Schafe blöken und nimmt sich vor, morgen in der Schule so zu tun, als sei nichts gewesen.

Der Sohn des Försters scheint nichts gegen Ralfs Taktik zu haben, man begrüßt sich am nächsten Tag wie jeden Tag und grüßt sich also nicht. Ralf kennt das Spiel gut, mit dem Lehrer übt er es regelmäßig, duzt ihn bei uns zu Hause und tut fremd, wenn Ralf Schüler und der Lehrer Lehrer ist.
Der Lehrer entlässt die Kinder in die große Pause, wie jeden Tag wird entschieden, ob man Prügeln oder Fußball spielt, heute fällt die Wahl auf Fußball. Der einzige Wähler ist der Sohn des Försters, einstimmig wird zugestimmt, ohne Murren teilen sich Mannschaften.

Man stürmt aufs Feld, ist Stürmer, ist Mittelfeldspieler, ist Verteidiger, nur einer ist Torwart, beide Mannschaften haben dasselbe Ziel. Alles ist erlaubt außer hohe Pässe, denn der Zaun neben dem Spielfeld ist niedrig und wir wollen nicht schon wieder allein hinter dem Ball herrennen müssen, wollen nicht schon wieder die Spielunterbrechungen überbrücken müssen, indem wir selbst den Abhang hinuntergestoßen werden. Auch wenn der Pausenplatzanführer neuerdings eine heimliche Allianz mit einem von uns pflegt, sind wir uns nicht sicher, ob wir der Sache trauen können. Solange der Ball jedoch im Spiel bleibt, müssen wir wenig Angst haben.

Vor dem einen und einzigen Tor steht Fabian, der sich ungern Mannschaften anschließt. Er lässt sich weder von der einen noch von der anderen bestechen, hechtet mit Vorliebe Toreckschüssen nach, er liebt die Flugzeit, nimmt die harte Landung gern in Kauf. Trägt er Schürfungen davon, freut er sich auf die tadelnden Worte des Lehrers, denen er gelassen entgegensetzen kann, dass es gar nicht weh tue und dass Jod nicht nötig sei.

Auch Ralf spielt heute mit vollem Körpereinsatz: Er bekommt eine Flanke vor die Füße, Angriff von Marc, Ralf verliert den Ball an Marc, Marc zu Florian, Laura greift an, erobert den Ball. Laura zu Simon, Simon versucht, Raum zu gewinnen, das Feld von hinten zu erobern, Marc greift Simon an, Simon zu Ralf, Ralf rennt nach vorne. Jetzt wird er angegriffen, es ist der Sohn des Försters, Ralf will ausweichen, der Sohn des Försters lässt ihn nicht vorbei, Ralf will zur einen Seite, will zur anderen, der Sohn des Försters grinst, der Sohn des Försters ist ein wendiger Zweikämpfer, normalerweise wäre das Leder längst in seinem Besitz. Aber heute will er spielen, heute lässt er Ralf arbeiten, zappeln, trippeln, Ralf will nicht aufgeben, will links, will rechts, geht rückwärts, Försterssohnfüße beginnen, nach dem Ball zu stochern, »Pass!«, ruft Lisa, »Hier!«, ruft Simon, David kommt dazu, die Gegenmannschaft bietet Florian auf und Jasmin, Ralf hat den Ball noch immer, »Was ist mit dir los?!«, ruft Tim, er meint den Sohn des Försters, der ansonsten Sieger jedes Duells ist. Der Sohn des Försters grinst Ralf ins Gesicht. Ralf schwitzt, Ralf arbeitet, er streckt die Brust nach vorne, um den Gegner foulfrei abzudrängen, dieser nimmt den Kontakt auf, Brust an Brust wird gerungen, Ralf hat den Ball längst zwischen die Füße geklemmt, ist außer Atem, spürt den Försterjungenatem am eigenen Hals, bis die anderen Mannschaftsmitglieder es nicht mehr aushalten, sie wollen die Mann-gegen-Mann-Situation auflösen, umringen die beiden, bald treten sechs Kinderfüße auf den Ball ein. Ralf sperrt, David zieht an Ralfs T-Shirt, Lisa stützt sich auf Simons Schulter ab, Simon muss Florian halten, damit er in Ballnähe kommt, Ralf sperrt noch immer, Anna tritt mit Wucht in den Ball, Ralf taumelt nach vorne, muss die Arme zur Hilfe nehmen, um sich am Försterssohn abzustützen, dieser packt Ralf seinerseits an der Schulter, Annas Fuß zwischen Ralfs Beinen angelt sich den Ball, aber da steht auch David, da steht Simon, Florian versucht ihn wegzuzerren, Jasmin unterstützt ihn, und Laura und Tim und Marc und nun auch noch Sarah und ein einziger Klüngel und in der Mitte unser grinsender Gast vom Vortag, der vergessen zu haben scheint, welches Spiel er heute angesagt hat: Ralf und er wälzen sich am

Boden, Hände umfassen Schultern, Ralfs Nase und Wange kommen auf der Försterjungenbrust zu liegen, er riecht den Försterjungenschweiß, der Försterjunge windet sich, dreht sich, Ralf spürt nun die Rückenwirbel, die er gestern aus der Ferne betrachten musste. Der Druck verstärkt sich, was an Florian liegt, der ebenfalls umgefallen ist, an Jasmin und Tim, die den Haufen vervollkommnen, an Sarah, die den Försterjungen an Ralf drückt, es liegt an Stephan, an Lukas, an Natalie, die ihr Verteidigerdasein aufgegeben haben und zum Angriff übergegangen sind, und an Marc, der irgendwann einfach auf den Haufen springt.
Der Ball ist längst vergessen. Nur Lisa scheint sich zu erinnern. Ohne ein Handspiel zu riskieren, hat sie ihn mit Kniearbeit in ihren Besitz gebracht. Dass sie jetzt allein aufs Tor zurennt, scheint niemanden zu interessieren, nicht einmal Fabian, der gelangweilt am Pfosten steht und ihr den Punkt widerstandslos schenkt.

*

Wir spielen Land, stehen wieder in den Wiesen, spielen wieder Heuen. Der Sommer ist groß, die Sommerferien sind lang, genug Zeit und genug Sonne, um Gräser zu kürzen. Einiges haben wir unterdessen gelernt über die Futtergewinnung aus Eigenanbau. Dieses Jahr heuen wir wie die Profis, die am Morgen mit zusammengekniffenen Augen in den Himmel starren (wir auch), die bedächtig nicken (wir auch), die sagen: »Heute könnte das Wetter halten.« Auch wir sagen das, am Vormittag soll geschnitten werden, über Mittag stärken wir uns, am Nachmittag wird das Gras gewendet. Ein-

gefahren wird es morgen oder übermorgen, Hauptsache, kurz bevor die Sommergewitter über uns hereinbrechen. Die Dorfbewohner rauchen Stumpen bei der Arbeit (wir nicht), die Stumpenraucher haben die Sense längst durch einen Rapid ersetzt (wir nicht), die Rapidfahrer bieten ihre ganze Familie auf, um zu rechen und um der Kühe täglich Brot rechtzeitig ins Trockene zu bringen. Auch wir sind froh um Unterstützung, sind aber bloß teilweise froh über deren Verkörperung: Frau Dorflehrerin spielt sich in letzter Zeit viel zu häufig als Helferin auf, und für den Herrn Dorflehrer findet sich derzeit kein Grund, zu Hause zu bleiben. Es sind Ferien, fahrt doch in Urlaub, denkt Vera und nimmt die Mitarbeit dennoch dankend an.
Auf dem Tisch vor dem Haus wird Kaffee ausgeschenkt, wir kneifen die Augen zusammen, nennen das Wetter mit Kennermiene ideal, dann wird dem Dorflehrer eine Lektion im Sensenschleifen erteilt: den Schleifstein immer feucht halten, immer von der Spitze zum Schaft wetzen, den Rhythmus behalten. Der Dorflehrer nickt, lässt Moritz erklären, lässt ihn sein Können zeigen, tadang!, blechern läutet es zum Auftakt des Tagwerkes. Kaum liegt das erste Büschel Gras, tut Andreas seine Schwäche kund, die Pollen machen ihm zu schaffen, Heuschnupfen, lange werde er es nicht aushalten. Jetzt gehe es noch, denn das Gras ist noch saftig und vom Morgentau feucht. Moritz lacht über das Weichei, mit elegantem Schwung gibt er den Vorarbeiter, er arbeitet sich wiesenaufwärts, schon läuft ihm der Schweiß. Die Zettlerinnen lassen ihm einen Vorsprung, trinken ihren Kaffee aus, beobachten den Bewundernswürdigen, schon legt er die erste Kleidungsschicht ab, arbeitet im

Unterhemd weiter, wie wir es von den Dorfbewohnern kennen.
Moritz' Schweiß perlt, der Dorflehrer arbeitet mit Tränen in den Augen. Auch die Damen machen sich ans Werk, Vera verteilt mit der Heugabel harmonisch die Grasbüschel, Christine bessert mit dem Rechen nach. Pause wird nur gemacht, wenn es gilt, Sonnencreme aufzutragen. Weiße Striemen bilden sich auf Schultern.

Das Wetter hält, die Sonne brennt, die Tage verschmelzen. Schneiden, Mittagessen, wenden, Abendessen, den Rücken durchstrecken beim Feierabendbier, in den Morgenhimmel von Tag Nummer zwei starren, wenden, schon wieder gibt es Essen, arbeiten macht hungrig, Christine beißt in ihr Brot, selten sahen wir sie so zulangen, Andreas schnäuzt sich die Nase, selten war er der Aufgelöste. Dann ruft wieder die Arbeit, Nachmittag Nummer zwei hält wieder Wenden bereit. Wir haben uns gefreut auf die Heidenarbeit, nun kommen Dorflehrer und Frau täglich, nehmen sie uns teilweise ab.
Stoppeln bohren sich in Kinderfüße, die Jüngsten von uns haben Abhärtung beschlossen, weil sie ansonsten wenig zu tun haben. Moritz trägt schwere Schuhe, eine abgesägte Jeans, das Unterhemd hat er längst über ein Gebüsch gehängt. Beim Heuen gibt keiner etwas auf Äußerlichkeiten, den Bauch zieht der Vorarbeiter dennoch ein, während die Stumpenraucher auf den benachbarten Feldern ebenfalls hemd-, aber hemmungslos ihre im Winter getrunkenen Biere präsentieren. Andreas schnieft von Stunde zu Stunde mehr, wischt die Nase an seinem ausgebleichten T-Shirt ab (wie ein Jogger aus der Stadt sieht er aus).

Die Frauen polstern mit den Trägern ihrer Trägerhemden die Träger ihrer Büstenhalter, knoten die Hemdenden über dem Bauch zusammen.
Tapfer sind alle Heuer, die Kleinen kämpfen gegen Langeweile an, Vera gegen Missmut den Helfern gegenüber, Andreas kämpft mit tränenden Augen, Moritz versucht, arbeitend aufzutrumpfen und nicht zu offensichtlich auf Christines schweißnasse freigelegte Rückenpartie zu starren.

Das Wiesenspiel kennen wir gut, diesmal sind die Regeln durcheinandergeraten, die Kleineren von uns werden von der Wiese vertrieben. Weil ihnen Heugabeln von Erwachsenen aus den Händen genommen wurden, haben sie entdeckt, wie gut es sich auf dem trocknenden Gras hügelabwärts rollen lässt.
Ins Freibad wollen wir, aber ein Freibad gibt es nicht in der Gegend, »Geht doch zum Dorfbach, wir kommen hier gut voran«, hören wir als Antwort. Trollen wir uns eben davon, früher waren Späße erlaubt, heute dürfen nur Erwachsene Spaß haben. »Später gibt es wieder mehr zu tun«, ruft uns Moritz hinterher, Christine winkt, wir winken nicht zurück.
Das Wasser des Dorfbachs ist eisig und seicht, zum Baden taugt es nicht, wir suchen die tiefste Stelle, schließen Wetten ab, wer am längsten auf dem Bauch liegen kann. Fabian macht vor, was Kälteresistenz ist, Ralf lässt es sich nicht nehmen, den kleineren Bruder zu übertreffen, Ada steht bloß im Wasser, tastet mit den Füßen nach Steinen, die sich mit Zeheneinsatz bergen lassen. Dann wird herumgespritzt, das ist unfair, der Untergrund ist rutschig, wir landen viel zu oft im

Nass, rappeln uns zitternd auf, stolpern mit blauen Flecken und blauen Lippen zurück nach Hause.

Hier hat auch Andreas aufgegeben, er sitzt auf der Bank vor dem Haus, köpft ein winziges Plastikbehältnis, tropft sich den Inhalt in die Augen. Seine Aussicht ist verschleiert, er sieht auch so, dass seine Frau glücklich ist, er sieht klar, an wem es nicht liegt. Er gehe mal ins Dorf, bringe Bier und Würste, man könne hier ja ein Feuer machen. Vera nickt, nennt Dinge, die wir im Kühlschrank haben, und Dinge, die Andreas noch mitbringen könne. Dann zieht der Dorflehrer von dannen, schaut nicht zurück auf unser Feld, wo statt einer Mannschaft bloß noch ein Zweierteam hantiert. Heuhaufen aufschichten, damit diesmal nächtliche Feuchtigkeit nicht an all unsere wohlgetrockneten Halme herankommt.

Noch immer kein Gewitter. Andreas breitet das Grillfleisch aus, die Kinder pusten in die Flammen, Christine setzt sich auf die Bank, streckt ihre Beine, lässt sich ein Bier reichen. Sie nennt das Leben wunderbar und den Muskelkater unausweichlich.

Der Abend vergeht, der Morgen kommt. Auch am zweiten und dritten Tag gilt: der Blick in den Himmel, die Heuhaufen wieder zerteilen, später noch einmal wenden. Und dann ist es endlich so weit: Das Heu darf in die Scheune.
Wo es anfangs süßlich und saftig roch, riecht es nun knisternd, am Hügelrand ballen sich die Wolken, ansonsten ist der Himmel klar.

Am Nachmittag ist die Hitze drückend, sie presst den Schweiß aus den Poren, die spärliche Bekleidung klebt am Körper, am Horizont aus Bergen und Hügeln hängt eine Wolkenwand, die bald zusammenzubrechen droht. Nun braucht es alle Beteiligten, der Dorflehrer arbeitet mit Sonnenbrille und einem Tuch vor dem Mund, auch die Kleineren würden gerne Banditen spielen, rechen stattdessen hinter dem Lehrer her, engere Zinken finden vergessene Halme zwischen den Stoppeln. Wir verzieren unsere Wiese mit Heuwällen, wie Striemen laufen sie über das Feld, Moritz und Andreas stellen sich an je ein Ende, schieben mit ihren Gabeln die Bahnen zu Haufen, Vera und Christine beschäftigen sich mit Liegengebliebenem. Dann holt Moritz Sennenkutte und Heunetz, zieht das Netz unter dem Haufen durch, verknotet es zu einem tragbaren Bündel. Während Andreas Abstand hält von dieser Pollenschleuder, geht Moritz in die Knie, presst den Rücken gegen das Bündel, sucht über seinen Schultern Halt im Netz, Christine hilft den Fingern, die richtige Stelle zu finden, sie rückt auch die Kapuze der Sennenkutte zurecht.
Vera schaut missmutig zu. Ihren Mann vor Nackenstichen zu bewahren, wäre ihre Aufgabe, auch wenn sie ihm heute lieber den Hals zerkratzt hätte.
Schon ist Donner zu hören in der Ferne, bald kommt es, das Gewitter, Vera staut selbst ein Donnerwetter in sich. Was belagern diese beiden uns all die Tage?, was flirtest du so offensichtlich mit der Helferin?, warum kommt man sich daneben so überflüssig vor?, als wären es nicht wir, die hier Futter ernten, sondern allein du, oder ihr, du und sie, sie, die sich nicht mehr halten kann vor Freude über so viel Handarbeit. Wir kennen

diese Freude, sie gehört uns, noch vor einem Jahr galt der Erntedank uns allein, und also auch der Spaß, nun ist er zur Arbeit geworden. Außer für die Euphorikerin und den Netzträger, der von ihr angefeuert wird.

Auch Andreas' Gesicht zeigte Missstimmung, wenn da nicht Tuch und Brille sein Angesicht verschleierten. Er ist Allergiker, er hat guten Grund, nicht hier zu sein, soll Christine sich doch allein in ihrem Arbeitsrausch vergnügen. Soll sie doch in die Hände klatschen, wenn Moritz freihändig, da mit beiden Händen am Netz, die Leiter hochklettert, die zur Luke in der Scheunenwand führt.

Christine klatscht in die Hände, Moritz sucht mit den Knien nach sicherem Halt auf der jeweils nächsten Sprosse, wieder fühlt er sich wie Atlas, auch wenn die Begeisterungsrufe weniger vielstimmig sind als in unserem ersten Jahr.

Die Kleineren von uns sehen genau, was vor sich geht. Die Kinderarbeit ist, die Holzschiffchen am Heunetz aus den entsprechenden Schlaufen zu ziehen, im Scheuneninneren ist die Luft noch dichter als draußen, das Licht, das durch die Ritzen und durch die Luke dringt, bricht sich tausendfach an tanzenden Pollen. Auch wer keinen Heuschnupfen hat, bekommt hier eine verstopfte Nase. Wir nicken dem Heuträger mit zusammengekniffenen Augen zu, von oben gibt er Anweisungen: »Das Heu gut verteilen! Wenn neues Heu zu kompakt liegt, kann es sich beim Gärungsprozess entflammen.« Wir fragen nicht nach, warum und weshalb, lassen unseren Anführer den Rückweg antreten, wo bereits das zweite Netz bereitliegt. Wir haben einen Hin- und Rückweg lang Zeit, das erste Netz zu leeren, das Heu zu verteilen und dabei zu diskutieren, was wir tun, wenn unser Vater die Dorflehrersfrau heiratet.

Aber schon ab der dritten Heuladung haben sich flüchtige Zärtlichkeiten und Händeklatschen erübrigt, die Wolken ziehen näher, das Grollen breitet sich immer weiter über dem Himmel aus, Moritz weiß nun, wie er den Kapuzensaum beim Aufladen zwischen den Zähnen halten muss, damit die Kapuze nicht verrutscht, er findet die Netzstränge routiniert und ohne Hilfe. Kaum ist er wieder oben an der Leiter, ordnet er an: Es reiche, wenn jemand das Netz öffne und leere, verteilen könne man das Gut auch noch bei Regen. Der Regen kommt bald, also braucht es draußen Groß und Klein. Wir hetzen auf dem Feld hin und her, vergessen Pingeligkeiten, rechen grob die letzten Halme zu Bahnen zusammen, säubern die Wiese nur oberflächlich, wenn wir aus Bahnen Haufen bilden. Wir schnüren das eine Netz schon, während der Netzträger das andere noch die Leiter hochbuckelt.
Ada sitzt derweil auf einem hervorstehenden Balken der Scheunenwand. Es ist ihr Lieblingsplatz. Während die anderen rennen, schaukelt sie vor und zurück, trällert vor sich hin, scheint weniger die Höhe als die Berührung zu genießen, das warme Gefühl, das vom Balken ausgeht und von unten weich die Wirbelsäule hochsteigt. Sie unterbricht ihr Nichtstun nur ungern, wenn Moritz das volle Netz in die Luke wirft, wenn Fabian es öffnet, es Ada zuwirft, deren Aufgabe es ist, es wieder durch die Luke und nach draußen zu werfen. Zu Ralf, der es zu einem der verbliebenen Heuhaufen trägt.

Andreas sehnt den Regen herbei, der ihn endlich wieder atmen lassen wird. Die Nachbarsbauern haben ihre Ernte dank modernerer Technik längst eingebracht. Kahl und leer sehen die Felder aus, wir sind die letzten Menschen auf den Feldern, wir sind die letzten Menschen kurz vor dem Weltuntergang. Kommandos schallen über die Wiese, das erweiterte Team ist eingespielt, arbeitet rhythmisch, arbeitet schnell.
Noch vier Ladungen. Für Missstimmung ist keine Zeit, »Jetzt geht's los«, ruft Vera, und bald spüren auch die anderen Heuer die ersten Tropfen.
Noch drei Ladungen. Moritz wird kurz schwarz auf der Leiter, er muss die eine Hand aus dem einschnürenden Netz zerren, sich festhalten, die Last auf seinem Buckel einhändig einbringen.
Noch zwei Ladungen. Ralf reicht Christine die Schlaufe, sie fädelt das Schiffchen ein, ein Blick geht nach oben in den Himmel, der Donner hätte es ihr auch so verraten: Nun bricht es los.
Noch eine Ladung. Andreas zerrt sein Tuch vom Kinn, wirft die Sonnenbrille auf den Boden, dicke Tropfen prasseln auf das getönte Glas.
Dicke Tropfen fallen auf nackte Schultern, in der Hitze des Gefechts hat man den eigenen Schweiß längst vergessen. Der Regen prasselt auf den letzten Ballen, doch bevor er sich vollsaugen und zu schwer werden kann, lässt Moritz Kapuze Kapuze sein, lässt sich ein letztes Mal helfen, das unförmige Ding aufzuladen. Wir stützen ihn von der Seite, begleiten ihn zur Leiter, applaudieren uns selbst für unser dreitägiges Tagwerk, und dann ist endlich Zeit, das Gesicht in den Regen zu halten, mit der Zunge Tropfen auf-

zufangen und die willkommene Abkühlung zu genießen.

Später, unter dem Vordach des Hauses, starrt Ada in die Regenwand, die dicht vor ihrem Gesicht herunterprasselt, Andreas atmet zum ersten Mal seit Tagen wieder tief durch, Christine kühlt ihren roten Kopf mit der Flasche Bier, die ihr Vera in die Hand gedrückt hat. Und statt ihren Unmut über drei Tage Uneinigkeit endlich in Worte zu fassen, sagt Vera: »Danke für eure Hilfe. Ohne euch hätten wir das nie geschafft!«
Moritz, Ralf und Fabian haben unterdessen das Heu so gut verteilt, wie es sich verteilen ließ. In den nächsten Tagen werden wir es nochmals umschichten müssen. Aber jetzt darf man erst mal durchs Nass eilen, sich unter dem rettenden Hausdach schütteln wie Hunde. Moritz wringt lachend die Sennenkutte aus, er bedankt sich bei seiner Frau für das Bier und bei den Gästen für die Mitarbeit.
Prost, prost, prost.
Und nach dem ersten Schluck: »Wenn das Wetter will, ist nächste Woche die untere Wiese dran. Kommt ihr wieder?«

Drei

Der Sommer geht zu Ende, die Schulpflichtigen dürfen wieder täglich den Dorflehrer sehen, den sie auch in den Sommerferien beinahe täglich sehen mussten, unsere Geldverdiener verdienen wieder Geld mit Arbeitengehen statt mit bezahltem Freimachen. Sitzt Moritz nicht auf dem Gemeindeschreiberplatz, wartend darauf, dass den alten Gemeindeschreiber erneut der Schlag trifft, dann fährt Vera singend zur Arbeit, obwohl sie es trotziger tut und weniger hymnisch als anfangs, weil sie weiß, dass Moritz täglich Besuch bekommt, der gerne bei der Hofarbeit hilft oder mit dem Hofarbeiter vor dem Haus sitzt und sich freut, dass ihr Mann wieder vor seinen Klassen stehen muss.

Christine bewundert Moritz für die Art, wie er lebt, Moritz freut sich über Christine wegen der Art, wie sie ihn bewundert. Man sitzt vor dem Haus oder beschäftigt sich mit Handwerklichem, geht sich zur Hand, manchmal berühren sich Ellbogen oder Schultern flüchtig, wie das eben so ist, wenn man zusammen arbeitet oder zusammen auf einer Bank sitzt.

Und während es Herbst wird, die Sonne das letzte Dunkelgrün aus den Wiesen und Bäumen presst, ist Christine gänzlich aufgeblüht. Vergessen die Zeit, als sie

nicht mehr ein und aus wusste vor lauter Kummer und also winterlang drinblieb im Lehrerwohnzimmer. Der Dorflehrer ist froh, dass es seiner Frau gut geht, ist gar nicht froh, dass er sich dabei so überflüssig vorkommt. Sie hatten sich das Leben hier anders vorgestellt, mal einen Anfang machen und dann Kinder, Wohn- und Arbeitsort sind so nahe wie nur möglich, das ist ein Vorteil, sechs Klassen gleichzeitig und keine Arbeitskollegen, diesen Nachteil nahm Andreas in Kauf, es sollte ja nicht für immer sein. Man muss sich ja auch nicht ewig abschotten hier an diesem gott- und menschenverlassenen Ort, denkt der Dorflehrer, während er in Kinderaugen schaut, die kaum anderes gesehen haben als diesen Ort, den sie wahrscheinlich lieben, weil die Eltern sagen, dass das die Heimat sei. Für Andreas ist der Ort kein Zuhause geworden und auch für Christine offenbar erst, seit sie täglich Spaziergänge unternimmt, die in Besuchen von anderen Landneulingen enden.
Ralf und Ada freuen sich derweil, dass sie wieder täglich dem schönen Förster junior begegnen. Ralf fragt sich, wie er seinem Freund erneut nahekommen könnte, aber bringt es kaum übers Herz, ihn zu fragen, ob er die geliehenen Comichefte gelesen habe und ob er sich bei Gelegenheit neue leihen wolle. Adas Freude ist da einfacher, sie besteht aus reiner Liebe, und reine Liebe fordert nichts. Außer vielleicht: das Objekt der Begierde so oft wie möglich vor Augen. Also schaut Ada selten auf die vor ihr liegenden Aufgaben und oft auf den braungebrannten Nacken des schönen Försterzöglings, wo eine schwarze Locke sanft hin und her tanzt, während der Förstersohn über sein Rechenheft gebeugt den Kopf schüttelt.

Fabian sieht auch diesen Herbst keinen Grund, in die Schule zu gehen, hier lernt man nichts, was man brauchen könnte. Außer die Nahkampftechniken, die in der Pause an uns geübt werden.

*

Es wird September, es wird Oktober. Vera, die bloß die Ruhe sucht, die wenig braucht im Leben, weil sie hier alles gefunden hat, die problemlos den ganzen Tag vor dem Haus sitzen und sich über die Aussicht freuen könnte, sieht genau, was vor sich geht, wenn sie nicht anwesend ist. Sie greift nicht ein, lässt es passieren. Sitzt der Besuch wieder einmal im Wohnzimmer, wenn sie nach Hause kommt, dann sucht sie Ausreden, um die beiden allein zu lassen, sie steigt noch einmal aufs rote Mofa, lässt sich Zeit im Dorfladen.
Wir wollen wir sein. Das war Regel Nummer eins. Wir wollen wir bleiben, wollen unter uns bleiben, wollen keine Fremdlinge, Eindringlinge, da geht es uns wie den Dorfbewohnern, die auch nicht gewartet haben auf Dorfstraßengespräche, die sie mit Ex-Städtern führen sollen, auf Heckenfragen, die es plötzlich zu klären gilt, auf Schafzüchterneulinge, die man nicht aus den Augen lassen darf, weil die von Schafzucht keine Ahnung haben können, die können wieder nach Hause gehen mit ihren Hecken, und unser Zuhause ist in Dorfbewohnerschimpftiraden, die wir nie zu Ohren bekommen und uns also bloß vorstellen können, die Stadt, in die wir nicht zurückwollen, weil hier unser Zuhause ist und weil wir uns hier genügen. Wir brauchen keinen allabendlichen Besuch vom Dorflehrer, den gewisse

von uns allmorgendlich sehen. Wir können vor allem auf Dorflehrersfrauenbesuch verzichten, viel zu häufig kommt sie vorbei, stochert mit von uns geliehenen Stricknadeln in unserem Leben herum und verkündet, wie glücklich sie sei, dass wir hier seien.

Kommen wir nach Hause von der Schule oder von überflüssigen Dorfladeneinkaufstouren, hören wir die Glücksverkünderin im Wohnzimmer lachen. Auf der Türmatte klopfen wir lautstark den Staub von den Schuhen, wir rufen im Flur ein lautes »Hallo« und warten auf das Echo aus dem Wohnzimmer, das sofort kommt. Dann horchen wir ins hellhörige Haus hinein, erwarten das Rascheln von eilig zusammengesuchten Kleidungsstücken, das kurze, abgehackte Sirren von schnell schließenden Reißverschlüssen, wir legen unsere Ohren an die Wand, um das Geräusch zu hören, das entsteht, wenn Hände durch Haare fahren, um Frisuren zurechtzurücken. Aber wir hören bloß ein erneutes »Hallo« aus dem Wohnzimmer, wo man verwundert zu sein scheint, dass es im Flur auf einmal so still ist. Die Sofasitzer scheinen vorbereitet auf unsere Nachhausekommenszeiten, scheinen einschätzen zu können, wie lange eine Fahrt zum Dorfladen und zurück dauert. Wenn wir das Wohnzimmer betreten, sitzen Moritz und Christine mit dem nötigen Abstand in je einer Sofaecke, sie bieten uns etwas von dem Tee an, der neben ihnen steht, bloß eine Tasse müssen wir uns noch holen. Ihre unschuldigen Fragen, wie es uns denn so gehe, wie es denn in der Schule gewesen sei oder bei der Arbeit, können uns nicht täuschen. Kann sich unser halber Gemeindeschreiber in gemeindeschreiberfreien Zeiten nicht einfach um den Haushalt kümmern statt um gemeinsame Freundinnen, es gibt in der Scheune Arbeit, auch im Haus wäre noch einiges zu tun! Wir würden ihm zur Hand gehen, wenn wir nach Hause kämen, würden mit ihm Schafträнken auswaschen oder Regale improvisieren. Wir würden uns freuen, ihn so allein zu treffen, und er würde sich freuen, nicht mehr allein zu sein. Wir wären bloß wir, wir sind uns genug, unser Haus ist klein genug, da muss man nicht andauernd großherzig Leute einladen. Wir können auch einmal ohne Verbündete sein. Könnten sagen: Heute passt es nicht, wir wollen einmal einen Abend nur für uns. Und nur mit uns. Wir genügen uns.

Vera lässt sich den unausweichlichen Tee einschenken, betrachtet die beiden Sofasitzer: Sie sind wie ein geübtes Tanzpaar, weichen jeder Offensichtlichkeit scheinbar problemlos aus, halten den Takt, ergänzen sich hervorragend. Unser Redner erzählt weitschweifend und pointenreich, Christine weiß immer, an welcher Stelle sie lachen und wo sie einhaken muss, kommt sogar selbst zu Wort.
Schön sehen sie aus, die beiden. Schön, wie Moritz sich freut über das Publikum, schön, dass er sich nicht in Monologen verliert, sondern den Ball abgibt an Christine, die eine schöne Zuhörerin ist, die schön aussieht, wie sie dasitzt, wie sie sich die schönen Haare aus dem schönen Gesicht streicht oder aus dem Nacken, den sie dabei schön präsentiert. Ein schönes Paar, viel schöner als ich und er, viel passender, denkt Vera. Schön, wie Christine ins Schwärmen kommt über das schöne Leben. Vera sitzt auf der Lehne des Sessels, der dem Sofa gegenübersteht. Vera hat freie Sicht auf das Schau-

spiel, das so tut, als sehe es auch ohne Zuschauer nicht anders aus, das tut, als sei es nicht in schöner Routine nur für sie, Vera, inszeniert, und zwar so, dass sie, Vera, sich dabei überflüssig vorkommt. Da kann Christine sie noch so geschickt anfangen einzubinden, Fragen nach der Gartenarbeit können Vera nicht täuschen, sie gibt kurz angebundene Antworten. Christine will wissen, wie der Rhabarber gedeiht, will plaudern über Herbst und Winter und dass es bald Zeit werde, ihr Strickzeug wieder hervorzuholen. Sagt, dieses Jahr werde sie die Sache mit der Ferse knacken. Dass ihr Interesse nur von ihrem wahren Fokus ablenken will, ist offensichtlich, ihr unschuldiges Getue ist unglaublich durchschaubar, aber sie macht keinen Fehler.

Und Vera weiß: alles. Und sieht: nichts.

Sie entschuldigt sich, findet einen Grund, in die Küche zu gehen und mit Tellern und Töpfen zu klappern. Kommt Vera zurück ins Wohnzimmer, sehen Moritz und Christine unverändert aus, kein Fuß, der sich ertappt zurückzieht, Arme und Beine wohlgeordnet am richtigen Platz.

Und Vera schweigt. Was bei einer Schweigerin nicht weiter auffällt.

Moritz grummelt an Morgen von Tagen, an denen er zur Arbeit muss, und schwingt beschwingte Reden an Abenden von Tagen, an denen wir Besuch hatten. Er legt lachend den Arm um Veras Hüfte, eheliche Rechte und Pflichten kommen trotz Belagerungszustand nicht zu kurz, die Kleineren von uns schlafen unruhig, weil gestört durch unterdrücktes Schnauben aus dem Elternschlafzimmer.

Anlass zu Streit gibt es dennoch (man findet immer einen Weg), das beste Thema ist immer das fehlende Geld, gefolgt vom fehlenden Plan, den maroden Ofen zu reparieren.

*

»Was ist denn nun mit dem Ofen, was ist denn nun mit dem Geld?« »Was soll der Vorwurf?« »Das ist kein Vorwurf.« »Es klang aber so.« »Weil es dir offensichtlich nicht wichtig ist.« »Natürlich ist es mir wichtig.« »Dann sollten wir es bald klären, oder etwa nicht?« Klärende Gespräche beim Abendessen nennen sich Diskussionen und steigern sich dann doch bloß zu Streitereien, sind dann doch bloß einstimmige Überzeugungsreden. Sie kulminieren in scharfen Tönen und Gegenanklagen, ebben ab beim Verlesen der Gegenverurteilung. Der Verteidigung, die ja eigentlich Anklägerin war, wird das Wort nicht erteilt, aber in einem rhetorischen Schlusscrescendo wird weitestgehend verziehen. Unser Rechthaber behält das Wort, behält immer recht, gewinnt jeden Streit, es sei denn unsere Diskussionsanzettlerin beendet das Gespräch vorzeitig und sagt, das alles habe keinen Sinn. Verlässt sie das Schlachtfeld, ist das Geschrei groß, drei der Anwesenden verkriechen sich unter dem Küchentisch, treffen sich überdacht in geschützter Atmosphäre. Sie schauen Stühlen zu, die nach abruptem Aufstehen umzufallen drohen, hören hinterhergerufenen Drohungen zu, die das leise Schließen der Küchentür übertönen. Wir warten auf hinterherfliegende Teller und Tassen, sind froh, wenn die Küchentür erneut aufgeht,

wenn wenig später die Haustür mit lautem Knall schließt.
Die stille Streitverweigerin kommt zurück in die Küche, wo sie reine, aber erneut dicke Luft atmet, denn unter dem Tisch sind ebenfalls Unruhen ausgebrochen. Ralf, der auf der Küchenbank liegt, erinnert die Kleineren, die vor ihren Stühlen hocken, unter dem Tisch durch daran, was Scheidung bedeutet, Fabian würde zum Türknaller ziehen wollen, Ada will nicht, dass er das will, will nicht an Scheidung erinnert werden, Fabian sagt, das hast nicht du zu entscheiden, Ralf sagt, dass sie hier auf dem Land die einzigen Scheidungskinder wären, Fabian findet das ein Argument für den Schritt der Eltern, die diesen gar nicht in Erwägung ziehen.
Die Gründe und die Positionen der kleineren Streithähne und -hennen mögen noch unklarer sein als die der erwachsenen, das hindert Schienbeintreter und Faustkämpfer allerdings nicht, ihr Schulwissen in der Praxis auszuprobieren.

*

Wir holen frische Milch beim Nachbarsbauer des Nachbarsbauern. Immer sind es die Kleineren, die diese tragende Rolle übernehmen müssen, meist gehen wir zu zweit, manchmal schicken die Größeren auch alle drei, damit sie in Ruhe Essen kochen oder streiten können. Seit es Herbst geworden ist, treffen wir meist den Jugoslawen, der dem Nachbarsbauer des Nachbarsbauern gehört. Eigentlich arbeitet der Jugoslawe nur für den Nachbarsbauer des Nachbarsbauern, eigentlich heißt der Jugoslawe Mirko, eigentlich gibt es Jugoslawien schon lange nicht mehr. Wir kümmern uns nicht um solche Details, freuen uns, dass im Winter die Alp geschlossen ist, dass er mit ernstem Gesicht immer so lustige Späße macht und dass er uns die Kälber tränken lässt. Wir – Ralf, der Erinnerer, Fabian, der Starke, und Ada, die Verlieberin – stehen in Gummistiefeln in seinem Stall herum, erinnern uns, dass wir einmal beschlossen hatten, Kühe doof zu finden, sind stark genug, um den Eimer für die Kälber durch die Scheune zu schleppen, verlieben uns sofort in große Kälberaugen. Der Jugoslawe macht Witze, macht sich über die Sprache der Einheimischen lustig, erklärt wort- und pointenreich, wie wir den Eimer und wie den Kälberschnuller zu halten haben. Wir lachen, wir geben uns Mühe, wir müssen plötzlich aufquietschen, denn Kälber scheinen Kinderhände Kälberschnullern vorzuziehen. Die Kälber saugen an unseren Fingern. Kälberzungen sind lang, sind rau, raspeln über glatte Kinderfinger. Hat man sich einmal an den Mundinnenraum gewöhnt, ist es ein schönes Gefühl, Fabian hält mit Stärke gegen die Saugkraft, um nicht verschluckt zu werden, Ada himmelt das Tier an, das sie mit einem Euter verwechselt hat, Ralf erinnert sich plötzlich, dass es schon spät ist, dass wir Milch holen wollten, dass das Abendessen bestimmt schon auf dem Tisch steht, dass die Eltern sich wohl längst wieder versöhnt haben.

Wir reißen uns los aus Kälbermündern, reißen uns zusammen, obwohl wir immer noch hingerissen sind vom weichen Kälberfell. Nur Fabian will nicht kommen, Kälber interessieren ihn nur halb, er lässt sich nicht mit Kleintier abspeisen, will sich auch um die Großen kümmern. Der Jugoslawe macht ein strenges

Gesicht, scherzt, Fabian dürfe gerne ein andermal kommen, sagt so lustig wie er kann, dass wir jetzt nach Hause sollen. Fabian muss lachen, der Jugoslawe füllt unseren Eimer mit Milch, wir schleppen ihn zu dritt zurück. Die Strecke ist eingeteilt in drei Drittel, den ersten Teil des Weges trägt Ada den Eimer, dann Fabian, dann behauptet Ralf, dass das verbleibende Stück mehr als ein Drittel sei, dann streiten sie sich, in der Hoffnung, dass Ada noch einmal trägt. Aber sie spielt die Kleinste, man kann sich noch so lange prügeln, der Eimer findet nicht allein zum Haus.

Obwohl keiner von uns gerne Milchträger ist, tauscht Fabian von nun an immer häufiger Abwaschen oder Schafefüttern gegen den Holdienst. Er will wohl Stärke demonstrieren, denken wir, will vielleicht zu den Kälbern, vermuten wir, hält es im Haus nicht aus, ist unser Verdacht. Fabian will zum Jugoslawen, er will mehr wissen über die Kälberzucht, will lernen, wieso Kühe Eutermassagen bekommen, will dem Jugoslawen zuhören bei seinen lustigen Geschichten, die bloß lustig erzählte Geschichten sind.

Während wir den Schafen Heu vorsetzen oder uns um unser eigenes Abendessen kümmern, während wir vor Schulaufgaben sitzen und vom Försterjungennacken träumen, während wir Radionachrichten hören und dazu ein wichtiges Gesicht machen, setzt sich Fabian nach dem Kälbertränken auf eine der großen Milchkannen und schaut dem Jugoslawen bei der Arbeit zu. Der Jugoslawe, der eigentlich Mirko heißt.

Vierzig Liter warme Kuhmilch unter sich fragt Fabian Herrn Mirko aus, erfährt, dass er auf exakt der Menge

Milch sitzt, die eine Kuh am Tag gibt. Fabian muss lachen, weil er immer lachen muss, wenn Herr Mirko etwas sagt, wenn Herr Mirko sich über die hiesigen Bauern lustig macht. Herr Mirko muss dazu keine Dorfgeschichten erzählen, es reicht, dass er Stimme und Sprache verstellt. Und weil er gar nicht damit aufhören will, kann Fabian gar nicht mehr aufhören mit Lachen.

Herr Mirko erklärt, dass er Kälbchen spielt, wenn er Berta und Lisa und Flora massiert, dass ein besseres Kälbchenzungenimitat mehr Milch gibt, und Fabian lacht.

Herr Mirko zeigt, wann man die Melkmaschine anhängen darf und wie das funktioniert, und Fabian lacht.

Herr Mirko erzählt von seiner Heimat, und dass er da nie mehr hinwill, und Fabian lacht.

Herr Mirko sagt, Fabian dürfe alles werden, nur keinesfalls Soldat, und Fabian lacht.

Herr Mirko sagt, dass Fabian aufhören solle zu lachen, und Fabian lacht. Die Milchkanne wackelt schon. Herr Mirko springt auf, macht eine Grimasse, die böse aussehen soll, Fabian wäre beinahe erschrocken, muss aber lachen, denn Herr Mirko schreit ihn dazu lustig an, spricht Kauderwelsch, spielt Dörfler, spielt böse. Fabian kann das nicht ernst nehmen, im Gegensatz zu den Kühen, die zu muhen und auszuschlagen beginnen. Gerade haben sie sich noch vorgestellt, dass vier Kälbchen gleichzeitig an ihren Zitzen saugen, und auf einmal dieses Gebrüll. Fabian solle verschwinden, sagt Herr Mirko. Fabian kann ihn nicht ernst nehmen, aber kann schon nicht mehr vor Lachen, er dankt dem Jugoslawen für die erste Lektion in Milchwirtschaft und macht sich auf den Nachhauseweg. Als Herr Mirko ihm nachruft, dass die Kühe bei so einer Unruhe bestimmt nicht die ganze Kanne füllten, hält sich Fabian den Bauch. Er hat einen Freund gefunden, dafür nimmt er die echte Schelte gerne in Kauf, die bei uns auf ihn wartet, weil er zu spät zum Essen kommt.

*

Fabian besucht seinen neuen Freund regelmäßig. Bei den ersten Besuchen ist Herr Mirko schweigsamer. Spricht er, macht er dieselben Scherze wie immer, veräppelt die Dorfsprache, bis Fabian lacht und Herr Mirko wieder verstummt. Lange hält er es nicht aus, den Sommer über ist der Jugoslawe allein, kann sich nur mit Kühen unterhalten, da ist ihm ein neugieriger Novize wohl eine willkommene Ablenkung. Auch wenn sich dieser über seine Aussprache lustig macht.

Fabian will wissen, wohin das Grüne im Gras kommt, wenn es zur Milch wird oder zu braunem Kuhfladen. Fabian will probieren, ob unterschiedliche Kühe unterschiedlich schmeckende Milch geben. Fabian macht sich mit Herrn Mirko über die Dorfbewohnersprache lustig, bis ihm Herr Mirko übers Maul fährt und sagt, er solle normal sprechen. Fabian lacht und fragt, ob man in Jugoslawien auch normal spreche. Herr Mirko spricht nicht gerne über Jugoslawien, sagt also bloß, dass Jugoslawien in der Vergangenheit liege. Sagt, die Vergangenheit liege im Osten. Zeigt, wo Osten liegt. Sagt, man solle es aber machen wie die Kühe, die interessieren sich nicht für den Osten. Kühe interessieren sich ausschließlich für Norden oder Süden. Wie Kom-

passnadeln stehen sie in der Landschaft, überall sei das gut zu sehen. Nur bei den Weiden neben dem Flusskraftwerk, da, wo die Hochspannungsleitungen sind, da stünden die Tiere auf einmal kreuz und quer, sagt Herr Mirko. Diese Hochspannungsleitungen seien gefährlich, sagt Herr Mirko. Und Fabian muss versprechen, dass er sich nicht zu oft beim Kraftwerk herumtreibt.
Also geht Fabian am nächsten Tag zum Kraftwerk.
Er stellt sich stundenlang da hin, wo die meisten Drahtleitungen den Himmel in Stückchen schneiden. Fabian schaut hoch zu den dicken Tannzapfen, die die Drähte mit den Strommasten verbinden, wartet, dass er die Nord-Süd-Orientierung verliert, die er nie hatte. Fabian wartet auf ein Schwindelgefühl, auf einen Elektroschock, auf Blitzeinschläge.
Fabian weiß, dass die meisten Erwachsenen lügen. Sie behaupten, man lerne schreiben, und dann darf man doch bloß langweilige Schnörkel abzeichnen und zwischen ewig gleiche Linien klemmen. Oder es heißt, dass es allen besser gehen werde, wenn man hier auf dem Land lebe, und dann wird plötzlich immer gestritten, wenn Erwachsene denken, dass die Kinder nicht in der Nähe sind. Nur Herr Mirko sagt die Wahrheit.
Herr Mirko sagte, dass es unter Hochspannungsleitungen gefährlich sei, und tatsächlich ist es gefährlich langweilig. Nicht einmal Kühe sind heute hier. Fabian schaut die grünen Hochspannungsmasten an, turnt an den Querverstrebungen herum. Er versucht, ganz nach oben zu klettern, gibt auf, weil das kein Kinderspiel ist. Fabian langweilt sich und will noch nicht nach Hause, wo ja doch bloß wieder die Dorflehrerin sitzt und

strickt und Kaffee trinkt, und wenn man das Wohnzimmer betritt, stört man, und man muss sich anhören, man störe überhaupt nicht.
Also geht Fabian nicht nach Hause.
Also sucht Fabian Herrn Mirko. Obwohl es noch viel zu früh ist, um Milch zu holen.
Beim Stall des Nachbarsbauern des Nachbarsbauern ist Herr Mirko nicht. Er ist nicht auf einer der stallnahen Kuhweiden.
Fabian geht durchs Dorf, lässt sich von Dorfbewohnern grüßen, lässt sich von Dorfbewohnern anschimpfen, weil er nicht zurückgrüßt. Fabian kann sie nicht beachten, er muss der Langeweile entkommen, er muss Herrn Mirko finden.
Endlich kommt er zum Gebäude, das vorne Dorfladen und hinten Milchzentrale ist. Dort steht eine Bank, darauf sitzt der Jugoslawe, der sich eine Zigarette dreht. Fabian setzt sich zu ihm, fragt ihn über die Langeweile aus.
Herr Mirko sagt, er liebe die Langeweile.
Fabian lacht.

*

Ada fürchtet sich in der Nacht, die Angst scheint neu. Das Haus sei alt, versuchen wir zu erklären, und dass altes Gebälk eben manchmal krache und dass da keine Schlange sei unter dem Badezimmerschrank und dass Kater sängen in der Nacht und dass das klinge wie schreiende Babys. Wir beruhigen unsere Kleinste, deren Ängste diffuser sind. Ada beginnt aufs Haus zu hören und fürchtet sich noch mehr.

Der Wind pfeift seltsame Töne durch die Löcher in der Hauswand, er benutzt das Haus als Musikinstrument, den Rhythmus spielt er mit den Fensterläden, der Rest des Hauses ist Orgel. Das Instrument gehört ihm länger als uns, seit zweihundertfünfzig Jahren übt er täglich, da kann man keine Rücksicht nehmen auf kleine Kinder, die keinen Raum mehr betreten, ohne vorher Licht zu machen. Wir haben Ada den Trick gezeigt: Man muss den Arm ausstrecken, ihn so lang machen wie möglich, große Menschen haben große Vorteile, weil lange Arme, aber auch kleine Menschen kommen weit, können vor der Schwelle stehen bleiben, die Hand ins dunkle Zimmer strecken, um die Ecke tasten, den Lichtschalter betätigen, und schon wird es hell, schon ist der Schrecken nur noch halb so groß, denn nun sieht man, was vor einem liegt. Wir verschweigen, was Ada ohnehin weiß, dass der wahre Schrecken immer hinter einem lauert, da, wo man keine Augen hat. Da, wo man das Licht ausmachen muss. Mit demselben Trick, von der sicheren Schwellenseite aus, aber diesmal geblendet von der hellen sicheren Seite, starrt man ins plötzliche Dunkel, aus dem man kommt und aus dem nun alles kommen könnte. »Wovor genau hast du denn Angst, Ada?«, fragen wir. Oder: »Du bist so ein Schisshase, kleine Ada!« Ein paar von uns versuchen ihr den Schrecken auszutreiben, indem sie hinter Türen lauern und »Buh!« schreiend aus dem Dunkeln hüpfen. Andere tun, als wären sie reifer, lassen Ada zu sich ins Doppelbett oder sagen, dass sie das Licht im Flur anlassen dürfe, die Tür bleibt einen Spaltbreit offen. Die Nachttischlampe kann leider nicht anbleiben, Glühbirnen werden heiß, erklären wir, das Haus ist alt, sagen

wir. Zweihundertfünfzig Jahre und aus Holz, das brennt leicht: »*Davor* solltest du dich fürchten.«
Und Ada fürchtet sich. Sie liegt in ihrem Bett, ein schmaler Streifen schalen Lichts klebt an der Wand, zieht sich über den Fußboden und landet bei der Tür. Ada versucht sich darauf zu konzentrieren. Nur ans Licht zu denken. Die Glühbirne im Flur wird nicht heiß, haben wir ihr stolz erklärt, als wir auf der Leiter standen und sie reingeschraubt haben. »Schau, eine Stromsparbirne«, haben wir gesagt, solche sollten wir in allen Räumen haben. Aber Ada nimmt das als Drohung, denn sie hat die Stromsparbirne und ihre Fähigkeiten schnell kennengelernt: Die Birne ist eine alte Frau, die sich nur langsam bequemt, ihr Strickzeug wegzulegen, aus dem Sessel aufzustehen und Feuer zu machen. Eine Birne, die im Winter, wenn das ganze Haus kalt wird, kalt wird und nicht so schnell auf Touren kommt. Warum sollte die alte Frau unter ihrer Wolldecke aufstehen, nur weil ein kleines Mädchen Angst vor der Dunkelheit hat? Ada steht vor der Schwelle, macht ihren Arm lang, drückt den Knopf und wartet, es vergehen Minuten, es vergehen Stunden, Ada starrt nächtelang in dieses Dunkel, hinter ihr das Licht, die scheinbare Sicherheit, umdrehen kann sie sich nicht, denn dann wäre hinter ihr der dunkle Flur. Dann endlich, Jahrhunderte später, geht das trübe Licht an, Ada rennt die Treppe hinunter, bleibt vor der Badezimmertürschwelle stehen, streckt den Arm aus und wartet erneut auf das Licht. »Das ist eine Neonröhre«, haben wir erklärt. Ada weiß nicht, was das ist, aber sie weiß, dass diese Lampe im Winter noch länger braucht, dass sie erst nach Jahrtausenden zu flackern anfängt

und, was noch schlimmer ist, manchmal, wenn Ada gerade gemeint hat, dass jetzt alles gut ist, wenn sie im Hellen auf der Klobrille sitzt und nicht an die Schlange unter dem Badezimmerschrank zu denken versucht, genau dann geht manchmal das Licht von allein wieder aus. Darum bleibt Ada lieber in ihrem Bett. Sie weiß, was sich zwischen den Blitzen der sich wieder erholenden Badezimmerneonröhre alles im Badezimmer zusammenrottet. Die Schlange unter dem Schrank ist da noch das Harmloseste. Die versteckt sich ja sogar jedes Mal, wenn wir Ada zu zeigen versuchen, dass da keine Schlange ist.
Ada bleibt im Bett. Auch wenn sie nicht einschläft, tut sie zumindest so, in der Hoffnung, sich selbst ebenfalls zu überzeugen. Es ist dunkel, es gibt keine Hoffnung auf Licht. Wenn Ada jetzt aufstehen und aufs Klo müsste, müsste sie den ganzen schwierigen Lampenparcours absolvieren, also appelliert Ada auf Unzurechnungsfähigkeit, also pinkelt sie ins Bett. Und während sie neben uns steht und tut, als schäme sie sich, während wir das Laken wechseln, die Matratze umdrehen, damit sie trocknen kann, während wir ihr Tipps geben, wie das nicht mehr passieren kann, während wir fragen, wie das passieren konnte, antwortet Ada: »Es ist eben passiert.«

*

Sie: »Und? Was gibt es heute zu tun?«
Er: »Man kann nicht immer arbeiten.«
Sie: »Man kann nicht immer Pause machen.«
Er: »Willst du Kaffee? Es ist noch welcher da.«

Sie: »Danke.«
Er: »Danke, ja?«
Sie: »Danke, nein.«
Er: …
Sie: »Den Herbst mag ich am liebsten, wenn der Wind so wie jetzt, und die Bäume …«
Er: »Ja.«
Sie: »Der Herbst räumt auf.«
Er: »Der Herbst räumt auf?!«
Sie: »Naja, ach, ja, du weißt schon.«
Er: »Wir könnten ein paar Schritte gehen. Da hinten hoch, das wollte ich schon lange mal, die Aussicht müsste toll sein.«
Sie: »Die *ist* toll.«
Er: »Du warst da schon mal?«
Sie: »Wir können ja schauen, wie weit wir kommen. Aber meine Schuhe sind nicht die besten.«
Er: »Warst du nun schon mal da oder nicht?«
Sie: »Na komm, lass uns gehen!«

Der Weg führt erst querfeldein, dem Nachbarsbauer kann es egal sein, die Heusaison ist beendet. Christine sagt, sie habe doch gesagt, dass ihre Schuhe nicht die besten seien. Moritz echot mit hoher Stimme: »Meine Schuhe sind nicht die besten«, Christine lacht, sagt, es könne eben nicht jeder so ein Kerl sein wie er. Und der Kerl sagt: »Gleich kommt wieder der Weg, Baby!«
Christine hebt die eine Augenbraue, auch Moritz erschrickt über seine Wortwahl. Während sie gerne im Rollenspiel bliebe, führt er das Gespräch nahtlos weiter, veralbert, was er gesagt hat, verwischt, was er denkt, wenn er seine Mitspaziergängerin betrachtet. Eine

kurze Anhöhe führt hoch zum eigentlichen Weg, Moritz lässt seiner Begleiterin den Vortritt, genießt kurz die Aussicht, nennt Christine eine großartige Bergsteigerin, die großartige Bergsteigerin steckt sich das zu kurze T-Shirt zurück in die Jeans. Die Jeans mag keine Abdrücke der Unterwäsche preisgeben. Die großartige Bergsteigerin bezeichnet ihren Hintermann als ausgezeichneten Sherpa und bleibt oben auf dem Weg stehen. Moritz: »Noch sind wir nicht einmal im Basislager.« Er zieht seine Fleecejacke aus, bindet sie sich um den Bauch, sie tut dasselbe, dass sie auch noch einen Pullover trägt, hatte Moritz nicht gesehen.
Sie folgen dem Weg, der sich langsam hügelaufwärts schlängelt. Hier ist es wieder flacher, sie finden wieder einen Rhythmus, Christine findet wieder Atem und findet zurück zu ihrem Lieblingsthema, das sich um unser Leben dreht und darum, wie toll sie dieses findet. Moritz hört gerne zu, lässt sich gerne bewundern, ist froh, dass es wenigstens eine Person gibt, die uns beneidet für die Art, wie wir leben. Dass wir es richtig machen, dass wir ein Zuhause haben, dass wir eine Familie sind, ein Team, dass wir gemeinsam unverwundbar sind.
Der Weg wird steiler, die Sätze abgehackter, das Spaziertempo bleibt hoch. Die Arme schwingen neben den Körpern, manchmal berühren sich Handrücken, Moritz hält das Gespräch trotz Steigung am Laufen, fürchtet sich wohl vor dem, was kommt, was zwingend kommen müsste, wenn geschwiegen würde.

Während er spricht, während er Bälle zuspielt, während er auf Stichworte wartet, denkt er an heute Morgen. Er hat sich diesen Spaziergang überlegt, er hat beschlossen, es darauf ankommen zu lassen. Und während er geht, so uneindeutig wie möglich flirtet, authentisch tut und wortreich verschweigt, was er wirklich denkt, spaltet er sich langsam auf in zwei Menschen. Der eine ist unterwegs mit einer schönen Frau in schöner Umgebung, der andere sitzt auf der Treppe vor dem Haus, schaut auf unsere Hecke, die schon üppig wächst, die verwildert aussieht und uns abschirmt vor einheimischen Blicken. Der andere hat die Tiere heute extra früh und schnell versorgt, dann seine Familie verabschiedet und saß dann wartend auf der Treppe, wartend und zerknittert. Zerknittert wegen gestern Abend, wegen all dieser Abende in letzter Zeit, Abende mit wiederkehrenden Streitereien, sich ständig häufenden Streitereien.

Moritz hasst es, sich zu streiten, hasst sich, wenn er streitet. Weil er recht behalten muss, weil er erst verstehen muss, warum man überhaupt streitet, weil Vera es nie erklären kann, weil sie sagt, dass es nichts zu erklären gebe, und weil er, Moritz, sich dann festbeißt, bis man nicht mehr über Geld oder Öfen redet, sondern darüber, wie unfair es ist, hier einen Streit vom Zaun zu brechen. Und Moritz hasst streiten, weil er sich laut schimpfend leise fragt, ob er heute derjenige war, der angefangen hat, und ob er bloß taktiert, wenn er Vera den Anfang in die Schuhe schiebt.

Und weil Streitereien nie enden, sondern sich bloß verflüchtigen.

Dabei ist es doch gut hier. Dabei läuft es doch, wie es laufen sollte. Ja, der Ofen. Und ja, das Geld. Aber er, Moritz, kann nichts dafür, dass der zweite Schlaganfall

des Gemeindeschreibers auf sich warten lässt, und würde man ihm, dem Zugezogenen, überhaupt die ganze Stelle anvertrauen? Moritz weiß, dass er ein Fremder ist, immer noch, wohl für immer. Dass er sich Zuspruch und Bewunderung gezielt suchen muss. Zuspruch und Bewunderung, die er findet bei Christine, von der er sich gerne besuchen lässt, mit der er gerne Zeit verbringt. »Bist du eifersüchtig?«, fragt er Vera. Vera schweigt. »Habe ich kein Recht, Freunde zu haben?«, fragt er Vera. Vera schweigt.
Es gibt keinen Grund für Eifersucht, denn da ist nichts, da ist allerhöchstens etwas, das nicht zählt, denn davon erzählt Moritz nichts. Es ist nichts Reales, bloß Gedachtes. Ist bloß die Freude an der neuen Nähe, ist bloß die Versuchung, die Nähe Stück um Stück zu verengen, ist das Spiel mit den richtigen Sätzen, die es zu sagen gilt, damit sein Gast lacht, sich freut, ihn bewundert, damit er wiederkommt. Nicht von jedem Treffen muss er seiner Frau erzählen, nicht von diesem Spaziergang. Unseren Moritz lässt er zu Hause auf der Treppe hocken, ein anderer geht hier grundlos und ungebunden neben dieser schönen Frau, die ihn nicht infrage stellt.

Die Hügelkette, über die sie gehen, umgibt das ganze Dorf, zu drei Seiten steigert sie sich später zum Bergmassiv, den Talausgang und das Nachbardorf sieht man nur von hier oben gut.
Ein Mann, eine Frau, bloß das, sie arbeiten sich am Waldrand hoch, lassen die Aussicht fürs Erste hinter sich, tauchen ein in den Wald, wo der Weg hinführt und ein letztes Mal ansteigt.

Ein Mann, eine Frau, beide unterdessen außer Atem, er atmet unterdrückter, will seine Anstrengung verbergen, sie sagt: »Jetzt kann ich dann nicht mehr.« Er lacht, sagt: »Es ist ja nicht mehr weit.«

Der Wald sieht aus wie immer, heute bekommt alles eine Bezeichnung, und die Bezeichnung lautet immer: »schön«.

Der schöne Weg, die schönen Bäume, schön, wie das Laub unter den Füßen raschelt, schön, wenn man ab und an einen Durchblick durch die schütter werdenden Äste erhaschen kann. Eine schöne Frau, ein schöner Mann, eine ganz schöne Strecke, aber schön, dass man bald oben ist.

Der Förster ist hier Herr der Gegend, aber auch andere Dörfler verirren sich hierher, der Nachbarsbauer besitzt Waldanteile, schlägt Holz. Er ist auch hier kurzzeitig Beobachter, sieht durchs Dickicht zwei Spaziergänger, die wohl keine Arbeit und offenbar nichts Besseres zu tun haben, dann wendet er sich wieder dem Baumstamm zu, der Brennholz für den Winter werden soll.

Ein Mann, eine Frau, deren Gespräch von einer fernen Motorsäge unterbrochen wird. Dann wird das Geräusch Schritt um Schritt leiser, aber die angefangenen Sätze werden dennoch nicht beendet.

Eine letzte Steigung, eine scharfe Kurve, der Wald ist mit einem Mal zu Ende und man steht oben auf der Hügelkuppe. Von oben sieht man das ganze Dorf, sieht hinüber bis zur Alp, auf der der Jugoslawe seine Sommer verbringt, von unten sähe man bloß Bäume, die zwei Menschen davor zeichneten sich kaum ab.

»Wow!« – Mehr Ausatmen als Ausruf.

»Ja, wow!« – Bloß ein Echo. Dann bricht das Reden wieder ab, denn nun ist man wirklich außer Atem, und als er wieder da wäre, findet keiner der beiden einen Anlass, die Worte wieder aufzunehmen. Über die Aussicht ist alles gesagt, sprachlos macht sie, oder sie ist ein guter Grund, wortlos hier zu stehen.
Es gibt keinen Anlass, jetzt an seine Familie zu denken, an das Team, man ist schon kilometerweit entfernt von zu Hause, dann darf man wohl einmal stehen bleiben, dann darf man schweigen, darob verlegen werden und sich von der Sonne blenden lassen, damit es einen Grund gibt, das Gesicht zu einem Lächeln zu verziehen.
Es ist kühl, Jacken werden wieder angezogen, Reißverschlüsse bleiben offen, Arme bleiben nutzlos neben Körpern hängen.
Natürlich hat keine Dorflehrersfrauenhand etwas zu suchen in zentimeternaher Nähe von der Hand des größten Landspielverfechters, natürlich darf sich diese Lücke zwischen den Händen nicht verengen, diese anderthalb Zentimeter, die den kleinen Finger einer linken Hand von einem kleinen Finger einer rechten Hand trennen. Ein linker Arm und ein rechter Arm werden neben einem weiblichen und neben einem männlichen Körper baumeln gelassen. Das ist nichts Außergewöhnliches, das ist nichts Schlimmes. Nur die Dorfmenschen würden anders in die Ferne sehen, würden beide Hände in den Hosentaschen lassen. Sie würden die Heimat anschauen, sich die Sonne ins Gesicht scheinen lassen, aber wenn sich bei ihnen das geblendete Gesicht verzieht, dann sieht das nicht aus wie ein Lächeln, sondern als kauten sie gerade auf etwas herum. Wahrscheinlich

auf etwas Bitterem. Oder auf Kautabak. Obwohl die Stumpenraucher ihre Droge für gewöhnlich anders einzunehmen pflegen.
Ja, man sollte jetzt besser über Dorfmenschendrogenkonsum und Stumpenrauchergesichter nachdenken als über die Spannung, die langsam zwei Nacken hochsteigt, während sich die Lücke zwischen zwei kleinen Fingern langsam schließt, bis sich zwei kleine Finger endlich leicht und leise berühren. Man sollte nicht an den eigenen und den fremden Atem denken, der plötzlich auf Brusthöhe bleibt, als müsse man genau hinhören auf dieses unhörbare Geräusch, das das mittlere Glied eines kleinen Fingers verursacht, wenn es über die kaum sichtbaren Härchen eines anderen kleinen Fingerrückens streicht. Auch auf dem streichelnden Finger sind leichte Härchen, dunkler und dichter als auf dem gestreichelten, der nackter aussähe, wenn man hinschaute. Aber es reicht, dass Härchen und Fingerglied die Topografie erfassen: Erst der kurze Weg über den bei ungebeugtem Finger kaum wahrnehmbaren Knöchel, dann die lange Strecke über das erste Fingerglied, der kurze Anstieg, das runzelige Teilstück bei der Überquerung des ersten und größeren Gelenks, dann trifft ein mittleres Fingerglied seinesgleichen, der nächste Hügel ist klein und das Gelände über dem Gelenk fühlt sich knochiger an, die Erkundungsfahrt ist bald beendet, führt ins Delta des Fingernagels, wo Umkehr beschlossen wird. Und so wandert der Finger zurück am Finger, wendet wieder und wieder, bis auch die Fingerkuppe und auch die Fingervorderseite ins Spiel kommen, bis mehrere Finger über und durch mehrere Finger streichen, bis sich die Daumen eben-

falls einschalten, bis aus dem Berühren ein Fassen wird, bis sich die Finger immer nachdrücklicher verzahnen und immer kräftiger verbiegen und kneten, auf dass der Atem zum ersten Mal wieder tief in den Bauch und in den Rücken strömt. Das Zwerchfell behält die Aufspannung, die Luft verlässt die Münder nur gepresst. Denn nun wandern Hände an Faserpelzärmeln hoch, treffen auf Schultern, treffen auf Nacken, die ihrerseits die Berührung zu suchen scheinen, was zu einer runden, wackelnden Bewegung von Köpfen führt.

Die Gesichter trauen sich noch immer nicht, sich von der Sonne abzuwenden, die Wärme, die die Körper durchströmt, kommt aber nicht von ihr, kommt wohl irgendwo von innen, Faserpelze scheinen plötzlich zu warm, kalte Hände suchen beim Kragen Einlass, finden freie Hautpartien zwischen Schulter und Hals, arbeiten sich langsam Richtung Schulterblatt vor, erzeugen Gänsehaut, die sich Wirbel für Wirbel rückenabwärts fortsetzt.

Der Druck der Hand nahe dem Schulterblatt initiiert die Bewegung, die beide Körper von der Aussicht weg- und einander zudreht, man steht sich nun gegenüber, nur noch jeweils ein Auge wird geblendet, die Gesichter bleiben leicht verkniffen, es ist der beste Ausdruck, der im Moment zur Verfügung steht, denn er lenkt am besten von der Unsicherheit ab, ob man sich in die Augen schauen soll oder nicht. Und falls man schaut, *wie* man schaut.

Eine bis vor kurzem noch unbeschäftigte Hand löst das Problem, fährt über eine fremde Augenbraue, bedeckt Gesicht und Blick, streicht über ein gedachtes drittes Auge die Stirn hoch zum Haaransatz, greift sich eine

Strähne, folgt Haar und Stirn und landet beim Ohr. Die Geste hat den Blick geöffnet, die beiden Fremden, die beiden Spaziergänger, die beiden Verheirateten, die beiden Hügelsteher müssen sich nun anschauen, müssen ein ehrliches Gesicht machen, haben jetzt die Wahl.

Die Alternativen sind:

Dem Gegenüber nochmals durchs Haar fahren, schneller diesmal, diesmal wie einem kleinen Kind, dem man das Haar hinters Ohr streicht. Dazu würde ein »Ach du« ausgesprochen und man ließe den anderen wieder los, ließe die Sache bewenden.

Die andere Möglichkeit begänne ebenfalls mit einem Streichen übers Haar, bei dieser Variante führte die Bewegung aber zum Hinterkopf, wo die Hand kurz verweilen, wo sie die Berührung nicht für immer aufgeben, sondern eben gerade fortsetzen würde, und zwar zum Nacken hin, ein sanfter Druck der Finger führte hier die Gesichter zueinander, die Nasen wichen sich vorsichtig aus, die Münder wären nur wenige Millimeter weit geöffnet, bald würden sich die Lippen berühren, ein kurzes Blecken der Zähne wandelte sich in ein Umschließen einer Unterlippe, die geöffneten Münder suchten kurz Distanz, kokettierten mit einem halben Zentimeter Ferne, bis die trocknenden Lippen wieder zu Tastorganen würden und das eine Paar kaum merklich über das andere führe, worauf sich eine Zungenspitze einschaltete, die fremde Oberlippe leicht benetzte, die fremde Zunge hervorlockte, bis sich die Zungenspitzen ein spielerisches Duell lieferten und es Zeit würde, dass sich auch die Hände wieder in Bewegung setzten.

Aber noch ist man nicht so weit, noch steht die Entscheidung für eine der beiden Varianten aus. Noch hat keine der Hände zu keiner der Eröffnungssequenzen angesetzt. Noch schauen sich die beiden Gesichter unentschieden an, versuchen, sich nur so viel Unsicherheit anmerken zu lassen, wie sowohl als Zustimmung als auch als bevorstehender Abbruch gelesen werden kann. Noch wartet jeder, dass der andere sich schneller zu einem Beschluss durchringt, damit man selbst nicht mehr schuld ist am Folgenden. Ob es nun Kuss oder Loslösung bedeutet.

»Na …?«, sagt der eine.
»Hm?«, die andere.
Und der eine sagt nichts.
Und die andere fragt: »Was?«
»Was was?«
»Was wolltest du sagen?«
»Nichts.«
Und bevor er doch etwas sagen will, entsteht erneut eine Pause.

Was nicht ausgesprochen wird, das gibt es nicht. Da kann man lange spazieren, kann sich lange umarmen, man wüsste zwar eigentlich längst, woran man ist, aber dennoch ist es nicht in der Welt.
Moritz löst sich aus der Umarmung, wendet sich der überwältigenden Aussicht zu, denkt an die Aussichten auf wortloses Reißverschlussschließen, auf einen schweigenden Heimweg, auf Geheimhaltungsversprechen und Laubreste in der Unterwäsche. Und dann erst, dann endlich wird er seiner Rolle als Redner gerecht, benennt die Probleme, die er redend erst erschafft, um zu sagen, dass er auf ebensolche verzich-

ten wolle. Er beginnt mit: »Es geht nicht.« Fügt an: »Ich mag dich, aber …« Das Wort »Affäre« fällt, Christine kaut auf ihrer Unterlippe herum, hört verständig und erwachsen zu, während Moritz etwas sagt wie: »Wir sind nicht in der Stadt, alles ist viel zu nahe.« Christine unterbricht. Ein leises: »Ja, ich weiß. Lass uns gehen.«
Und statt zu gehen, stehen die beiden da, ziehen verkniffene Gesichter, umarmen sich wieder. Jetzt ist das Thema auf dem Tisch, man könnte sich jetzt ebenso gut küssen.

*

Wir spielen im Wald, spielen Urmenschen, spielen Rauchen, Luftwurzeln brennen spielend, hustend tollen wir durchs Unterholz. Während unsere Größten sich zu Hause mit Haus- und Hofarbeit beschäftigen, planen wir Kleineren Baumhütten und Waldfestungen. Geeignete Standorte werden erklettert, Fabian spricht von Bretterdicken, Ralf von architektonischen Raffinessen, Ada träumt vom Leben im Wald, bekommt die Inneneinrichtung aufgebrummt. Bevor Bretter aufgetrieben und Nägel krumm gehauen werden können, bewohnen wir schon Traumhäuser, nennen den Nachbarbaum Wohnzimmer, finden neue Stämme mit tiefen Ästen, bewegen uns Pläne schmiedend weiter in den Wald hinein, suchen Lichtungen und Quellen. Wir kennen uns aus im Wald, kennen das schönste Spiel, das Sichtreiben-lassen heißt, lassen uns treiben, als hätten wir uns verirrt. Fabian ist der flinkste Kletterer, er ändert auch die Regeln am schnellsten. Gerade ist er noch durch den Haupteingang seines zukünftigen Schlosses gekraxelt, schon sitzt er oben im Ausguck eines Piratenschiffs. Wir klettern hinterher, schauen gleichfalls in die Ferne, nennen das Meer stürmisch, tun, als sähe man mehr als Wald und lauter Bäume. Fabian will Baumkronen erreichen, der Pirat wird zum Everest-Besteiger, nennt die Luft zu dünn, weil die Äste zu dünn werden. Von hier oben sieht er den nächsten Baum mit dickeren Ästen, sieht hinter Blättern die nächste Lichtung aufscheinen, dort steht der Förster, der seine Motorsäge verflucht.

Das wollen wir sehen, wir klettern hinunter und durchs Unterholz hasten wir weiter. Schrammen und Striemen werden in Kauf genommen, sie sind unser Erkennungszeichen, wir werden unsere Schmisse salzen, auf dass sie ewig bleiben. Bei der Lichtung bleiben wir stehen, sehen, dass neben dem Förster sein Sohn steht, sehen, dass der Förster seine Motorsäge durch die Luft wirft, sehen, dass der Försterssohn uns sieht, er sieht erschrocken aus, als hätten wir ihn und nicht seinen Vater beim Wutausbruch entdeckt.

Fliegende Motorsägen haben wir noch nie gesehen, auch Wutausbrüche sind bei uns zu Hause selten. Da wird diskutiert. Auch das kann man durchaus schreiend tun, aber Motorsägen fliegen dabei keine durch die Luft, auch wenn kraftvoll diskutiert wird und lautstark, seit die Lehrersfrau so häufig zu Besuch ist.

Lautstarke Debatten sind ein weiterer Grund für die Jüngeren von uns, neue Eigenheime zu erklettern, Bäume zu bewohnen und eigenen Regeln nachzugehen. Im Wald gibt es immer etwas zu entdecken. Gerade entdecken wir den Förster, der gerade uns entdeckt hat. Er fragt: »Was schaut ihr so blöd?«, er geht dahin, wo die Motorsäge gelandet ist, sagt: »Dieses Scheißding!« Es klingt wie eine Entschuldigung, der Förster kniet sich hin, frickelt am Gerät herum, jetzt hat er nicht nur seinen Sohn, sondern noch drei weitere Zuschauer, jetzt sollte es dem Profi wirklich gelingen, die Säge anzulassen. Er zerrt mit Schwung und Kraft an der Schnur, der Motor heult kurz auf und säuft wieder ab. Wir fragen uns, ob er mit einer laufenden Säge ebenfalls um sich werfen wird, bekommen allerdings keine Antwort, denn die Säge will ihrem Meister nicht gehorchen.

Natürlich ist es dem Herrn über Wald und Rodung peinlich, vor acht Kinderaugen von einer Motorsäge in die Knie gezwungen zu werden. Er stellt das eine Bein auf, zieht noch einmal kräftig an der Schnur, auch diesmal will es nicht klappen. Der Förster scheint nahe dran zu sein, sein Werkzeug erneut durch die Luft zu schleudern. Diesmal wohl in unsere Richtung, denn er zischt uns zu, dass wir verschwinden sollen. Als wir stehen bleiben, wendet er sich an seinen Sohn, auch dieser steht noch immer starr da. Der Vater scheint ihm unangenehm, also ist der Sohn wohl nicht böse, als der Förster ihn ungeduldig anschnauzt und ihm mitteilt, er, der Förster, könne das jetzt allein, er, der Sohn, der heute offenbar nicht Pausenplatzkönig, sondern Lichtungslakai ist, solle sich ruhig verziehen. Er solle mit uns spielen gehen. Ein guter Trick: Der Förster wird sein gesamtes versammeltes Publikum los.

Der Förstersohn taucht ein in den Wald, wir hinterher, erst wird nichts gesprochen, dann sagt Fabian, dass er den Fuchsschwanz auch gerne einmal gegen eine Motorsäge eintauschen würde, der Försterssohn sagt, dass Fabian dafür noch zu klein sei, und tut dabei, als wäre er selbst dafür schon groß genug. Wir kraxeln hügelaufwärts durch den Wald, hören von hinten unten endlich das Aufheulen eines Motors und dann das Knattern, das später in das metallische Sirren übergeht, das bedeutet, dass der Förster den Bäumen zeigen kann, wer der Meister ist.

Der Lärm scheint den Försterssohn zu entspannen, eine Verschnaufpause darf eingelegt werden. Wir haben noch Luftwurzeln in der Tasche, der schöne Dorfbewohner ist uns immer noch suspekt, also scheint eine Friedenspfeife angemessen. Fabian bietet das auf Zigarettenlänge getrimmte Wurzelstück an. Der Sohn des Försters weiß, dass diese Pflanze Waldrebe heißt, dass die Wurzel in Wirklichkeit ein getrockneter Zweig ist, dass Waldrebenrauchen Mist ist. Er wüsste Besseres, weiß einen besseren Ort, aber das ist nichts für Kleine, also bleiben zwei von uns mit den ungerauchten Friedensangeboten zurück, während Ralf dem Försterjungen weiter hügelaufwärts folgen darf.

Während bei uns vier von fünf heimliche Raucher sind, muss der Förster sein Laster nicht verstecken, im Hirschen sitzt er ruhig da und vernebelt sich seine Aussicht mit einem Stumpen. Für die Waldarbeit trägt er Cowboyzigaretten mit sich, und für alle Fälle hat er in der Waldhütte Nachschub deponiert. Wir kannten die Waldhütte noch nicht, sie ist weit oben am Hügel, ist gut versteckt. Neben Zigaretten liegen Motorsägenersatzteile, daneben Schmieröl, ein paar Äxte und anderes Waldarbeiterzubehör. Die Hütte ist klein, bietet aber auch Platz für eine Campingliege, die dem Förster bei Regen die Möglichkeit eines trockenen Mittagsschlafs bietet. Der Schlüssel der Hütte ginge bei Waldarbeiten wohl leicht verloren, also liegt er unter einem Stein neben der Tür. Während wir nur träumen können von Eigenheimen im Wald und in den Bäumen, kennt der Sohn des Försters das Schlüsselversteck, tut, als wäre er oft hier, öffnet die Hüttentür mit betonter Selbstverständlichkeit. Während sich die Zurückgelassenen in Indianer verwandelt und die Spur des Dorfschönsten aufgenommen haben, bietet der Försterssohn dem Superheldenverehrer Platz an auf der Liege und eine echte Marlboro. Während Ralf das Husten und die aufsteigende Übelkeit unterdrückt, liegen Indianer Fabian Büffeltöter und Squaw Ada Hasenherz auf der Lauer. Sie bewundern das schlichte Bauwerk, das sie gerne ihr Eigen nennen würden, sie sähen gerne zur Tür hinein, Ada wäre gerne diejenige, die von ihrem Angehimmelten über diese Schwelle begleitet würde. Sie stellt sich vor, wie sich hinter der Schwelle eine lange Treppe ins Erdinnere verbirgt, wie sie schmalen Schultern und sehnigen Armen Stufe für Stufe hinunterfolgt, bis sich unten irgendwann ein großer Ballsaal öffnet, bis sich der Angebetete umdreht, Ada aus dunklen Augen anschaut. Was weiter passiert, muss sich Ada nicht vorstellen, immer und immer wieder geht sie diese Treppe hinunter, sie träumt von ewiger Vorfreude, hat den Wald um sich herum längst vergessen, hat Fabian vergessen, der sich zu langweilen beginnt. Er weckt sie aus ihren Träumen, sagt: »Lass uns zurückgehen.« Ada findet den Weg auch allein, immer hügelabwärts, da kann man nicht verloren gehen. Also macht sich Fabian davon, während Ada liegen bleibt im Gebüsch. Sie schaut sich die Bretterwände an und träumt weiter von Marmorstufen.

In der schäbigen Hütte hat der Zigarettenrauch den Modergeruch beinahe vertrieben. Ralf kämpft gegen Übelkeit, würde sich gerne hinlegen, fragt, was der Förster machen würde, wenn er den Sohn hier entdeckte. Der Sohn kennt das Tagesprogramm des Vaters, weiß, dass heute andere Waldbereiche dran sind. Wie Ralf wird auch er erst beim Abendessen wieder vermisst, also bietet derFörsterssohn eine weitere Zigarette an, Ralf lehnt ab, der Försterssohn grinst, Schwächling heißt das wohl, aber wahrscheinlich ist er froh, dass er auch keine mehr rauchen muss.
Der Indianerin wird ihr Platz im Gebüsch ungemütlich, der von ihr Geliebte ist zu weit weg. Sie schleicht näher zur Hütte, versucht, auf der Hinterseite durch Bretterritzen zu spähen. Dachpappe versperrt den Blick, wurde angebracht, um den Wind abzuhalten. Also ist Späherin Hasenherz ganz Ohr, versucht zu erhorchen, was nicht zu sehen ist, sie hört die Stimme ihres Bruders, hört dann den Sohn des Försters mit Cowboystimme sagen: »Der beste ist Superman. Aber die Filme sind da noch besser.« Ralf sagt, dass er die Filme auch extrem gut fand, Ada fragt sich, wann er die wohl gesehen hat. Der Försterssohn beschreibt, wie Superman im Film geflogen kommt, weil da steht Lois, fffffsssschhh, und da ist aber der Bösewicht und dann das Kryptonit und bummm, aber Superman dann so einen linken Haken, und die Szene ist geil! Und Ralf: »Ja, sehr geil.« Dann hört Ada wieder Schweigen, was sich anhört wie Wald-

geräusche, die sich anhören wie Wind in Bäumen, untermalt mit Vogelgezwitscher. Leise hockt sich Ada auf einen Stein, den Rücken angelehnt an die Hüttenwand. Während drinnen geschwiegen wird, betrachtet sie ihre zerkratzten Unterschenkel, zieht die caprilange Leggings hoch. Auch auf den Knien sind Kletter- und Unterholzspuren zu sehen. Ihr Sommerkleidchen hat gelitten, sie hat sich die Beine wund- und das Kleidchen grünbraun geklettert. Statt Zweitklässlerinnenschrammen zu besichtigen, säße Ada lieber im Bretterverschlag, spräche mit dem schönen Fünftklässler lieber selbst über Filme, die sie wie Ralf nicht gesehen hat. Aber »Superhelden sind eh was für Kinder«, hört sie nun das Kind des Försters sagen, hier gebe es Besseres, sagt er. Ada hört Rascheln, hört: »Schau mal die hier, die ist geil.« Hört überhaupt das Wort »geil« wieder und wieder. Bis der Försterjunge fragt: »Hattest du schon einmal Sex?« Er sagt es, als hätte er schon ganz viel Sex gehabt, lacht, als Ralf etwas Ausweichendes murmelt. Es raschelt erneut, dann hört Ada Förster junior sagen: »Zeig mal deinen Schwanz!«

Während draußen ein Mädchen auf dem Stein nervös hin- und herrutscht, lehnt drinnen auf der anderen Seite der Bretterwand ein Junge ab. Ada rutscht hin und her, hört Ralf zu, versteht ihn nicht. Ada würde sich nicht wehren. Sie würde sich nicht schämen wie Ralf, der es unfair findet, allein nackt dazustehen. Er findet, dass der auf der Liege sitzende Beobachter auch zeigen müsse, was er hat. Während der Liegensitzer sagt: »Erst du«, und Ralf ihm glaubt und folgt, schaukelt Ada kaum einen halben Meter weiter ungesehen auf dem

Stein. Hin und her. Erst unruhig, und dann, weil nun von unten dieses samtene Gefühl hochsteigt, wie beim Bäumeklettern und beim Sitzen auf dem Scheunenbalken. Während drinnen eine Hose aufgemacht wird, während ein Junge den Schwanz des anderen begutachtet, fragt sich Ada, warum der Försterjunge ihren Bruder ausgesucht hat und nicht sie. Der Försterjunge zieht ebenfalls die Hose aus, befiehlt: »Fass mal an!«, und will selbst anfassen. Ralf ist unsicher, welches der beiden Dinge er spannender findet, drückt erst vorsichtig am Glied des ehemaligen Feindes herum, spürt, wie die Zeit sich auflöst, während der Försterjunge sagt: »Schneller!« Und Ada stellt sich vor, er sage es zu ihr. Der Försterjunge legt Tempo vor, aus der anfänglichen Melkbewegung ist beinahe ein Schütteln geworden, Ralf kann sich nicht auf eigene und fremde Gefühle gleichzeitig konzentrieren, ahmt die vorgegebene Bewegung nach, lässt nicht los, als der Försterjunge plötzlich loslässt, schüttelt weiter und weiter, sein neuer Freund legt sich auf die Liege, Ralf kniet daneben, seine Bewegung versetzt den Försterjungenkörper in Schwingung, die Schwingung überträgt sich auf die Liege, die ein leise quietschendes Geräusch von sich gibt. Ralf ist das Geräusch unangenehm, er würde jetzt gerne wieder aufhören, Ada hört das Quietschen, hört den Försterjungen atmen, hat schon lange niemanden mehr etwas sagen hören. Das samtene Gefühl hat sich bis in den Rücken, bis in die Schultern ausgebreitet, Ada möchte es gleichzeitig behalten und loswerden. Ralf betrachtet den Sohn des Försters auf der Liege, der Sohn des Försters, der schönste Junge des Dorfes, der Sohn der Freude, der schönste Pausenhofschläger, der regelmäßige

Grund, nicht in die Schule zu wollen und dann doch unbedingt in die Schule zu wollen. Ralfs Feind, Ralfs erste Liebe. Ralf möchte sich neben ihn legen auf die Liege, seinen Kopf in die Kuhle zwischen Kopf und Schulter betten, stattdessen schüttelt er weiter, der Försterjunge spannt seinen ganzen Körper an, die Arme wirken noch sehniger, die Bauchmuskeln treten hervor, das Gesicht zusammengekniffen, die Hände zu Fäusten geballt. Dann, ohne Vorwarnung, setzt er sich auf, schiebt Ralfs Hand weg. Er weist Ralf an, sich hinzusetzen. Ralf tut es, sitzt da in seinem T-Shirt, mit dem er sich noch fast nackter vorkommt, als wenn er keins anhätte. Der Försterjunge kniet sich auf den rauen Bretterboden der Försterhütte. Die Bretter sind unbehandelt, leicht fängt man sich einen Splitter. Einen Splitter wird er sich fangen, denkt Ralf, während der Försterjunge Ralfs schlaffes Glied zwischen Daumen und Mittelfinger hält, ein Splitter im Knie, das tut weh, denkt Ralf, und der Försterjunge führt Daumen und Mittelfinger zu seinen Lippen, nimmt Ralfs Schwanz in den Mund.

Ada wird unruhig, sie hört nicht mehr, was drinnen geschieht, sie steht auf, sucht in den Ritzen zwischen den Brettern nach Löchern in der Tapete aus Dachpappe. Sie findet keinen Einblick, versucht, an den ungehobelten Brettern der Hüttenwand hochzukraxeln, aber die Ritzen dazwischen sind selbst für kleine Kinderfüße zu klein. Ada rutscht ab, das schabende Geräusch muss drinnen zu hören gewesen sein, denn jetzt hört Ada ein kurzes Quietschen, dann raschelnde Kleider, wahrscheinlich ist es der Försterjunge, der »Scheiße!« sagt.

So genau kann Ada das nicht mehr hören, denn so schnell sie kann rennt sie von der Hütte weg, versteckt sich im nächsten Gebüsch, ihr rasend pochendes Herz muss bis in den Bretterverschlag zu hören sein, sie weiß: Gleich wird sie entdeckt werden! Sieht dann aber, wie zwei Jungs ängstlich um die Ecke spähen, wie der eine so schnell er kann die Tür verschließt und den Schlüssel unter den Stein legt, dann davonrennt. Der Försterjunge lässt Ralf allein bei der Hütte zurück, Ralf, der erst erschrocken um sich schaut und dann seinerseits davonrennt. In eine andere Richtung. In unsere Richtung. Richtung nach Hause.

*

Beim Abendessen herrscht für gewöhnlich Stimmengewirr. Jeder versucht, den anderen zu übertönen mit Neuigkeiten vom Tag oder mit Kommentaren zum Tages- oder Tischgeschehen. Der Radiosprecher versucht, uns vom Weltgeschehen zu erzählen. Unser Redner fasst es für sich und uns zusammen, fordert Ruhe, um dem Sprecher und sich Aufmerksamkeit zu gönnen. Unsere Schweigerin schweigt, hört trotzdem nicht zu, man fragt sich jeweils, wo sie mit ihren Gedanken ist. Manchmal muss sie auch mit den Kleineren von uns schimpfen, zwar wird die Erwerbsarbeit in zwei erwachsene Hälften geteilt, das heißt aber nicht, dass die Haus- und Wascharbeit nicht dennoch zu beiden Hälften an der Frau des Hauses hängen bleibt. Waren die Kleineren von uns beispielsweise im Wald, sind unsere Hosen zerschlissen, Hemden sind rindenbraun, die Grasflecke auf Fabians Hosenbeinen gehen nie mehr raus, erst,

wenn er den Stoff gänzlich durchgeschabt hat. Dann muss unsere Näherin Abendschichten einlegen, um unserem wildesten Mitglied Flicken auf die Lieblingshose zu nähen, wobei sie längst Flicken über die ebenfalls durchgeschabten Flicken näht.
Heute schimpft die Schweigerin nicht, heute kann der Radiosprecher ununterbrochen solieren, er erzählt von Weltwirtschaft und Innenpolitik, hat die einzige Stimme in der Küche, und trotzdem hört ihm keiner zu. Vera schaut zu ihrem Mann, der sich stumm aufs Essen konzentriert, gerne würde sie sich mit ihm zusammen wundern, warum auch die Jüngeren so leise sind. Ralf schmiert stoisch Butter aufs Brot, vergisst den nächsten Schritt, der Käse oder Marmelade hieße, vergisst überhaupt, dass es hier um Essen gehen könnte, Ada schaut ihn schon böse an deswegen, falls sie nicht gerade damit beschäftigt ist zu wimmern. »Was ist denn, Ada?«, fragen wir, Ada hat einen Holzsplitter im Fuß, vom Bäumeklettern kann der nicht sein. »Wie war's denn im Wald?«, fragen wir. »Öd«, sagt Fabian. »Was habt ihr gemacht?«, wird gefragt. Und die Waldbesucher haben viel zu verschweigen.

Vier

Der Dorflehrer und seine Frau sind seit neuestem seltene Gäste geworden. Schon in der Zeit von Christines regelmäßigen Vor- oder Nachmittagsbesuchen wollte sie abends nicht mehr so gerne mit ihrem Angetrauten vorbeikommen, aber spätestens seit jenem Spaziergang über die Hügel haben unser Spaziergänger und die Frau Lehrerin jeweils viele Ausflüchte gefunden, um sich nicht begegnen zu müssen.
Findet Vera, dass man das Paar doch wieder einmal auf einen Wein einladen könnte (es macht sie nervös: Hat sie die beiden nicht vor Augen, kann alles geschehen und geschehen sein), wobei die Gäste denselbigen am besten gleich selbst mitbringen dürfen, murrt Moritz (eigentlich stolz, denn eigentlich ein Held, der sich das Erwartbare verkniffen hat), dass wir zur Abwechslung gerne auch bloß unter uns bleiben dürfen.
Die Dorflehrersfrau schiebt bei ihrem Mann wahrscheinlich das Fernsehprogramm vor, oder Müdigkeit. Oder sie findet, dass sie sich am Abend lieber mit ihrem Mann an den Tisch setzen wolle, um neue Arbeitsmöglichkeiten zu überlegen für sie als beschäftigungslose Kindergärtnerin. Wenn sich hier im Dorf nichts ergebe, dann wäre sie ja auch bereit, im Nachbardorf die Augen

aufzuhalten, oder vielleicht bräuchten sie im Hauptort irgendwo eine Kleinkinderzieherin, dann müsse sie eben jeden Tag den langen Arbeitsweg in Kauf nehmen, aber das Auto stehe ja sowieso unbenutzt herum, ein Spielzeug für Schulkinder, die sich an Autoritäten abreagieren müssen, also könne sie, Christine, dieses Auto ja auch problemlos täglich entführen, ja, hier herumsitzen auf Dauer, nein, das tue ihr nicht gut, das habe sie unterdessen herausgefunden. Der Dorflehrer, der das schon lange herausgefunden hat, hebt die eine Augenbraue, ein Trick, der die Schulkinder regelmäßig in Erstaunen versetzt. Seine Frau reagiert schon lange nicht mehr darauf, also fügt der Dorflehrer an, dass er schon lange denke, was sie da sage, und dass er es gut finde, dass sie sich umschauen wolle, das tue ihr bestimmt gut und bestimmt lasse sich etwas finden. Und schon scheint er seinen einleitenden Vorschlag wieder vergessen zu haben und wir bleiben einen weiteren Abend unbesucht.
Bis Vera eines Nachmittags vor dem Dorfladen auf den Dorflehrer trifft, man grüßt und freut sich, viel zu lange habe man sich nicht mehr gesehen, sagt Vera, und Andreas bestätigt es. Vera fragt, ob er schon eingekauft habe. »Noch nicht«, sagt der Dorflehrer. »Dann lass mal«, sagt Vera, »esst doch heute Abend mit uns.«
Unseren halben Gemeindeschreiber holt Vera von der Arbeit ab, er wird vor vollendete Tatsachen gestellt und muss helfen, den Einkauf nach Hause zu tragen.
Die Kleineren freuen sich erst über das angekündigte ausgiebige Essen, verziehen dann die Gesichter, den Herrn Lehrer bekommen sie täglich zu Gesicht, sie würden Besserwissern anerkanntere Dorfbewohner vorzie-

hen. Den Förster könne man ja einmal einladen, meint Ada, sicher nicht den Förster, raunzt Ralf, und Fabian erinnert uns lautstark daran, dass man Herrn Mirko schon vor Ewigkeiten ein Abendessen versprochen habe. Unsere Gastgeberin geht nicht auf Stänkerer ein, ernennt sie zu Helfern, teilt sie ein in Küchengehilfen, Tischdecker und Aus-dem-Weg-Geher. Moritz ist so still wie selten, schleicht um die Geschäftigen herum, hat nichts zu tun, außer den Wein zu öffnen, und hat keine Ausrede, woanders hinzumüssen. Auch er scheint sich nicht auf die Gäste zu freuen, obwohl er doch immer so gute Laune hatte, wenn Christine zu Besuch war.

Wir decken zwei unterschiedliche Tische, vier Gedecke für den Wohnzimmertisch, Servietten unter der Gabel, für erwachsene Esser, Jüngere müssen ihre Mahlzeit früher einnehmen und in der Küche, sie sollen nach oben gehen, wenn der Besuch kommt, sollen sich selbst beschäftigen, dürfen Lehrer und Lehrersfrau spielend ausweichen. Abendessen in der Küche hat heute also Vor- und Nachteile, die Kleineren sind froh, dass sie keine gute Miene zur langweiligen Runde machen müssen, fühlen sich aber dennoch herabgesetzt. Seit wann sind sie minderwertig, warum sind sie im Weg und vor allem: Warum dürfen sie trotz inständigen Drängens noch immer keinen Wein probieren?
Während Vera pro forma am Küchentisch sitzt, eine Scheibe Brot isst, und kleinere Esser mit großem Appetit Kartoffelpüree in sich hineinschaufeln, füttert Moritz die Schafe, lässt sich viel Zeit dabei, stellt sich dann auch noch unter die Dusche, um den Stallgeruch wieder abzuwaschen, lässt sich auch dabei mehr Zeit als

sonst, bedächtig zieht er sich anschließend ein Hemd an, keins der groben mit den gestickten Blumen, das ihn wie einen Dörfler bei der Arbeit aussehen lassen soll und das er deswegen immer trägt bei der Arbeit. Das Hemd, das er jetzt anzieht, ist fein, ist gestreift, Moritz sieht verkleidet aus, sieht aus wie früher, als er noch Städter war. Wir schenken ihm einen Pfiff durch die Finger, als er in der Küche auftaucht, Vera macht es vor, Ralf pfeift am geschicktesten, Fabian schaut bei ihm die Fingerstellung ab und flucht, als es nicht auf Anhieb klappen will, Ada tut nur so, als gebe sie sich Mühe, das Pfeifen zu lernen. »Schick«, sagt Vera, Moritz macht eine entschuldigende Geste, für gewöhnlich nimmt er Komplimente selbstverständlicher an. »Dann muss ich mich wohl auch noch umziehen«, fügt Vera hinzu und delegiert die Rolle des Beisitzers bei unserem Abendmahl.

Am Küchentisch wird noch immer gegessen, Fabian spielt noch immer Sturm und Dammbruch in seinem Tellerstausee, Ada ist wie immer zu abgelenkt, um essen zu können, sie will wissen, warum Dorflehrer und Frau eigentlich keine richtige Familie seien wie wir, als der Dorflehrer und seine Frau in der Tür stehen.

Moritz steht vom Kindertisch auf, gibt dem Dorflehrer die Hand, nennt ihn beinahe förmlich Andreas, für Christine gibt es drei flüchtige Küsse auf die Wange, entschuldigend fügt er an, dass Vera gleich komme, sie sei noch oben. Andreas ist unterdessen längst am Küchentisch, wünscht den Frühessern fröhlich guten Appetit, sie schauen kurz auf, wissen wie immer nicht, ob gerade Duzen oder Siezen angesagt ist, lassen sich also nicht zu sehr ablenken vom Stochern im Kartoffel-

brei. Moritz weiß nicht, ob er sie antreiben soll. Moritz sucht in seinem Wortschatz nach geeigneten Floskeln, findet nur: »Lange nicht gesehen!« Er vermeidet es, dabei Christine anzuschauen und zu meinen. Der Dorflehrer fühlt sich angesprochen, nimmt das Gespräch auf, denkt laut: »Ja, stimmt, warum eigentlich?« Fügt an: »Schön, wieder einmal hier zu sein!«
Dann zieht er endlich seine Jacke aus, hängt sie im Flur an den Haken, seine Frau tut es ihm gleich, man kennt sich aus in unserem Haus, fühlt sich nicht fremd, kommt wie immer mit zwei Flaschen Wein in der Hand in die Küche zurück, würde sich normalerweise gleich ein paar Gläser aus dem Schrank nehmen und gemeinsam mit den Weintrinkern von uns ins Wohnzimmer setzen. Aber heute geht es umständlicher zu, Andreas drückt Moritz die Flaschen in die Hand, Moritz bedankt sich, bestaunt die Etiketten, nennt den Wein mit Kennermiene einen guten Tropfen, sagt, da freue er sich aber darauf, und ist wohl tatsächlich froh, denn jetzt hat er wieder etwas zu tun. Er wühlt in der Küchenschublade nach einem Korkenzieher, sagt, dann könne der Wein schon einmal etwas atmen. Dann endlich kommt Vera, sie begrüßt die Neuangekommenen mit jeweils dreifachen Küssen, schaut dann irritiert zu Moritz: »Du hast doch schon eine Flasche ins Wohnzimmer gestellt.« Moritz lässt sich nichts anmerken, erklärt, man trinke ja sicherlich mehr als eine Flasche, setzt an zu Erklärungen über Sauerstoff, den man dem Wein frühzeitig zukommen lassen müsse, Christine unterbricht ihn unaufmerksam, macht Vera ein Kompliment für das Kleid, dass diese aus dem Schrank gewühlt hat.

Zwei der vier Erwachsenen wären froh, wenn jetzt die Kinder ein wenig Aufmerksamkeit auf sich ziehen würden, wenn irgendeiner etwas Lustiges fragen oder etwas Seltsames tun würde, aber am Küchentisch wird stumm gegessen oder Überschwemmung gespielt, die beiden Erwachsenen, für die das hier alles kein Problem ist, halten die nun eintretende Stille in der Küche besser aus. Freundliche oder unsichere Blicke gehen hin und her, bis Moritz einladend verkündet: »Na, dann wollen wir mal.«

Das Essenseinladungsspiel ist eigentlich leicht: Man schickt die Kinder nach oben, man geht schon einmal ins Wohnzimmer. Als Gast setzt man sich auf Sofakanten, um gleich aufstehen zu können, wenn das Essen kommt, man lobt, was man gerade zu Gesicht bekommt, man fragt, wie es denn so laufe, man antwortet und sucht sich irgendein unverfängliches Thema, über das man so ausführlich wie möglich referieren kann. Moritz, der ansonsten ein geschickter Gesellschaftsspieler ist, braucht lange, bis er aktive Züge unternimmt, Andreas schaut aus dem Fenster, bewundert den Wuchs unserer Hecke, Vera ruft aus der Küche, sie komme gleich, Christine wirft unserem Gastgeber ungesehen unsichere Blicke zu, steigt kurz in das Heckenloblied ein, Moritz nimmt die Huldigungen seiner Baumpflegerkunst abwesend entgegen, dann endlich kommt Vera mit dem Essen, man setzt sich zu Tisch, wünscht sich guten Appetit und dann hat unser Redner endlich ein referierungswürdiges Thema gefunden: Man habe ja eigentlich Huhn machen wollen, sagt er, er wollte das mit dem Schlachten längst einmal ausprobieren, das soll nicht so schwer sein, er habe sich unterdessen eingelesen, Vera sagt, es gäbe appetitlichere Themen, Christine sagt, es schmecke gut, das Fleisch sei sehr zart, Andreas stichelt: »Na, Moritz, eure Hühner sind von dem ganzen Freilaufen bestimmt längst zäh.« Vera: »Was habt ihr mit den Hühnern? Das ist Rindfleisch.« Moritz: »Rinder sind dann der nächste Schritt, erst mal fangen wir beim Federvieh an.« Vera sagt, dass man schon längst darüber gesprochen habe, man müsse es ja nicht übertreiben, die Hühner legten Eier und das reiche wohl. Und Moritz spöttelt ein wenig über seine mimosenhafte Frau, der Herr Dorflehrer ergreift für sie Partei, sagt, er finde Huhn sowieso am praktischsten, wenn man es tiefgekühlt und frittiert kaufe, und so wirft man sich Sätze zu, lacht, macht sich über weltfremde Konsumenten oder eben über Selbstversorger lustig und der Abend scheint einen guten Verlauf zu nehmen.

Während sich unsere erwachsenen Teammitglieder in unverfängliche Themen zu verstricken suchen, haben die Kleineren von uns den Auftrag, den Abend selbstständig ausklingen zu lassen. Wir liegen erst auf der Lauer, in jedem der oberen Zimmer ist beinahe alles zu hören, was unten verhandelt wird, wir sind uneins, ob wir die Hühner hergeben wollen, diskutieren kurz, kommen zu keinem Schluss, weil wir wissen, dass es sowieso immer anders kommt als angekündigt. Auch ist Ada aus unerfindlichen Gründen noch immer schlecht auf Ralf zu sprechen, also unterstützt sie Fabian, der jetzt schon ankündigt, er werde dann das Beil schwingen, wenn Hühnerköpfe fallen müssen. Ada, die

ansonsten die Rolle der Zartbesaiteten spielt, doppelt nach, haut auf ihre Matratze, macht Karategeräusche, lacht und vergisst darüber, dass sie gerade Hühnerköpfen spielt. Ralf nennt das alles Kinderkram und will wie so oft in letzter Zeit lieber allein sein. Er verzieht sich in sein Zimmer, spricht Warnungen aus, er wolle nicht gestört werden, die Ausgeschlossenen kennen das schon zur Genüge, auch wenn sich Ralf ansonsten meist mit dem Försterjungen verzieht.
Seit Ralf einen Freund hat, ist sein Leben noch anstrengender geworden. Gleich am ersten Tag nach dem Waldhüttenbesuch kam der erste Schreck, Ralf sagte dem Freund in der Schule freundlich »Hallo«, als man sich auf dem Pausenplatz begegnete, der Freund gab sich nicht als solcher zu erkennen, wandte sich anderen Mitschülern zu, bis der Lehrer zum Schulbeginn rief. Auf der Treppe zum Klassenzimmer versuchte es Ralf noch einmal: »Du hast doch immer noch die Comics von mir.« Der Förstersohn schaute Ralf verwirrt an. Ralf grübelte einen Vormittag lang herum, was er falsch gemacht haben könnte, und traute sich nach der Schule nicht, den Freundschaftsverleugner wieder zum Heftelesen einzuladen. Und er sagte noch verwirrter »Ja«, als er von diesem im Vorbeigehen leise gefragt wurde: »Sehen wir uns heute Nachmittag?«
Nun fürchtet sich Ralf vor jeder Begegnung mit dem Schönsten des Dorfes. Kommt dieser an Nachmittagen trotz anderweitiger Signale dennoch vorbei, hat Ralf vor allem Angst, dass der Lehrer oder seine Frau bei uns zu Besuch sein könnten. Ralf will seinen neuen Freund nicht mit unseren Verbündeten konfrontieren. In der Schule sind die Fronten klar: Es gibt die Schüler,

das sind die Guten, es gibt den Lehrer, das ist der Blöde. Innerhalb der Guten gibt es die Besseren und es gibt uns. Wir gehören zu den Schülern, aber nicht immer dazu, wollen auf keinen Fall zum Lehrer gehören. An gewissen Tagen vergessen die Kameraden die innenpolitischen Kämpfe, man gibt sich gemeinsamen Spielen hin, spielt gerne gegen den gemeinsamen Feind: Radiergummis klauen, den Staub auf dem Lehrerauto mit Schreibfehlern dekorieren.
Besucht uns der Försterssohn, besucht er vor allem Ralf, die beiden verkriechen sich sofort im Zimmer. Wenn wir Ralf fragen, was sie da machen, sagt er: »Lesen«, wenn wir ihn fragen, ob er froh ist, einen Freund gefunden zu haben, sagt er: »Geht euch nichts an!«
Aber heute haben nur die beiden Größten von uns Besuch, die beiden Kleinsten beginnen sich zu langweilen, horchen wieder nach unten, wo offenbar der Hauptgang abgetragen und eine Essenspause bis zum Nachtisch eingelegt wird.

Moritz will Vera beim Abräumen helfen, diese wehrt ab, sagt: »Leiste lieber den Gästen Gesellschaft«, Andreas steht demonstrativ auf, sagt, er könne nicht zuschauen, wenn klassische Rollenmodelle exerziert würden. Moritz findet es nicht lustig, sagt, das sei hier keinesfalls so, er sei schließlich zur Hälfte Hausmann. Andreas lacht, sagt: »Jetzt bleibt doch, ich mach schon.« Moritz bleibt mit dem Vorwurf, ein Pascha zu sein, sitzen und mit Christine allein.
Diese übertrifft heute Abend beinahe unsere Schweigerin im Wenigsagen, Moritz hat während des Essens und seiner albernen Reden übers eigenhändige Köpfen von

Federgetier immer wieder ihren Blick gesucht, überprüfend, ob er mit seinen Pointen auch einen Lacher ernte, hoffend auf ein geheimes Zeichen der Verbündung. Christine hat gelacht, kam aber ansonsten nicht aus der Deckung heraus, und auch jetzt, wo sie mit ihrem Mitspaziergänger allein ist, benimmt sie sich, als wäre man sich fremder, als man ist. Moritz brennt ein Satz auf der Zunge, der sie an Gemeinsames erinnert, bleibt aber stumm. Er schenkt Wein nach, es ist bereits die zweite Flasche, und auch sie ist nun leer, der Durst ist heute groß.

Fabian und Ada spielen ein Stockwerk höher wieder einmal Indianer, das Ohr am Boden behauptet Ada Hasenherz, einen Zug zu hören, der Büffeltöter legt seinen Finger auf die Lippen, wundert sich, dass es unten plötzlich so still ist. Dann ist deutlich ein leises »Scheiße« zu vernehmen, zwischen den Zähnen ausgestoßen von einem, der ansonsten Fluchen verbietet. Fabian ärgert sich, dass gewisse Regeln nicht für alle von uns zu gelten scheinen, verpasst darüber beinahe das halb geflüsterte »Was?« der Dorflehrersfrau.

»Das ist doch alles eine Scheißsituation«, flüstert Moritz, da war es wieder, das Wort, Fabian nimmt sich vor, diesen Satz jetzt auch zu benutzen, was unser Ältester sagen darf, darf auch er. Ada streicht mit dem Ohr über den Spannteppich, der ist rau, es fühlt sich seltsam an und ist auf jeden Fall interessanter als Zusammenhangloses aus dem Untergeschoss. »Weißt du, was Ralf macht, wenn er Besuch bekommt?«, fragt sie unvermittelt, und Fabian schaut sie verständnislos an.

Christine blickt Moritz an, der Blick ist forschend, ihre Antwort auf seinen geflüsterten Ausbruch lautet: »Hast du ihr etwas erzählt?« Das »Natürlich nicht« kann sich Moritz sparen, er kann es mimisch darstellen, Christine weiß dazu nichts zu sagen, ist froh, als die Küchenmannschaft mit Dessertgeschirr zurück ist, dieser Teil der Gesellschaft scheint ungehemmter zu kommunizieren, Vera fragt Andreas gerade: »Ist das dein Ernst?«, und Andreas sagt: »Entschieden ist noch nichts.«
»Was ist noch nicht entschieden?«, wirft Moritz schnell dazwischen. »Wartet doch noch schnell, ich will das auch hören«, sagt Vera und ist schon wieder verschwunden. Andreas nimmt wieder Platz, er ignoriert fragende Blicke fürs Erste, Christine hakt nach, wovon denn die Rede war, dann endlich kommt Vera mit Eis und heißen Beeren, selbstgepflückt, wie sie verkündet, man hebt erneut das Glas, stößt ein weiteres Mal an. »Auf euch!«, sagt Moritz. »Auf das Landleben!«, ist Andreas' Antwort. Dann endlich wird das Rätsel gelöst.

Der Dorflehrer will nicht mehr Dorflehrer sein. In der Küche hat er es angedeutet, jetzt muss er es vor versammelter Runde ausführen. Aber es ist doch schön hier, denken wir. »Klar, es ist schön hier«, sagt er, der den Gedanken des Aufgebens schon viel zu lange mit sich herumträgt. Und der Dorflehrer sagt, dass er das Land ja schon möge. Aber dieses Eingesperrtsein ins Dorfschulhaus, oben die Wohnung, unten sechs Klassen gleichzeitig. Anstrengend sei das. Und man müsse sich ja schon auch fragen, wie lange das überhaupt noch

gehe mit einem dorfeigenen Schulhaus. Wenn er mit der Stelle nicht sein Geld verdienen würde, hätte er eine Zusammenlegung mit dem Nachbardorf schon längst vorgeschlagen. Und früher oder später komme das auch, und dann müsse er sowieso gehen. Es würden ja so viele gehen. Die Jungen, die gingen ja alle, es gebe hier ja nichts für sie.
Vera schaut den Dorflehrer an, sie weiß, dass es hier viel gibt, mehr als anderswo: Es gibt Natur und Ruhe und Platz und uns. Und gegenwärtig denken wir nicht an die Zukunft.
Moritz versteht den Dorflehrer nicht, auch die Dorflehrersfrau starrt ungläubig, der Dorflehrer hat sie noch nicht eingeweiht in seine Pläne, die noch keine Pläne sind, sondern bloß Gedanken. Der Dorflehrer denkt, dass es auch Christine besser gehen würde in der Stadt. Oder vielleicht nicht gleich in der Stadt, aber zumindest im Hauptort, wo es auch wieder Arbeitsmöglichkeiten gäbe für sie. Und wo die Wohnung vielleicht etwas weiter weg wäre vom Arbeitsplatz. Wo man auf Arbeitswegen Freunde trifft und sich unterhält und dann sagt: »Ich muss jetzt los.« Das scheint richtiger und gesünder als Besuche während des Unterrichts und einzig eine Ex-Städter-Familie als Freunde. Aber das sagt der Dorflehrer nicht, er sagt bloß, sie hätten in letzter Zeit öfter darüber gesprochen. Dann endlich unterbricht ihn Christine: »Wann das denn?«
Der Dorflehrer ist ein geduldiger Erklärer, kann mit der Kreide in der Hand Ungläubige in Verständige verwandeln, malt Bilder an die Tafel oder Brüche, redet so lange auf die Schulkinder ein, bis diese behaupten, sie hätten begriffen. Hier in der Wohnzimmerrunde hat er

seinen Zauberstab nicht zur Hand, das ist wohl der Grund, weshalb seine Ausführungen ins Stocken geraten. Er wendet sich seiner Ehefrau zu: Sie habe doch selbst gesagt, dass sie sich neu orientieren wolle, dass es nicht unbedingt das Dorf hier sein müsse. »Aber ich mag das Dorf!«, sagt Christine. Vera interveniert, fragt, als wäre die Sache bereits beschlossen: »Aber ihr kommt uns besuchen?«
Vielleicht ist sie heimlich froh, die tägliche Besucherin auf Distanz halten zu können, anmerken lässt sie sich nichts, schwärmt von dem Flecken hier und dass die Stadt mit ihren Angeboten so ein Leben niemals aufwiegen könne. Der Dorflehrer führt nicht unser Leben, er ist wegen der Stelle hergezogen und weil seine damals frisch Angetraute in der Gegend aufgewachsen ist. Gegen Natur und frische Luft hat er nichts einzuwenden, aber Tiere braucht er keine eigenen, die Bauernarbeit überlässt er gerne den Bauern. Die Bauernkinder versucht er vorzubereiten auf die Welt da draußen, die heutzutage vor allem außerhalb des Dorfs stattfindet und die selten etwas mit Bauern zu tun hat. Und auch wenn der Dorflehrer nicht mehr so jung ist wie die Jugend, die abwandert, so ist er doch noch jung genug, um einen Schnitt zu machen und woanders nochmals neu anzufangen. Das mit den eigenen Kindern hat hier ja nicht klappen wollen, vielleicht ist man woanders entspannter, vielleicht geht es Christine in der Stadt besser, vielleicht kann sie ein wenig Abstand gewinnen. Nicht zuletzt von sich. Wie gesagt, er sei jetzt noch jung genug, um einen Schnitt zu machen. Aber das müsse er uns ja nicht sagen, sagt der Dorflehrer. »Du hättest etwas sagen können!«, kommt nun

endlich wieder Christine zu Wort. Sie kann noch immer nicht fassen, dass ihr Ehemann seine Gedanken lieber mit anderen als erst mal mit ihr teilt. Sie ist nicht vorbereitet, hat keine Argumente parat. »Was sollen wir denn in der Stadt?«, fragt sie, aber diese Frage wurde längst beantwortet.

Fabian, der vom Versuch, die Rede des Dorflehrers zu verstehen, von Ada abgelenkt wurde, die Seltsames vom Försterjungen und von Ralf erzählen musste, bringt seine Schwester mit einem »Das ist doch alles ein Scheiß!« zum Schweigen und sagt dann: »Hast du gehört? Wir müssen nicht mehr in die Schule.«
Ada geht gerne in die Schule, es ist ihre einzige Möglichkeit, ihrem Geliebten nahe zu sein, der in unserem Haus ja dann doch bloß die Nähe zu Ralf sucht. Ada versteht nicht, was gut daran sein soll, wenn man nicht mehr in die Schule muss. Und Ada weiß nicht, woher Fabian das auf einmal wissen will, also schimpft sie ihn kurzerhand einen Lügner, Fabian entgegnet: »Das sagt gerade die Richtige!« Und schon sind die beiden mitten in einem Streit, der mit Geschrei anfängt, in der mittleren Phase wird die kleine Schwester vom größeren Bruder gekniffen, weil sie nicht so schreien soll, Kneifen ist verboten, und weil niemand eingreift, endet die Auseinandersetzung im Wohnzimmer, wo die Erwachsenen sich nicht für langfädige Erklärungen von Kindern interessieren. Moritz stoppt die beiden mit einem knappen »Warum seid ihr noch auf?!«
Es ist das Erste, das er seit langem sagt, sprachlos hat er dem Dorflehrer zugehört, hat zwischendurch verblüfft Christine angestarrt, nun ist er froh, dass er einer Stel-

lungnahme im Diskurs Dorf versus Hauptort entkommt, er steht auf: »Ich bringe euch jetzt ins Bett!« Als er nach ausgedehnter Gute-Nacht-Prozedur wieder nach unten kommt, beschließen die Gäste gerade den Aufbruch, scheinen die Auseinandersetzung unter vier Augen weiterführen zu wollen. Man bedankt sich wahlweise für das gute Essen oder das Kommen. Dann sind die Eindringlinge weg und Moritz findet langsam seine Redekunst wieder. Mit dem Geschirrtuch in der Hand erörtert er, dass die Dorfschule geschlossen werde, wenn der Dorflehrer tatsächlich gehe, dass sie dann mit der des Nachbarorts zusammengelegt werde, dass unser Dorf dadurch zum bloßen Anhängsel des Nachbarorts verkomme, von der verlorenen Identität kleiner Orte spricht Moritz und davon, dass die Dorfmenschen sich dagegen wehren sollten. Ob er die Beweggründe des Dorflehrers versteht oder nicht und ob er seine ehemals tägliche Besucherin vermissen wird, geht in seinen wortreichen Erörterungen wohlweislich unter.

*

In den nächsten Tagen steht das rote Mofa vor der Scheune, die Frau des Dorflehrers, der nicht mehr Dorflehrer sein will, weiß die Zeichen zu deuten: Rot bedeutet, dass unser männlicher Arbeitsteiler als halber Gemeindeschreiber bei seiner Hälfte der Erwerbsarbeit ist. Auf Stricktipps kann Christine derzeit verzichten, sie passt den Moment ab, als unsere Mofafahrerin im Nachbarort ist, da, wo die Kleineren von uns, die trotz anderweitiger Informationen auch heute in die Schule mussten, auch bald täglich sein werden.

Das Mofa ist weg. Auch nach mehreren Tagen Bedenkzeit ist Christine noch immer aufgebracht, sie klopft kurz an unsere Tür. Moritz öffnet, sieht die verloren wirkende Gestalt auf der Schwelle stehen, bittet sie herein, bietet Kaffee an, der noch vom Frühstück auf dem Tisch steht. Christine interessiert sich nicht für lauwarme Getränke, sie kann auf Muntermacher verzichten, ist auch ohne Koffein aufgeregt genug. »Ich muss mit dir reden«, sagt sie und spricht dann dennoch nicht weiter. Unser Redner will gerade wieder in seine frühere Rolle als Tröster verfallen, seine Hand kommt fürsorglich auf dem Dorflehrerinnenoberarm zu liegen, die Oberarminhaberin zuckt kaum merklich zusammen, Moritz merkt es, fragt aufmunternd, was denn sei, obwohl er es längst weiß. Christines Antwort bleibt selbstredend aus, stattdessen drängt Christines Körper zu seinem, Christines Lippen pressen sich auf seine, Christine führt ihre freie Hand zu seinem Hinterkopf, damit er ihr nicht entkommt. Doch Moritz' Kopf und Mund haben anderes zu tun, als sich Fluchtpläne auszudenken, Moritz muss diesen Mund spüren, diese Lippen, die Zunge, die sich ihren Weg zu seiner Zunge bahnt. Doch bevor sich Moritz ganz von der Überraschung erholt und sich auf diesen Kuss einlassen kann, ist er schon wieder beendet.
Christine dreht sich ab. »Doch, ich glaub, ein Kaffee wäre doch nicht schlecht.«
Jetzt ist es Moritz, der sich nicht für Kaffee interessiert, zu lange lag dieser Kuss in der Luft und viel zu kurz ist er ausgefallen. Nachdenken, Kaffeetrinken, Nachbesprechen, das kommt noch früh genug, er tritt von hinten an Christine heran, doch sie meint es ernst,

kann erst weiterküssen, wenn das Nötigste gesagt ist. Das Nötigste scheint zu sein: Der ist lauwarm. – Ich kann nicht wegziehen. – Andreas und ich, das ist, nein, sprechen wir nicht von Andreas. – Es tut mir leid. – Habt ihr wenigstens Zucker? – Ich habe mich am ersten Tag schon in dich verliebt. – Aber das weißt du längst. – Es tut mir so leid. – Wenn jemand hier weggeht, dann sollten das du und ich sein! – Ich meine es ernst, lass uns von hier weggehen.
Moritz, der bis zum zweiten »Tut mir leid« noch mit hilflosem Gesicht Zeit und einen weiteren Kuss schinden wollte, steht nun tatsächlich baff und überfordert da.
Seine Antworten könnten wahlweise sein: Es tut mir leid. (Kaffee) – Ich weiß. (Verliebtsein) – Mir auch. (Leidtun) Oder: Ich weiß. (Kaffee) – Es tut mir leid. (Verliebtsein) – Es geht nicht. (Gehen.) Oder: Warum musst du alles verderben, indem du es aussprichst, weißt du nicht, dass es erst stattfindet oder stattgefunden hat, wenn es auch formuliert ist, bis jetzt konnte ich gut damit leben, Ungesagtes lässt sich unumständlicher beiseiteschieben, ist dir nicht klar, dass wir all dem Angedeuteten jetzt nicht mehr ausweichen können?
Aber natürlich sagt er nichts.
Er tunkt den Finger ins lauwarme Getränk.
Er malt braune Kreise auf den braunen Tisch.

Und wäre es ein Film, dann müsste jetzt die Abblende kommen, denn jedes weitere Wort ist eins zu viel, das weiß auch Christine, und dennoch muss sie jetzt weiterreden. So einfach kann sie nicht aufgeben, sie hat sich die Sache viel zu lange ausgemalt, hat sich auch ihre Überzeugungsrede vorgestellt, sie mag durch den missglückten Kuss schlecht eingeleitet sein, ist dennoch wohlvorbereitet. »Du hast recht«, steigt sie rhetorisch geschickt ein, »ja, du hast recht, eine Affäre wäre unmöglich, ich habe darüber nachgedacht und es stimmt, was du bei unserem Spaziergang gesagt hast, hier, das geht nicht. Aber woanders, das geht. Das muss. Wir müssen es tun. Hier verschwinden, zusammen weg, du spürst es doch auch, das spüre ich, dass da etwas Großes ist.« Sagt Christine. Und Moritz starrt weiter auf seine Kaffeeringe, und weil das kein Film ist, wird daraus dennoch keine Nahaufnahme, es kommt kein Schnitt, Moritz muss hier stehen bleiben, muss irgendwann selbst etwas sagen. Er hört Christine weiter zu, hört bloß: Die meint es wirklich ernst! »Es ist mir ernst«, sagt Christine, »und ich weiß, es klingt krass, für mich auch, für mich ist es auch krass. Aber du bist doch ein freidenkender Mensch, zusammen können wir das schaffen. Du bist ja auch unglücklich hier. Oder warum hättest du dich sonst auf das Ganze eingelassen?!«

Christine sieht die Dinge, sieht Moritz, der die Schultern hängen lässt, sie nicht anzuschauen wagt. Und weil er nichts sagt, noch immer nichts sagt, wird Christine lauter: »Natürlich müssen wir nicht heute gehen, man muss es natürlich vorbereiten, Vera wird es verstehen, sie und die Kinder, ihnen geht es gut hier, aber wir beide, das muss man doch ernst nehmen.« Moritz schweigt und Christine wird noch drängender, noch lauter, ihre Rede wird zum letzten Flügelschlagen eines ertrinkenden Vogels, sie spricht davon, dass man gemeinsam neu anfangen könne. In der Stadt vielleicht. Vielleicht im Ausland. Sie halte es nicht mehr aus hier.

Dann endlich macht sie eine Pause.
Eine Abblende müsste her, denkt Moritz. Irgendetwas, das ihn und sie aus dieser peinlichen Situation bringt.
Christine schweigt, betrachtet Moritz, er sagt noch immer nichts. Sie schiebt leise nach: »Oder war das alles nur Spiel? – Hast du mich gar nicht gemeint?«
Moritz schweigt, wiegt den Kopf hin und her, will diese seltsame Frage, die er nicht wirklich versteht, nicht wirklich verstehen. »Natürlich habe ich dich ...«, setzt er an, »aber es ... ich ...«
Mehr sagt er nicht. Er steht wieder hilflos herum. Und weil sie nicht geht, geht eben er.
Er schleicht sich aus der Küche, geht nach draußen, geht in Richtung Scheune.
Geht die Tiere füttern.
Irgendwann wird sie das Haus schon verlassen.
Abblende.

*

Wir wollen wir sein, wollen wir bleiben, sind nicht aufs Land gezogen, um uns auseinander-, sondern um uns zusammenzuleben. Wir sind wir. Wir sind fünf. Wir sind uns genug. Wir brauchen keine Fremdlinge, keine Eindringlinge. Brauchen auch keine Erweiterung und keinen Zuwachs. Schon gar nicht um eine halbe Person. Die es noch nicht gibt. Aber geben wird.
Wir brauchen außerdem auch keine Freunde von früher, erinnern uns nicht gerne an die Stadt, aber heute werden wir erinnert, ein Auto fährt vor, ein Freund steigt aus. Der Freund hat am Morgen angerufen, sagte, er sei in ein paar Stunden da. Jetzt schlägt der Freund die Autotür zu,

grinst in die Runde, sagt, er habe gedacht, wir seien Freunde. »Und dann hört man nichts mehr von euch, kennt ihr mich noch?« Wir kennen ihn, kennen auch das Auto, haben damals nach unserer Ankunft mit langen Holzlatten Kratzer in den Lack geritzt, bevor wir die Latten an unsere Wände nagelten. Die Kratzer sind längst von der Autooberfläche verschwunden, die Holzwände sind längst verziert mit Buntstiftzeichnungen. Oft hängen sie eingezwängt ins DIN-A4-Format über den Betten und noch öfter haben die Zeichner auf die Einschränkungen eines Blatts verzichtet, das Holz ist weich, mit den harten Buntstiftminen gräbt und malt man in einem, geschwungene Schriftzüge unterzeichnen Selbstporträts. Werden sie entdeckt, müssen Schelten angehört werden, unsere Vorrechner rechnen vor, was eine neue Täfelung kostet. »Und wer soll die Bretter hierhertragen?«
Aber wir fragen den Freund nicht, ob er wieder Holzplattentransporteur sein mag, denn unsere Erwachsenen belassen und vergessen die Zeichnungen, wo und wie sie sind. Ungesehen ziehen die Jüngeren von uns die Furchen mit Nachdruck nach, kommen Windungen und Rundungen auf die Spur, entdecken die Stellen, an denen ein Jahresring als Maserung eine eigene Vorstellung von Linienführung hatte. Senkrechte Ab- und Aufwärtsstriche scheint das Holz zu bevorzugen, wer auf Täfelung zeichnet, muss mit der Forderung nach Linientreue rechnen. Der Autofreund stattet einen Galeriebesuch ab, zieht die Augenbraue hoch. Entdeckt er unsere Miniaturen auf dem nackten Holz, nennt er diese Gekritzel, steht er in unseren Zimmern, sagt er: »Dass ihr so leben könnt!«
Ja, eigentlich würden auch wir Leinwände, Ölfarben

und vom Schlafzimmer abgetrennte Ateliers bevorzugen, würden gerne von der Höhlenmalerei zu höheren Evolutionsstufen übergehen, aber diese Gedanken vergehen, wenn wir unser früheres Leben bedenken. Der Rückschritt war selbstgewählt und ist es noch, nur Autofahrer scheinen das nicht verstehen zu können. Sie würden ihre Kinder hier nie malen lassen. Sie würden auch ihren Fünftürer niemals gegen einen roten, dreißig Stundenkilometer schnellen Einsitzer tauschen wollen, sie verstehen nichts vom Wind, der einem um die Ohren weht, wenn man im Leerlauf hügelabwärts fährt. Sie wissen nicht, dass man dann singen muss, für einen selbst klingt es leise, für Vorbeigehende laut. Bis der Motor von allein anspringt, dem Gesang sein Geknatter hinzufügt. Dieses ist rhythmisch, ist übertönend, ist gefährlich, denn der Motor bremst die Fahrt, schneller als dreißig kann er nicht, darf er nicht.
Ja, hier haben wir alles, was wir brauchen. Bloß der Autofreund bräuchte mehr. Er bückt sich unter Türrahmen durch, dreht sich in winzigen Kinder- und Erwachsenenzimmern um die eigene Achse, sagt, dass man sich hier ja nicht einmal um die eigene Achse drehen könne, ohne an die nächste Wand zu stoßen. Er kennt Häuser wie dieses, nennt sie Hütten oder im besten Falle Ferienhäuschen, dachte anfangs, dass wir uns nur zu Urlauben in diese Abgelegenheit zurückziehen wollten. Dafür hätte er Verständnis gehabt, er kennt das Land, ist gerne da, spaziert mit Schneeschuhen über Hügel und Pässe, kennt die Hütten und Berghotels, weiß, wo es die besten Käse- und die erlesensten Wurstplatten gibt. Und dazu ein Brot, das man in der Stadt suchen müsste. Und dann die sprich-

wörtliche Prise Landluft. Eine Prise, sagt der Autogast. Aber das hier sei mehr als eine Prise, das hier sei zu viel des Guten.
Wir verstehen nicht, wissen nichts einzuwenden gegen diese Luft hier, an die man sich gewöhnen könnte, wie wir anfangs dachten, und an die wir uns längst gewöhnt haben.
Wir gehen wieder nach unten. Moritz führt die Gruppe an. Nein, wir wollen keine Kritik hören, brauchen keine Besucher, die es besser wissen, haben auf Zuspruch gewartet, uns Bewunderung erhofft. Waren sicher, dass wir Nachahmer finden würden, denen wir grinsend hätten sagen können, dass wir zuerst auf die Idee gekommen seien, um dann generös die wichtigsten Eckpunkte des Landlebens zu erläutern.
Ja, wir haben uns gefreut auf diesen Besuch, wollten vorschwärmen von unserem neuen Leben, das wir nie mehr gegen ein altes tauschen wollen. Wir wollten Führungen machen, durchs Haus und Richtung Scheune. Wollten die Hecke entlangwandeln, nach seltenen Zweigen greifen, die sich hinter häufigeren Zweigen verstecken. Wir hätten ein Blatt abgerissen, es zwischen den Fingern zerrieben, daran gerochen, hätten dem Städter erklärt, warum wir stolz sind, dass genau dieser Strauch in dieser Hecke wächst. Der Städter hätte gestaunt, hätte verstanden, hätte gesagt: »Ihr kennt euch aber schon gut aus!« Und dann hätte er gefragt, warum die Hecke nicht weiter östlich stehe, bis zum angrenzenden Feld sei ja offensichtlich noch Platz, ob diese zwei Meter noch so ein Projekt seien, ob wir statt einer Hecke eigentlich ein kleines Wäldchen planten. Und wir hätten ihm den Zweimeterstreifen erklärt und

der Frager hätte gelacht über unsere Antwort, auch über unsere Nachbarn, über die Dörfler, die uns nicht verstehen. Und dann hätte er gefragt, ob in der Gegend nicht noch so ein Haus und noch so ein Grundstück zu erwerben seien, er sei interessiert. Er hätte uns Pioniere genannt und nun endlich die Scheune sehen wollen. Auf dem Weg wäre er neben den Hühnern stehen geblieben, hätte von frischen Eiern geschwärmt, plötzlich innegehalten und gesagt: »Mal ehrlich: Was will ich in der Stadt?« Wir hätten keine Antwort gegeben, hätten bloß die Augen zusammengekniffen, hätten in die Ferne geschaut und uns von der Sonne blenden lassen, hätten die Hände nicht aus den Hosentaschen genommen und gewartet, bis sich der Infragesteller selbst eine Antwort gegeben hätte. Bis er bekräftigt hätte: »Sobald hier in der Gegend etwas zu haben ist, kommen wir auch!«
Dann wären wir in die Scheune gegangen, hätten vom Dorf geredet und davon, wie es sich dank unserer und seiner Anwesenheit bald verändern würde, wie sich enge Stirnen verbreitern und wie sich Vorbehalte im Stumpenrauch auflösen würden. »Und Rebekka und Thomas erwarten ihr Zweites, die kommen auch«, hätte der Autofahrer, der Städter, der Besucher, der Schwärmer, der Freund gesagt, und wir hätten wissend und schmunzelnd genickt und gesagt: »Und hier: die Schafe.«

»Rebekka und Thomas erwarten ihr Zweites. Sie ziehen gerade in eine Eigentumswohnung«, sagt der Städter, der Skeptiker geblieben ist. Wir halten ihn für einen Nörgler, interessieren uns weder für Rebekka noch für Thomas noch für deren Nachwuchs, haben

hier Eigenes großzuziehen. Sollen die ganzen Rebekkas und Thomasse doch in der Stadt bleiben, sollen sie mit schicken Kinderwagen über schicke Kinderspielplätze spazieren, sollen sie darüber diskutieren, welcher Kindergarten das Optimum aus ihrem Kind herausholt, sollen sie am Kinderspielplatzrand in großen Milchkaffees rühren und überlegen, ob sie auch alles Wichtige in ihre Kinder hineingesteckt haben. Sollen sie über ihre praktischen Kinderwagenaccessoires beraten und die neusten Kinderturnschühchen bewundern. Nichts von alledem wird sie darüber hinwegtäuschen können, dass sie sich das Leben nicht so vorgestellt haben. Nichts wird sie davon ablenken, dass sie in öden Berufen und langweiligen Cafés ihr Leben verdämmern, dass sie nie wussten, was sie wirklich wollten, oder dass sie vergessen haben, sich dafür zu entscheiden. Dass sie überhaupt vergessen haben, sich zu entscheiden. Damals mit zwanzig. Mit fünfundzwanzig. Mit dreißig. Dass sie immer nur das Nächstbeste und Naheliegende wählten und allenfalls von einem Leben in Vororten träumen können, wo es grün ist und die Stadt erreichbar, für den Fall, dass eine größere Kleinkinderturnschuhgröße fällig wird oder eine andere Marke oder ein neues Paar für ein neu gezeugtes Kleinkind.
Moritz schimpft über Krisen, die der Autobesuch nicht zu haben scheint, dieser wirft ihm vor, zu übertreiben, fügt ein »Wie immer« an, sagt, er plane tatsächlich, in einen Vorort zu ziehen. Er habe eine Doppelhaushälfte in Aussicht. Die andere Hälfte sei noch zu haben, er habe an uns gedacht, man könne sich dann ja auch dieses Häuschen hier teilen, für Urlaube und Wochen-

enden. Abwechselnd, verstehe sich. Hier passten ja schon fünf Leute kaum hinein, geschweige denn neun, sagt der Freund, der uns meint und sich, seine Frau und seine zwei Kinder.
Moritz bleibt ungehalten, sagt: »So?!« Und fügt an: »So!« Sagt, dass er, der Besuch, doch machen könne, was er wolle, wir hätten schon ein Zuhause, und zwar dieses hier, und wir hätten jetzt zu tun, und zwar müssten Hühner geschlachtet werden.

Wir schauen Moritz staunend an, sehen ihm zu, wie er in die Gummistiefel schlüpft, wie er weiterwettert, hören ihn sagen, dass das hier kein Urlaub sei, sondern Arbeit, dass der Freund gerne zuschauen dürfe, wenn er die Nerven dazu habe, dann sehe er einmal, wie das im wirklichen Leben so sei.
Wir schreiten in Richtung Scheune, vorne mit großen, wütenden Schritten Moritz, dahinter neugierig und freudig ausschreitend Fabian, Vera versucht, die Spitze einzuholen, versucht, die Holzpantoffeln nicht zu verlieren, in die sie noch eilig schlüpfen konnte. Während sie Beschwichtigendes ruft, während sie sagt, das habe doch alles Zeit bis irgendwann, man habe das mit dem Hühnerschlachten schließlich noch nicht wirklich entschieden, zieht Ada lange, trübsinnige Linien in den Kiesweg, schlurft traurig zur Hinrichtung ihrer Liebsten. Offensichtlich amüsiert überholt sie der Besuch, sorgt sich höchstens um seine Stadtschuhe, neben denen zu große Gummistiefel schreiten, in denen Ralf steckt, der sich erinnert, dass der Besuch doch eigentlich ein Freund war.

Wir wissen, wie Hühner geschlachtet werden, haben uns eingelesen, haben uns gemerkt, was es braucht: zwei Eimer, einen Hackklotz, ein Beil und starke Nerven. Wir haben Eimer, Klotz und Beil. Aber nicht alle haben die Nerven, wir waren immer uneins, was das Schlachten anbelangt. Wir fanden, dass Hühner auch ungeschlachtet nützliche Tiere seien, haben mit Legequote argumentiert, haben Tierliebe ins Feld geführt und den Schlachtaufwand, haben davon gesprochen, doch erst einmal zuzuschauen bei jemandem, der das Handwerk beherrscht.
Die Hühner haben ein gutes Leben, genießen mittäglich Sandbäder hinter der Scheune, erkunden die Welt unumzäunt, gehen nicht weit und finden den Weg auf die grau verkotete Stange allabendlich zurück. Hühner sind kurzsichtig, nach fünfzig Metern hört die Welt auf, ihr Zuhause behalten sie im Blick. Kurzsichtigkeit bewirkt Heimatliebe, macht, dass man beim Altbekannten bleibt. Dass man nur das Naheliegende findet, weil man nicht auf die Idee kommt, das Richtige zu finden. »Hühner sind wie du«, sagt Moritz und meint den Landkritiker, der ihn unterdessen eingeholt hat, der mit sarkastischem Grinsen neben der Hühnerschar steht. Die Hühner werden in die Scheune getrieben, unser Hühnerschlachter rollt den Hackklotz nach draußen. Er ist der Richter, der »schuldig im Sinne der Anklage« beschließt, ist der Henker, der das Beil wetzt. Wir haben die Anklageschrift nicht gelesen, hätten sie nicht verstanden, was wir verstehen, ist, dass hier ein Exempel statuiert wird. Das Todesurteil trifft das jüngste Huhn, seine Verteidigung ist ein kurzes, ahnungsloses Flattern, Moritz hält es umfasst, streicht

über Kopf und Rücken, flüstert »Keine Angst!«, als gelte die Beschwörungsformel den Zuschauern und ihm selbst.
Hühner schlachtet man am besten morgens, wenn die Gedanken noch geschärft und die Tiere noch schläfrig sind. Aufgeregte und ängstliche Tiere wollen ihr Blut nicht hergeben, machen das Fleisch zäh. Aufgebrachte Schlachter neigen außerdem zu Unaufmerksamkeit, ihnen fliegen kopflose Hühner vom Schafott, die selbst nach dem Tod noch versuchen, demselbigen zu entrinnen. Wir haben das noch nie gesehen, haben uns aber eingelesen, wollen solcherlei Spektakel vermeiden und wollen die Aufführung vorzeitig beenden. Wir legen dem Regisseur der Veranstaltung die Hand auf den Arm, in dem das zum Tode verurteilte Federvieh zittert. Wir sagen, er solle es gut sein lassen, auch der Gast legt sein Grinsen ab, meint, man könne gerne wieder zum Haus gehen, er habe die Antwort verstanden. Er finde schon jemand anderes für die Doppelhaushälfte. Man scheine hiermit ja glücklich zu sein. Der Beschwichtiger macht dazu eine unglückliche Geste, zeigt aufs Haus, das er vorher noch als zu klein und zu schäbig bezeichnet hat, zeigt auf unsere Wiesen, die er unser »Projekt« nennt. Er sagt, man solle das arme Huhn doch leben lassen.
Wir wissen, dass hier der Städter spricht, dass Städter keine Ahnung haben vom Landleben, dass sie keine Ahnung haben von der Natur und von der Realität. Ihr Coq au Vin war auch einmal lebendig, ließ sein Leben wohl in einer entsprechenden Fabrik, wir entscheiden uns fürs Handgemachte, wollen guten Gewissens essen können, was wir selbst gefüttert, gestreichelt und erlegt

haben. So ist das Landleben, sagt unser Redner, und der Autobesitzer solle doch einfach in die Stadt zurückfahren, in sein Leben, er solle ruhig die Doppelhaushälfteneinrichtungspläne mit dem Innenarchitekten besprechen und mit seiner Frau, dann habe er wenigstens ein Thema, über das er mit ihr reden könne. Sie sollen alles vermeiden, das mit echtem Leben zu tun habe, sollen sich entspannen und sich in eines dieser Paare verwandeln, die sich hinter Sachzwängen verschanzten und mit Affären abreagierten, um keine echten Entscheidungen fällen und nicht über wirkliche Dinge reden zu müssen. Sie sollen doch bleiben bei ihren gut bezahlten Stellen, die sie hassten und die eine perfekte Ausrede böten, kein selbstbestimmtes Leben führen zu müssen. In dem man sich vielleicht keine Doppelhaushälfte leisten wolle und keinen Fünftürer für den Arbeitsweg vom Vorort in die Stadt. Man brauche diese Ausgaben nicht, die eine schöne Ausrede seien für einen öden Job, der eine schöne Ausrede sei für ein ödes Leben, an dem man zum Glück nicht schuld sei, denn schuld seien ja die Umstände. Und wegen der Umstände rede man immer weniger miteinander, oder bloß noch über Inneneinrichtung. Und die Umstände zwängen zu Streitereien, zu Affären und dazu, das wahre Glück nie zu erreichen. Und dabei greift der Redundant- und Lautgewordene nun endlich mit der Rechten zur Axt, stellt sie neben den Hackklotz, neben dem schon der eine Eimer bereitsteht.
Ja, sagt der Redner, klar, wenn man lebe, wie man möchte, dann sei das natürlich schwerer. Dann fehlten die Ausreden. Dann sei man auch selbst schuld, wenn man nicht glücklich werde. »Aber hier sind wir glück-

lich, hier geht es uns gut! « Denn das hier sei ausredenlos und echt und wahr. Und zum wahren Leben gehöre eben auch der Tod, das dürfe sich der Besucher gerne einmal anschauen.

Der Redner schreit beinahe, das Huhn in seinem Arm zittert. Er streicht über das Gefieder, greift mit der Linken die Beine, umfasst mit der Rechten die Flügel und legt das Tier Brust und Bauch nach unten auf den Hackklotz.

Der Henker hält die Totenrede, der Verurteilten stehen keine letzten Worte zu. Der Redner spricht davon, dass er gerne so lebe wie hier und wie jetzt. Und davon, dass der Gast gerne in diesem Geht-es-jetzt-immer-so-weiter?-Sumpf weiterstapfen dürfe. Er kenne das, sagt Moritz. Er habe das gekannt. Aber dann habe er, Moritz, den Ausweg gesehen. Und Vera habe gesagt: »Lass es uns einfach tun.«

Und obwohl Vera jetzt sagt: »Lass es einfach, tu es nicht«, greift der Schlachter mit der Rechten das Beil, wiegt es kurz in der Hand, als wolle er es in die Luft werfen. Er prüft das Gewicht, sucht den besten Griff am hintersten Ende des Stiels, überlegt es sich noch einmal anders, dreht die Mordwaffe einhändig um. Er hält das Beil nun beim Eisen, zeigt mit dem Stiel auf den Hühnerhinterkopf, holt kurz aus, und mit einer undramatisch zackigen Bewegung schlägt er mit der Holzseite auf die anvisierte Stelle.

Die Geschlagene wird ohnmächtig.

Wir kennen diesen leeren Gesichtsausdruck, haben ihn selbst schon herbeigeführt, wenn wir Hühnerumdrehen spielten: Man hält den Körper des Tieres umfasst, drückt ihn auf den Boden, kippt ihn langsam zur Seite.

Das Huhn versucht, die Drehung um die eigene Längsachse auszugleichen, versucht, den Kopf in der Senkrechten, den Blick in der Waagerechten zu behalten. Man kippt den Körper weiter, der Hühnerkopf bleibt aufrecht. Hat man das Tier auf dem Rücken gedreht, ist die Grenze der Halsdehnbarkeit erreicht, der Kopf ist nicht mehr in der Senkrechte zu halten, der Hühnerhorizont kippt, das Huhn verliert das Bewusstsein, der Hühnerkörper erschlafft.
Wir kennen also scheintotes Federvieh, aber ebenso gern wie Hühnerausschalten spielten wir Erwecken, nahmen die schlaffen Hühnerköpfe in die Hand, richteten sie wieder auf, riefen die Hühner wieder zur Besinnung, schüttelten sie notfalls, aber schüttelten sanft. Wir beobachteten, wie das Leben in die Hühneraugen zurückfand, wie die Tiere verwirrt ihren Weg zum Sandbad fortsetzten.
Aber dieses Huhn hier wird nie mehr baden, höchstens in Einzelteile zerlegt in Suppe oder Sauce. Vielleicht auch in unseren Magensäften, falls wir es über uns bringen, die Überreste unserer ehemaligen Augenweide hinunterzuschlucken.
Jetzt schauen wir nicht mehr in Hühneraugen, denn wir wissen: Hierhinein wird kein Leben mehr finden. Noch ist die Verurteilte zwar erst betäubt, aber das Urteil des Schauprozesses ist unverändert, der Henker hebt das Beil. Ada senkt den Blick. Vera hält sich die Ohren zu. Fabian vergisst das faszinierte Starren und schaut in eine Ecke. Ralf hat sich längst umgedreht, denkt sich weg von diesem Spektakel. Der Zuschauer, für den die Aufführung bestimmt ist, behält den Schlachter und jeden seiner Handgriffe im Auge, seine Lippen werden

schmaler, die Mundwinkel ziehen sich leicht nach unten, drücken Ekel aus, versuchen aber hauptsächlich, ein amüsiertes Grinsen zu verstecken. Das Beil saust nieder, trifft den Hühnerhals direkt unter dem Kopf, als wäre die Geste lange trainiert und nicht bloß angelesen. Aus Büchern kennen wir die folgenden Schritte, die schnell zu passieren haben, weil sich die Tote jetzt nochmals kopflos aufzubäumen versucht. Moritz legt das Beil beiseite, hält den zuckenden Leib mit beiden Händen fest, hält ihn halsüber über den Eimer. Das Blut verlässt stoßweise den Hühnerkörper, der Hühnerkopf liegt noch auf dem Hackklotz, zuckt hilflos auf und ab, der Kopf ist zum Fisch geworden, hier an Land wird er sterben.
Ekel befällt uns, aber wir starren auf das Vogelkopffischmonstrum, das vom Pflock aus in den danebenstehenden Eimer und somit ins eigene Blut zu springen droht. Dann verebben die Bewegungen. Auch der Rumpf hat ausgeblutet, der Mörder schaut kurz in die Runde der Augenzeugen. Er nimmt einen Strick, bindet ihn der Geköpften um die Beine, hängt die Leiche an einen Nagel in der Mitte des Scheunentürrahmens. Das Huhn baumelt auf Augenhöhe des Schlachters, noch ist sein und unser Leiden nicht beendet.
Moritz zieht den zweiten Eimer zu sich, stellt sich breitbeinig vor das Federvieh, das bald nur noch Vieh ist. Nachdem es schon den Kopf verloren hat, muss es sich jetzt mit jeder kurzen, zackigen Bewegung des Hühnchenrupfers von einer weiteren Feder trennen. Erst sind es die großen, die entgegen der Wuchsrichtung aus der Haut gerissen werden. Sind die Körperteile noch warm, rupft es sich leichter, also machen sich die

kräftigen Hände als Erstes an fleischarmen Stellen am Kleid zu schaffen, am Bürzel, an den Flügeln und den Beinen, arbeiten sich dann in Richtung Brust vor. Immer rhythmischer, immer schneller werden die Griffe, wir denken an die Bauern, die wir beim Melken beobachtet haben. Federn und Daunen segeln zu Boden, landen bloß teilweise im Eimer, breiten sich auf dem Steinfundament aus oder bleiben an den blutigen Gummistiefeln von Herrn Holle kleben. Bis es endlich aufhört zu schneien und vom Huhn nur noch Gänsehaut zu sehen ist.

»So«, sagt unser Hühnerbezwinger.

Es ist das erste Wort, das ein scheinbar stundenlanges Schweigen durchbricht. Moritz nimmt das Huhn vom Haken. »Dann müssen wir das jetzt bloß noch ausnehmen«, sagt er.

Und an den Gast gewandt fügt er hinzu: »Du bleibst doch zum Essen?«

*

Dass Vera wenig Worte machen kann, bringt sie den Dorfleuten nahe (aufgerissenen Mündern ziehen diese vielsagende Blicke vor, sie werden ausgetauscht, wenn man vor dem Hirschen steht oder hinter dem Dorfladen vor der Milchzentrale, wo die Bauern erste Morgenzigaretten in die Milchlachen werfen), doch dass Veras Gabe im Familienkreis ungehört bleibt, macht sie je länger, desto unsichtbarer.

Gehör verschafft sie sich viel zu selten, lieber sänge sie nur auf dem Weg zur Arbeit, lieber ließe sie bloß die Monologe der Fabrikantenwitwe auf sich einplätschern,

lieber bliebe sie stumm, weil es nichts zu sagen gibt außer: »Schön ist es hier.«
Aber auch Vera kann ihre Ruhe verlieren, ungeduldig steht sie im Altersheimzimmer, im Kopf Moritz' gestrige Gewalttat. Vera hat die Rede wohl gehört, hat rausgehört, dass das Wort Affäre viel zu oft fiel. Und dass Moritz zu sehr über sich sprach und zu nachdrücklich, um sich nicht zu verraten. Ein Geständnis war sie, diese Verteidigungsrede. Kein Zweifel, dass sich Veras Zweifel bewahrheitet haben.
Vom Sessel aus doziert nun die Witwe des Fabrikanten: Wie jeden Tag schimpft sie über Diebe und die neue Zeit, wie jeden Tag holt sie weiter aus, beginnt wie jeden Tag bei ihrem Großvater und beim Aufschwung. Vera macht ihre Arbeit hektisch, tastet nach der Zigarettenschachtel, die verlässlich unter der Matratze steckt. Die Witwe des Fabrikanten ist beim Kauf der Fabrik, kommt bei den Italienerinnen an, die ankamen in der Gegend, die Italienerinnen, die am Feierabend über den Dorfplatz stöckelten, die Italienerinnen, die so manchem Bauer den Kopf verdrehten, die Italienerinnen, die von den Bauersfrauen verabscheut wurden. Vera schießen unvermittelt die Tränen in die Augen, sie umschließt die Zigarettenschachtel in ihrer Hand, droht sie zu zerdrücken. Die Witwe des Fabrikanten holt Luft, setzt an zur Fortsetzung, die bei zerbrochenen Familien und beim Traualtar der Dorfkirche ansetzt und zur Fabrikantenhochzeit in der Stadtkirche führt. Und endlich bricht es aus Vera heraus: »Wissen Sie was? Rauchen sie doch eine, ich mache Pause!« Sie fummelt eine Zigarette aus der Schachtel, streicht sie glatt, drückt der verdatterten Greisin die Schachtel in die Hand und verlässt das Zimmer.

Man wartet auf Schreie wie »Diebin!« oder »Was bilden Sie sich ein?!«, aber der heimlichen Raucherin hat es wohl den Atem verschlagen.

Im Altersheimgarten saugt Vera am Glimmstängel, als hinge ihr Leben davon ab, statt Beruhigung steigt ein Zittern in ihr auf, das nur zur Hälfte vom Nikotin stammt.

Auf gewisse Dinge ist Verlass, zum Beispiel auf den Auftritt des Dorfpfarrers, der immer durch ein Quietschen von Reifen auf Auffahrtsasphalt eingeleitet wird, dann seine Fortsetzung findet in einem offenbar alltäglichen schnellen Blick um die Ecke, ob jemand beim Vordach steht, und in der ehrlichen Freude, dass dieser jemand einmal mehr Vera ist. Verlass ist auch auf sein freudiges »Hallo«, das dandyhafter klingt, als sein salbungsvoller Beruf vermuten ließe. Vera wirft ihre Kippe auf den Boden, zerquetscht und zerreibt sie mit dem Fußballen auf der Steinplatte. »Man muss es gründlich machen, sonst überlebt sie noch aus Versehen und muss leiden«, kommentiert der Pfarrer.
»Bitte?«, fragt Vera.
»Zigarette?«, fragt Rudolf.
Vera bedient sich, ignoriert die Fröhlichkeit des Pfaffen, gibt sich selbst Feuer, schnippt das Streichholz in die Rabatte.

Der Herr Pfarrer weiß, wie Trauer aussieht, kennt alle ihre Stadien: kennt Schock, kennt Verdrängung, kennt die Wut, bloß Vera hat er noch nie so gesehen. Eine Zigarettenlänge lang kann sie ihm nicht ausweichen, so gierig wie Vera den Rauch einsaugt, bleibt ihm wohl wenig Zeit, also lässt der Pfarrer das Eingangsgeplänkel: »Was ist los?«

»Nichts ist los, alles bestens, danke.«

»Ach so.«

»Ja, ach so. – Scheiße.«

Er schweigt.

Sie schweigt.

»Du musst es mir nicht erzählen.«

Vera macht ein paar Schritte auf dem Rasen, Rudolf bleibt stehen, beobachtet das Schauspiel, wartet, bis sie eine halbe Pirouette gedreht hat, bis sie auf das dürre Geäst des Blumenbeets starrt, bis sie endlich rausrückt mit der Sprache.

»Ich mag es hier. Ich mag es wirklich hier. Es ist schön. Es ist ruhig. Es ist, wie wir es uns immer ausgemalt haben: die Natur, das Land, die Familie. – Es ist nichts, wie es sein sollte.«

Dann wieder Schweigen.

Der Trick besteht darin, nichts zu sagen, nicht in die Lücke zu springen, die sich jetzt auftut, nicht zu raten, worum es gerade geht, und nichts über die engstirnigen Dörfler zu sagen oder über das Leben, das immer anders ist, als man es sich vorstellt, nichts über Unergründlichkeiten und schon gar nichts über Gottes Wege.

Vera starrt weiter Löcher ins Beet, das Zittern ebbt langsam ab: »Wir haben alles richtig gemacht und jetzt ist alles falsch. Wir haben keine Freunde, den Kindern gefällt es nicht in der Schule und mein Mann vögelt die Kindergärtnerin.«

»Anja?!«

Vera schaut Rudolf an, ertappt sieht er aus. »Wer?«, fragt sie, und bevor Rudolf zu Erklärungen ansetzen kann: »Nein, ich meine die Ex-Kindergärtnerin. Christine.«
»Ach so, ich dachte schon, du … Weil Anja ja neuerdings verlobt ist mit Werner von der Milchzentrale … Aber, na ja, ist ja auch egal …«
Rudolf rudert in der Luft herum, Asche fällt von seiner Zigarette. Nun muss Vera trotz schlechtester Laune grinsen, zu hilflos sieht der Dandy aus, und obwohl sie sich nicht für das Sexualleben des Dorfpfarrers interessiert, der niemandem verpflichtet ist, den es gibt, sagt sie: »Du hast was mit der Kindergärtnerin?«
Rudolf lässt die Deckung fallen, erklärt, das sei längst vorbei, bloß so eine kurze Geschichte, es gebe nicht allzu viel, Anführungszeichen, Frischfleisch in der Gegend. Und noch viel weniger Kandidatinnen, die nicht längst vergeben seien. Er schaut Vera gerade in die Augen, sie bittet um eine weitere Zigarette, sagt, er könne tun, was er wolle. Sie lässt sich Feuer geben, fragt: »Wie hältst du es hier aus?«
»Man gewöhnt sich daran. – Und man beginnt es zu lieben.« Und er zählt auf: die Bauern, die nach vergorener Milch riechen, als kämen sie gerade vom Stillen. Die Bäuerinnen, die noch stämmiger aussehen als ihre Männer. Die flirtenden Greisinnen von der ersten Kirchenbank. Die Jungbauern, mit denen man seit der Konfirmation per Du sei. Und nach einer auf Pointe zielenden Kunstpause fügt er an: »Und der Vorteil, dass ich nicht in einem Dorf lebe, sondern in dreien.«
Mit der Schuhkante rasiert Vera letzte Relikte von Unkraut, die zwischen den Steinplatten der Kälte trotzten.

Rudolf kommt aufs Thema zurück: »Wie lange weißt du es schon?«
»Hm?«
»Das mit deinem Mann.«
»Schon viel zu lange. – Aber seit gestern mit ziemlicher Gewissheit.«
»Scheiße.«
»Ja.«
»Falls du das Bedürfnis hast, dich zu rächen, dann sag Bescheid«, sagt Rudolf.
»Vielleicht wird es einfach Zeit, wieder wegzuziehen«, ist Veras Antwort. Sie weint trotzige Tränen, er legt seine Hand auf ihre Schulter, massiert mit dem Daumen ihr Schlüsselbein.
»Ich meine es ernst«, sagt Rudolf.
»Kaum dass Ruhe ist, ist wieder Unruhe«, sagt Vera. »So ist er immer, immer muss sich etwas ändern, nie kann es bleiben, wie es ist.«
Rudolf zieht Vera näher an sich heran, umarmt sie, drückt sie. Vera hängt in seinen Armen, Rudolf hält sie umfasst. »So eine Scheiße«, sagt Vera und beginnt mit den Füßen zu strampeln, als wolle sie einen Stepptanz auf die Platten legen. Kein Befreiungstanz. Bloß Überforderung, weil sie keine Ahnung hat, was sie jetzt tun soll.
Rudolf hält sie fester, wartet, bis das Stampfen abgeebbt ist. Vera presst ihre Stirn an seine Brust, sie stehen lange so da. Jetzt sollte man sich lösen, sollte nach einer letzten Zigarette fragen und man sollte sie schweigend oder lachend rauchen. Stattdessen nimmt der Pfarrer dreier Dörfer Veras Kopf in seine Hände, sie windet sich unentschlossen. Zum Glück ist da keine Haarsträhne,

die er ihr aus dem Gesicht streichen kann. Er drückt dennoch seine Lippen auf die ihren.

*

Hatte Vera im Garten des Altersheims noch Sätze bereitgelegt, die mit »Wir müssen reden« eingeleitet worden wären, hat sie der Kuss des Dorfpfarrers offenbar wieder zum Schweigen gebracht. Sie kommt nach Hause, wo Moritz auf dem Feld steht und am Schafzaun rüttelt, er zieht die Krampen aus dem Holz, legt den Maschendraht auf den Boden, damit der Schnee, der nun bald kommen wird, ihn nicht zerdrücken kann. Vera könnte zu ihm hingehen, könnte ihm helfen, könnte ihn dabei zur Rede stellen, könnte sagen: Was sollte das gestern? Aber der von ihr kurzzeitig erwiderte Kuss lässt sie das Gespräch verschieben, sie macht sich im Haus zu schaffen, bereitet Abendessen zu, bald füllt sich die Küche, bald findet wieder der Kampf zwischen Nachrichtensprecher, Redenschwinger und Schulkindern statt, ein autoritäres »Psst« von Moritz bringt alle außer Ersteren zum Schweigen. Schnee bis in die Niederungen wird angekündigt. »Seht ihr«, sagt Moritz, und das Stimmengewirr wird wieder laut. »Können wir bald wieder rodeln?« »Wann kommt denn der Schnee?« »Was heißt Niederungen?« »Ich werde jeden Tag mit dem Schlitten zur Schule fahren.« »Ich fahre mit dem Schneepflug.« »Du kannst gar nicht Schneepflug fahren!« »Kann ich doch!« »Mama, sag Fabian, dass er lügt.«
Vera sagt nichts, auch später nicht, als die Kinder im Bett sind, auch am nächsten Tag nicht und auch nicht,

als endlich Schnee fällt, denn jetzt kehrt Ruhe ein, und warum soll ausgerechnet sie es sein, die den Familienfrieden infrage stellt.

Der Winter ist still, lang und leer. Moritz scheint seine Affäre unterdessen besser zu tarnen, wir bleiben unbesucht. Wir scheinen abgeschnitten von der Welt: Während unser Haus im Sommer mitten im Epizentrum von Arbeit liegt und auf den Nachbarfeldern große Gerätschaften knattern, Bauernfamilien einsilbige Kommandos hin- und herrufen, Stumpen- oder Güllegerüche zu uns herübergeweht werden, erkennt man im Winter, wie abgelegen wir wohnen. Die Dächer der umliegenden und weit entfernten Häuser sind weiß, die Häuser also kaum erkennbar. Die Wiesen gehören nur uns, wir betrachten sie, rodeln darauf oder schmücken sie mit Schneeengeln.

Endlich gilt wieder Regel Nummer eins: Wir sind wir. Denkt Vera, die die Ruhe mag.

Während die Zeit vergeht und Moritz immer unruhiger wird. Er hält die Isolation nicht aus. Wenigstens ein paar Verbündete brauchen wir, wenigstens einen. »Den Dorfpfarrer meinetwegen«, sagt er, kurz bevor er das Licht im Schlafzimmer löscht, und Vera erschrickt und schweigt.

(Winter)

Nach ihrer unerhörten Liebes- und Fluchtbereitschaftsbekundung ging Christine erstaunlich gelassen nach Hause. Mit einer allumfassenden Leere im Kopf setzte sie sich an den Küchentisch, horchte nach unten, die Schüler schienen ruhig zu arbeiten, kein Geschrei, das nach oben drang, war zu hören. Christine wartete darauf, dass Andreas die Mittagspause verkünden und in die Lehrerwohnung kommen würde. Sie wartete und auf einmal hatte sie dieses Gefühl von Klarheit, das sich ausbreitete, das die Leere verdrängte. Diesmal würde sie nicht zusammenbrechen, sie würde weitergehen, weitermachen, den Aufbruch eben anders wagen, viel zu lange hatte sie sich abhängig gemacht von einer Schwärmerei. Sie sah klar. Sie öffnete den Putzschrank, in dem sich das Altpapier stapelte, ging den Stapel veralteter Zeitungen durch, bis sie die letzte Samstagsausgabe in den Händen hielt, Stelleninserate gab es nur einmal die Woche. Sie blätterte auf die richtige Seite, überflog das magere Angebot, wühlte auch noch die Zeitung der Vorwoche hervor.
Es war unwahrscheinlich, dass die einzige Stelle, um die sie mit dem Kugelschreiber einen Kreis malen konnte, auch tatsächlich noch frei war. Eine langweilige Sache, Sekretariatsaufgaben, Voll- statt Teilzeit, aber für den

Kinderhort im Hauptort, vielleicht würden sich ja Möglichkeiten ergeben, später intern zu wechseln, und überhaupt war der Anruf nur ihr Beweis vor sich selbst, dass sie es auch ernst meine mit dem Neuanfang.
Als Andreas nach oben kam, traf er seine Frau, die in der Küche herumhibbelte, die sagte, es habe geklappt, die fragte: »Liebst du mich noch?« Und dann: »Ich kann mich morgen vorstellen gehen, bin ich nicht die Beste?!«
Die nächsten Wochen verlaufen rasend, helfen, den Zusammenbruch aufzuschieben. Die Stelle im Hauptort ist anstrengend und anspruchslos zugleich, Christine bekommt sie auf Anhieb, scheint die einzige Bewerberin gewesen zu sein. Nun fährt sie jeden Morgen im Lehrerauto hin, Andreas bleibt allein zu Hause, empfängt allabendlich seine abgekämpfte Ehefrau, die über idiotische Datenbankprogramme und stupide Abtippaufgaben klagt. Dafür sei sie nicht Kindergärtnerin geworden. Aber sie werde jetzt Geld scheffeln, dann könne man sich irgendwann etwas Richtiges leisten und man könne alte Pläne wieder ausgraben von Teilzeitarbeiten und irgendwann wolle man ja ein Eigenheim und nicht bloß eine Wohnung, die es zur Stelle umsonst dazugibt. Und Andreas und Christine schlafen wieder miteinander. Über Kinder reden sie nicht, dafür immer konkreter davon, hier wegzugehen, von vorne anzufangen.
Das Gefühl der Klarheit hält an, trotz nerviger Mitarbeiter, trotz zu langen Arbeitswegs, trotz des Gefühls der Langeweile, gegen das sie alltäglich zu kämpfen hat. Christine fragt Andreas, was er denn wolle im Leben, Andreas antwortet ausweichend, er fürchtet sich wohl,

das Falsche zu sagen. Erst als sie insistiert, sagt er, dass er lieber in der Stadt wäre, dass sie mehr Freunde bräuchten, überhaupt mehr Menschen, dass er sich isoliert fühle. Christine fragt, ob sie ihm denn nicht genüge, sie bemüht sich, dass sich ihre Stimme nicht nach oben schraubt, sie macht ein sachliches Gesicht. Andreas sagt: »Natürlich, darum geht es doch nicht«, schiebt nach: »Wieso, was willst denn du?«

Christine sieht klar, sieht, wie sehr sie sich abhandengekommen ist in den letzten ein, zwei Jahren, spricht davon, dass sie wieder mehr auf sich hören müsse. Sie schimpft am Morgen auf das frühe Aufstehen, auf Stress und Langeweile bei der Arbeit, die sie vom Eigentlichen abhalte, aber nicht erfülle, Christine versucht, nicht zu genau zu überlegen, was dieses »Eigentliche« eigentlich sein könnte. Sie genießt die Ruhe im Auto, wenn sie über die Dörfer fährt, durch den Wald die Landstraße lang, im Hauptort schaut sie sich über Mittag nach Wohnungen und Häusern um und nimmt dann doch keinen Besichtigungstermin wahr, die Frage Hauptort oder Stadt ist noch immer ungeklärt.

Dann endlich spricht sie das Kinderthema wieder an. Man sollte die Abklärungen über die Ursache ihrer Aborte fortsetzen, diese Gentests, von denen die Ärzte erzählt hätten. Sie schreibt sich eine Nummer auf, wo man anrufen und einen Termin vereinbaren sollte, sie legt den Zettel auf den Küchentisch. Andreas schaut sie fragend an. »Vielleicht ist es doch noch nicht der richtige Zeitpunkt«, sagt er. »Wann ist es denn der richtige Zeitpunkt?«, fragt sie.

Wenn Christine von ihrer Arbeit nach Hause kommt, fühlt sie sich ausgelaugt, sie fragt Andreas kurz nach seinem Tag, er antwortet knapp, seine Tage sind wie immer, Christine scheint sich nicht wirklich für Details zu interessieren.

Christine sieht klar, sie muss reinen Tisch machen, sie erzählt von Moritz, erzählt, dass da nichts gewesen sei, sagt, dass es nicht an ihr gelegen habe, sagt, dass sie selbst nicht verstehe, wo dieser Drang in ihr herkomme, immer alles kaputtzumachen. »Aber ich würde mir doch keinen anderen suchen, wenn hier alles in Ordnung wäre.« Dann weint sie und Andreas fragt: »Wieso *immer*«? Er sagt: »Es war ja nichts.« Und: »So was kommt vor.« Christine fragt: »Warum kann ich nicht einfach glücklich sein? Wie andere Menschen?«

Und als Andreas das Thema Moritz nach diesem Gespräch mit einer abschließenden Handbewegung vom nun reinen Tisch wischt, es ein für alle Mal darunterkehrt, wirft sie ihm vor, dass es ihm offensichtlich immer gut ginge. Ihm sei immer alles egal. Nichts berühre ihn wirklich. Da endlich rückt Andreas mit der Sprache raus, spricht von seiner Arbeit, die er hasse, von den sechs Klassen, die ihn überforderten, davon, dass er überlege, den Job gänzlich hinzuschmeißen, er wolle sich weiterbilden. Am liebsten studieren gehen. Und Christine sagt: »Dieses Gespräch hätten wir schon vor Jahren führen sollen.«

Und das Gefühl von Klarheit bleibt. Noch immer kein Zusammenbruch. Die beiden schmieden Pläne: Als Erstes den Job kündigen – klar bedeute das wohl das Ende der Dorfschule, aber darum müssten sie sich nicht scheren, jetzt gehe es um sie beide – dann Erspartes zählen, in der Stadt fände Christine bestimmt eine Stelle, und Andreas könne ja Stellvertretungen machen.

Ja, dann eben Neuanfang, den neuen Schwung muss man ausnutzen. Christine fährt zur Arbeit, ja, wenn es hier nicht geht, dann muss man eben gehen.

*

An Wochentagsvormittagen haben selten alle von uns frei, mindestens einer der Geldverdiener ist meist beim Geldverdienen, der andere kümmert sich um Liegengebliebenes, das meist Schulpflichtige liegen ließen. Diese gehen vormittäglich zur Schule, kommen frühestens mittags nach Hause, wo sie auf Essen warten, das von jemandem zubereitet sein will. Heute winken die Erwachsenen den Kleineren von uns ausnahmsweise zu zweit hinterher, die Hausarbeit erledigt sich doppelt so schnell, noch sind die Tiere schneebedingt in der Scheue, auch Vera und Moritz sehen wenig Grund, das Haus nach der Fütterung nochmals zu verlassen. Vera ist froh, dass sie heute nicht zur Arbeit muss, sie müsste zu Fuß hingehen, das rote Mofa steht im Nachbardorf, Schnee und Salz haben ihm offensichtlich zugesetzt, Vera musste es erst in die Werkstatt schieben, musste erklären, dass man ihr Fahrzeug doch bitte so schnell wie möglich reparieren solle. Der Mechaniker murrte, nannte das rote Gefährt einen Schrotthaufen. Als er es uns seinerzeit verkaufte, nannte er es noch ein Schnäppchen.
Heute bleiben Moritz und Vera im Haus, der Ofen ist an, denn obwohl er oft totgesagt wurde, funktioniert er noch, nur Anfeuern ist manchmal schwer, verursacht Krebs verursachende Rauchschwaden, die es mit Erkältungen verursachendem Lüften zu bändigen gilt. Lange

macht er es nicht mehr, aber heute scheint er keine Schwierigkeiten machen zu wollen, heute scheint die Vormittagssonne ins Wohnzimmer, heute glauben wir daran, dass er und also auch wir auch diesen Winter überstehen werden. Vera und Moritz spielen Sommer, tun, als käme die Hitze nicht vom Holz, das wir eigenhändig angezündet haben, tun, als sei der Schnee auf den Feldern längst geschmolzen und längst vergessen. Sie lassen sich blenden, testen die Weichheit des Spannteppichs. Auf dem Boden liegend ist das Sommergefühl doppelt überzeugend, die Fensteraussicht zeigt nur Himmel und keinen Schnee. Mußestunden wie diese sind viel zu selten geworden in den letzten anderthalb Jahren. Die Sonne, die Wärme, der Teppichboden lassen auch anderes vergessen: Dass wir allein sind, ist heute ausnahmsweise nicht Belastung, sondern Freude, dass der Ofen uns an viel zu vielen Wintertagen im Stich ließ, ist heute kein Thema. Statt Gespräche zu führen, die längst hätten stattfinden sollen, albern die beiden sich die Schwere vom Leib, hoffen beide, dass der andere nicht mit Sätzen anfängt, die mit »Wir sollten einmal etwas klären« anfangen. Um sich nicht in die Augen zu sehen, reißen sie sich gegenseitig die Kleider übers Gesicht und vom Leib, bloß eheliche Pflichten (Moritz) und Rechte (Vera) werden heute verhandelt, sie kichern, werden einig, scheuern ihre nackten Körper am Teppichboden glatt.

*

Christine auf ihrem Weg zur Arbeit. Sie fährt die Dorfstraße hinunter, fährt an unserem Haus und unserer

Scheune vorbei. Der Kontrollblick zum Scheunentor ist antrainiert, fällt ihr in seiner Flüchtigkeit kaum mehr auf: Steht das rote Mofa da? Egal, wie die Antwort ausfällt, Christine fährt nun täglich weiter, ein fehlendes rotes Mofa bedeutet nicht mehr Einladung, es bedeutet nichts. Es gibt keinen Grund, die Geschwindigkeit zu drosseln, ja, das rote Mofa ist nicht da, aber nein, es gibt keinen Grund, anzuhalten.

Das fehlende rote Mofa. Christines rechter Fuß schwebt über der Bremse, berührt sie leicht, drückt sie dann behutsam nach unten, weiter und immer weiter. Als der Wagen zum Stehen kommt, liegt unser Haus schon deutlich hinter ihr. Christine lässt den Motor laufen, richtet den Rückspiegel aus, bis sie das Haus sieht. Die Hecken drückt der Schnee in die Knie, das Haus steht freier als sonst. Wenn die Blätter sprießen, sieht es abgeschotteter aus. Einmal war sie ein Teil dieses Reichs, ein Sommer voll gemeinsamer Vormittage mit Moritz.

Da ist sie wieder, diese Klarheit, die ihren ganzen Körper zu durchströmen scheint, Christine richtet den Rückspiegel wieder korrekt aus, der Entschluss, den Rückwärtsgang einzulegen, überrascht sie selbst. Sie fährt die paar Meter die Straße hoch, parkt das Auto auf der Straße bei der Scheune. Was sie sich von dem Besuch verspricht, weiß sie selbst nicht genau, wahrscheinlich will sie ihre Klarheit teilen, mitteilen. Will Moritz vom Stand der Dinge erzählen. Oder will ihn einfach nochmals sehen, will ihm sagen, dass diese ganze Geschichte, so wenig auserzählt sie auch sein möge, sie weiter- und nicht umgebracht habe. Sie geht den freigeschaufelten Weg entlang, nähert sich

dem Haus, lässt sich Zeit. Sie ordnet Sätze, sucht Ausreden für ihren Besuch, merkt, dass es keine Ausreden braucht.
Beim Haus angekommen, schaut sie durchs Wohnzimmerfenster, erst sieht sie nur sich selbst in der Spiegelung, sie schirmt die Sonne mit den Händen ab, kann Moritz nirgends entdecken. Schon will sie sich bemerkbar machen, an die Scheibe klopfen, da schiebt sich ein nackter Rücken in den unteren Bereich des Bildes. Christine macht einen ertappten Schritt zur Seite, lehnt an die Hauswand, da, wo man sie vom Wohnzimmer aus nicht sehen kann. Sie kann sich einen erneuten Blick nicht verkneifen. Auf die Gefahr hin, entdeckt zu werden, presst sie ihr Gesicht erneut ans Glas. Nun sieht sie das Paar, das sich auf dem Spannteppich vergnügt, genauer. Der Anblick ist ungewohnt, ist gleichermaßen spannend, also spannt Christine weiter, betrachtet das seltsame Winden dieser Körper, und erst allmählich dringt in ihr Bewusstsein, wer hier mit wem schläft und mit wem eben nicht. Macht es ihr etwas aus?
Sie schaut auf Haut, die sich an Haut reibt, merkt, dass ihr das nichts anhaben kann.
Noch immer kein Zusammenbruch. Dafür dieses Bild, wie für sie eingerichtet: das sorglose Vergnügen zweier Menschen an einem unwesentlichen Wochentagsvormittag.

Christine sitzt wieder im Auto. Christine fährt zur Arbeit. Christine verrichtet ihren langen und leeren Tag.
Erst auf der Heimfahrt ist sie wieder da, diese Klarheit, so, wie die beiden da im Fenster, so möchte sie

sein, so möchte sie leben und nicht so wie sie selbst. Und als sie nach Hause kommt, fallen die Sätze, die sie sich zurechtgelegt hat: »Gib doch zu, wir machen uns etwas vor. Wir wollen nicht dasselbe. Wir passen schon lange nicht mehr zusammen. Wir stehen uns doch bloß im Weg.«

Einen Abend lang sitzen sie am Küchentisch, Andreas hat Tränen in den Augen, Andreas fragt: »Warum?«, fragt, ob es wegen Moritz sei. »Nein, es hat nichts mit ihm zu tun.« Sie sehe einfach auf einmal klar. Sagt Christine. Und sie sehe, dass das hier alles keinen Sinn mehr ergebe. Und sie reden und Andreas fragt nach, bis Andreas ihr recht geben muss, bis Andreas gesteht, er habe selbst nie den Mut aufgebracht, es auszusprechen. Sie umarmen sich, sie setzen sich wieder, wieder Tränen, von beiden diesmal. Sie kauen alles nochmals durch. Andreas wiederholt seine Fragen. Christine wiederholt ihre Sätze. Sagt sie sich selbst, sagt sie ihm.

Am nächsten Tag hat sich nichts geändert. Andreas sagt, er willige in die Trennung ein. Christine sagt, sie müsse jetzt stark sein. Andreas sagt, er müsse jetzt zu seinen Schülern.

Er verlässt die Küche, geht nach unten.

Dann erst bricht Christine zusammen.

*

Und der Dorflehrer schickt die Dorfkinder Tag um Tag nach Hause. Und der Dorflehrer bleibt in der Dorflehrerwohnung. Der Dorflehrer wünscht sich die Sportferien herbei, damit er keine Ausreden mehr suchen muss. Und der Dorflehrer fleht seine Frau an. Der

Dorflehrer redet auf seine Frischgetrennte ein. Der Dorflehrer spricht Beschwörungsformeln. Bleib am Leben. Bitte. Meine Schönste, meine Liebste. Meine ehemals Geliebte. Bleib am Leben. Leg die Messer weg, mit denen du dich versuchsweise schneidest, mal schauen, wie tief du kommst, ich will es nicht sehen, ich kann deine Wunden nicht mehr lecken. Bleib hier, wenn nicht in dieser Welt, so doch in einer anderen möglichen, ich weiß, du glaubst da nicht dran, nicht mehr, sagst du, zurzeit nicht, versuche ich zu sagen, während wir auf diesem Sofa sitzen, *Armageddon*, *The Day After Tomorrow*, *Godzilla*, *The Storm*, *Dante's Peak* vor uns. All die Filme, die nicht von Liebe handeln, nicht vom Leben, nur von einer Gruppe Menschen, die sich sucht, die sich findet, die trotz der Katastrophe noch ein paar Bekannte unter den Trümmern hervorzieht, um wieder davonzuziehen. Die Welt können sie nicht mehr retten. Das ist das Einzige, was du jetzt verstehst, und auch ich, du und ich hier auf diesem Sofa, auf dem du und ich sitzen bleiben, obwohl ich längst hätte aufstehen sollen. Ich hätte sagen sollen: Nicht mit mir, such dir eine andere Schulter, an der du dich ausheulen kannst. Such dir einen anderen, der dir sagt, dass du dich nicht aufhängen sollst. Such dir jemanden, der dich ins Auto schleift und dir das Valium hinhält, der dich aus dem Zimmer schickt, weil wir doch gesagt haben getrennte Betten. Getrennte Leben, hattest du doch selbst gesagt. Hattest du selbst vorgeschlagen. Geweint habe ich einen halben Abend um uns, und einen halben Vormittag. Und dann musste gerettet werden. Sturzbäche von Tränen aufwischen, Messer aus Händen nehmen. Türen verschließen, damit du nicht draußen von den Felsen springst, statt Türen von außen hinter mir zuzuziehen, um zu sagen, dass ich jetzt wieder ein Einzelmensch bin. Statt bei fremden Menschen, genannt Freunde, auf Gästematratzen zu liegen, höre ich mir auf unserem Sofa deine Fragen an und beantworte sie alle gleich: beschwichtigend. Bleib am Leben. Bitte, bitte, bitte, tu dir nichts an. Tu mir das nicht an. Auch wenn du schon lange aufgegeben hast zu drohen. Du winselst nur noch, bettelst, bittest: Kann ich nicht nur diesen einen Abend nochmals bei dir im Bett schlafen habe ich alles kaputtgemacht wärst du nicht froh wenn ich weg wäre wäre es nicht eine Erleichterung. Ich möchte sie dir aus dem Mund schlagen, diese Worte, möchte wieder mein eigener Mensch sein, möchte dich nicht wie ein Kleinkind füttern und ausziehen und ins Bett bringen. Darf dir nicht sagen, dass du ein Kleinkind bist, darf dich bloß zur Arbeit schicken, ja, das schaffst du schon, aber bitte geh jetzt, geh jetzt hin, lass dich nicht so gehen, bitte behalt die Verantwortung für dich, bei dir, lass mich nicht stark sein müssen, nur weil ich es kann. Die Welt verglüht, wird von Meteoriten erschlagen oder von Aliens ausradiert, zugefroren, niedergetrampelt, und wir verstehen, was gemeint ist. Vom Sofa aus sind wir froh, dass wir verstanden werden, wären froh, wenn eine Riesenwelle auch uns wegspülte. Stattdessen verbiete ich dir zu jammern, verbiete es dir, in mein Bett zu kommen, das nur eine Gästematratze in meinem Arbeitszimmer ist. Schicke dich weg, wenn du vor Mitternacht kommst, tue so, als ob ich den Trick nicht durchschauen würde, wenn du morgens um drei kommst. Ich schlafe weiter oder tue so, während du tust, als seist du nicht da. Während du planst, wie das gehen könnte, das Weggehen, das Sich-Auflösen, das Von-der-Welt-Verschwinden, das Sich-aus-der-Welt-Befördern. Bis du mich aufweckst mit deinem Weinen, deinem Zittern, deinem Wegtreten, Abdrehen, Durchdrehen. Oder deinem Stillsein, das mich am meisten aufschreckt. Deine klaren Momente, in denen du merkst, dass das alles ein Missverständnis war: das mit dem Geborenwerden. Dass es einfach Menschen gibt, die zu schwach sind für diese Welt. Dass man das doch alles nicht von dir verlangen kann. Dass doch alle immer nur denken würden, dass du das alles kannst. Aber du kannst es nicht. Das ist zu groß, zu schwierig, zu schwer. Zu belastend für die anderen, zu belastend für mich. Du wärst doch auch froh, wenn ich endlich weg wäre. Sagst du. Was soll ich denn noch hier? Fragst du. Und fragst nicht rhetorisch. Während ich keine Träne mehr vergieße, seit Salzwasserfluten durch die Wohnung fließen. Ich verschiebe mich auf später, funktioniere, ordne, rette, bin routiniert, bin kontrolliert, lasse dich nicht hängen, rufe bei deiner Arbeit an, bei einer Psychologin, schleppe dich ins Auto, fahre dich in den Hauptort, trage dich die Treppen hoch, während du nicht mehr weißt, wie du heißt und warum dich eine Psychologin gerade zu einer Psychiaterin geschickt hat und warum dir eine Psychiaterin gerade diese Pillen verschreibt, von denen dir übel wird, zu deren Einnahme ich dich ebenfalls zwinge, wie ich dich auch anflehe, bitte wieder zu dir zu kommen, mir deine Bürde abzunehmen, ohne dass du dich gleich von der Bürde namens Leben befreist. Ich sage dir, dass du dich jemand anderem anvertrauen sollst. Und sage dann doch wieder, dass ich immer hier sein werde im Notfall. Verspreche es. Und rede die Notfälle mit herbei. Habe Mitschuld, weil ich dir auf die Füße helfe, auf denen du nicht mehr allein stehen können magst. Weil ich dir vorschlage, dir Höhlen zu bauen unter dem Wohnzimmertisch, wenn gar nichts mehr geht. Und da hockst du unter mit Decken bedeckten Tischen, hörst Kinderkassetten und lädst mich zu dir ein. Ich lehne ab, schmeiße den Haushalt, bin froh, dass du dich beschäftigst. Ich ordne dein Leben, soweit es noch ein Leben ist. Bringe Katastrophenfilme zurück, miete uns neue Katastrophenfilme. Damit die Abende vorbeigehen. Irgendwann. Endlich. Damit du irgendwann und endlich so erschöpft bist vom Weinen, vom Betteln, vom Schreien und vom Aufgeben, dass du aufgibst und einschläfst. Ich trage dich ins Bett. Alles schon Routine. Auch so ein Leben funktioniert. Auch daran gewöhnt man sich.

Ich habe anderes zu tun, als meinen eigenen Puls zu fühlen. Ich fühle deinen. Er ist leise, er ist schnell. Es ist dein Leben, worum ich kämpfe, meine Schönste, meine Liebste. Meine ehemals Geliebte. Du Narzisstin, du Egomanin. Du Schmerzensanhäuferin, du Elendssuhlerin, du Mitleiderheischerin. Erpresserin mit deinen Tränen, deinen Messern, mit deiner Vorliebe für hohe Felsen und dem Reden drüber. Ich glaube dir, weil du schon woanders bist, während du nirgends mehr sein möchtest. Weil du keinen Schmerz mehr spürst, wenn du nur noch überlegst, welche Methode die erfolgversprechendste wäre. Weil du dich auflöst in deinem Gejammer, Gezeter, Geweine. Trotz Valium mit Tränen in den Augen wankst du, wohl wegen des Valiums, durch den Hauptort. Bittest mich, Kinderbrei zu kaufen, weil das das Einzige ist, was du noch isst. Kilo für Kilo fällt von deinem bereits schon allzu dünnen Körper. Kinderbrei, Ovomaltine, im besten Fall noch eine Banane. Im besten Fall gefüttert. Und wenn ich mich weigere zu füttern, was ich meistens tue, dann isst du nur unter Aufsicht. Jeder Löffel muss erbettelt werden von mir. Bitte nur noch den und nur noch den nächsten, nein, du musst essen, weghungern kannst du dich nicht von dieser Welt.

Du isst einen Löffel voll, vergisst, was du gerade tust, ich erinnere dich daran, du überlegst, ob du tun willst, was du tust, ich befehle es dir. Meine Stimme wird fest: »Jetzt iss einfach und hör auf zu weinen!« – »Bitte«, schiebe ich nach, doch das hörst du schon nicht mehr. »Du liebst mich nicht mehr«, sagst du, »sonst würdest du nicht so mit mir reden.« Ich sage: »Darum geht es nicht.«

Und du weinst und schreist, bis die Nachbarin klingelt und fragt, ob alles in Ordnung sei. Ich öffne und sage, nichts sei in Ordnung. Und ich bedanke mich, dass sie fragt. Ich schlage sie nicht, keine Angst, sie ist von ganz allein so, füge ich nicht hinzu. Und schließe die Tür. Und einen Tag später kommt ihr Mann, fragt nach einem Schluck Milch, Milch gibt es hier reichlich, seit du nur noch Brei isst. Heute hast du es zur Arbeit geschafft. Ich warte, wie lange du es aushältst, bin froh um die kurze Zeit für mich. Wäsche waschen, Staubsaugen, Videokassetten zusammensuchen, Burgen wegräumen, Messer verstecken.

Der Nachbar tut, als sehe er nicht die verwüstete Wohnung, die fehlenden Bilder, die Kistenberge, die im Flur in den Himmel wachsen und auch ins Wohnzimmer hinein. Gleich am ersten Abend schon hast du alles zusammengepackt, was dir gehört, und eine Woche später gemerkt, dass man so nicht leben kann, nicht einmal übergangsweise. Also hast du in den Kisten nach Versatzstücken der ehemaligen Einrichtung gegraben, pro forma Dinge hingestellt, die Normalität darstellen sollen. In dieser Skizze einer Wohnung machen wir es uns so gemütlich, dass man es gerade noch überleben kann. Aber du kannst uns nicht täuschen, jeder Blick ins Wohnzimmer ist wie ein Blick in deinen Seelenhaushalt, alles bloß noch pro forma da, nur noch Fassade, und eigentlich schon weg aus dieser Welt.

Und auch den Nachbarn täuschst du nicht, er tut, als sei er nicht bloß gekommen, um sich ein Bild zu machen und um einen Blick in die Wohnung zu werfen. Ich nicke ihm zu, er bedankt sich für die Milch und geht. Und ich bleibe zurück in diesem Chaos, das wir beide angerichtet haben. Jetzt leben wir, als seien wir gerade eingezogen, ich suche die Töpfe im Kistenmassiv, wühle nach dem Nötigsten, schaue mir die Wohnung an, die ehrlich aussieht. So wie du. So wie wir. Ich weiß den Zustand besser zu verbergen. Im Hauptort in der Bibliothek fragen sie mich nicht, warum ich noch einen weiteren Katastrophenfilm brauche, sie bieten mir kein Valium an. Keine Antidepressiva, die man dir doch jetzt bitte endlich verschreiben sollte, auch wenn du dich dagegen wehrst, auch wenn du sagst, dass es keine Depressionen sind, nur Panik vor dem Alleinsein, vor dem Verlorensein, vor dem Sein.

Du bettelst, du flehst, du willst wieder ein Paar sein, ein Teil von dem, was du und ich »du und ich« nannten, bevor wir auseinanderdrifteten, bevor wir es uns eingestanden. Das Häufchen, das von dir übrig geblieben ist, möchte wieder geliebt werden, möchte nicht allein sein auf der Welt, hat doch niemanden außer mir, will doch nur ein bisschen Geborgenheit, hat doch gar nichts falsch gemacht, kann doch nichts dafür, dass es so ist, wie es ist. »Habe ich alles kaputtgemacht?«, fragst du. Tag um Tag, ich drücke nicht einmal mehr auf Pause, Godzilla darf weiterwüten, während ich dir die immergleichen Antworten gebe. »Was hätte ich anders machen müssen?«, fragst du. Oder versprichst, ab jetzt ganz lieb zu sein, versprichst, mir irgendetwas zu kaufen, versprichst mir, jetzt alles so zu machen, wie ich immer wollte. Zusammen an einen anderen Ort, in die Stadt meinetwegen oder in ein anderes Dorf, dann halt wieder ganz von vorne anfangen, ganz ohne Freunde, meinetwegen. Ich solle einfach nur sagen, dass alles wieder gut werde, dass alles wieder werde wie davor. Davor war es nicht gut, sage ich, ein Kampfjet greift Godzilla an, bloß eine Fliege für das Riesenmonster, bloß ein weiterer Abend auf dem Sofa, wir überleben das, wir beide, Hauptsache, du wirst langsam müde vom Weinen und Flehen und Betteln. Vom Versprechen, dich zu ändern. Vom Fragen: »Bin ich denn so schlimm?« Vom Fragen: »Was habe ich denn jetzt noch? Was soll ich denn jetzt? Wäre es nicht einfach besser, wenn ich nicht mehr da wäre? Darf ich heute Nacht bei dir schlafen?«
Müde vom Leben, aber nie müde genug, um zu schlafen. Oder Angst davor, wieder aufzuwachen. Aus einem

Traum, in dem du träumst, es sei, wie es nie war. Alles gut, du und ich. »Warum kann es nicht einfach wieder …«, fragst du, und die Routine beginnt aufs Neue. Ich habe mich dran gewöhnt. Ich schicke dich ins Bett, schicke dich aus meinem Zimmer, schicke dich zur Arbeit, schicke dich in die Stadt zum Aufnahmegespräch in eine Klinik. Du gehst nirgends hin, ich sage Schulstunden ab, verschiebe sie und mich um ein, zwei Tage und weiß, dass es auch dann nicht gehen wird. Heute behaupte ich, die Heizung sei kaputt, für Unterricht sei es viel zu kalt. Was ich morgen sage, weiß ich noch nicht. Alles außer dass ich seit fünf Uhr morgens neben dir auf meinem Bett, das eine Gästematratze ist, sitze und dich bitte, eine Valium zu nehmen oder dich einweisen zu lassen. Dass ich mit dir bei einer Psychiaterin sitze oder am Abend vor dem Fernseher, während ich sage, dass diese Psychiaterin heute doch recht gehabt hat mit dem, was sie sagte, und du kannst dich kaum mehr erinnern, da überhaupt gewesen zu sein. Und deine Gedanken kreisen, wir kreisen, unser Alltag kreist, als wäre die Zeit stehen geblieben, als wäre dein Hirn ein Raubvogel, der gleich niederstechen will, du willst dich aus dem Leben schneiden, dass die Messer versteckt sind, würde dich nicht aufhalten. Es erspart mir bloß die Schelte, weil du dich schon wieder geschnitten hast, und die Drohung, dass ich dich selbst einweisen lassen muss, weil ich nicht mehr kann. Und ich kann nicht mehr, bin bewegungsunfähig, nur noch scheinbar funktionstüchtig, warte auf irgendeine Erlösung, eine Erleichterung.
Du kündigst deine erst gerade angenommene Stelle wieder, sprichst kaum mehr mit jemandem, ich fahre

dich täglich in den Hauptort. Die Psychologin macht ein wissendes Gesicht. Von deinen Tischburgen, von dem Wunsch, dich aus der Welt zu reißen, erzählst du ihr dennoch nichts, bis ich es dir befehle, einbläue, tausendfach vorsage. Bis die Psychologin dir eine Psychiatrie empfiehlt, bis du dich da einmal hinbringen lässt, nur um dir das einmal anzuschauen, nur um festzustellen, dass du da nicht hinkannst, du sagst, dass da nur »fertige« Leute seien, die dich noch »fertiger« machen würden. Und es scheint, als ginge es dir besser, als habest du eingesehen, dass du die Verantwortung für dich tragen musst, wenn du sie nicht abgeben willst, oder sind es nur die Medikamente, von denen dir übel wird und die du bereits wieder abgesetzt hast, als ich aufgehört habe, dir die Nase zuzuhalten, damit du sie runterschluckst?

Und der Dorflehrer schreibt den Eltern einen Brief, lässt die Ferien eine Woche früher beginnen, der Dorflehrer schreibt: die Heizung. Der Dorflehrer sehnt irgendein Ende herbei, außer dem einen. Und der Dorflehrer weiß, selbst wenn sie eine neue Wohnung hat, selbst wenn sie in der Stadt lebt oder da, wo sie einst herkam, selbst dann wird er sie nicht los. Täglich wird sie anrufen, wird die immergleichen Fragen stellen. Er wird antworten, wird sagen, dass sie am Leben bleiben soll. Und er wird keine Antwort finden auf die Frage: »Warum?«, außer: »Tu mir das nicht an.« Und er bleibt so lange am Telefon, bis sie sich eine der Tabletten unter die Zunge gelegt hat, bis die Tablette geschmolzen ist, mit dem Hörer in der Hand liegt sie endlich im Bett, der Dorflehrer bleibt am Apparat, bis er weiß, dass auch dieser Abend vorbeigeht, dass sie auch diesen Tag überlebt hat. Bleib am Leben. Bitte. Bitte bleib am Leben.

Wir beschließen, Gläubige zu spielen. Der Sonntagmorgen ist uns ansonsten heilig, aber heute stehen wir früh auf, lassen Spielsachen links liegen und verzichten aufs Frühstück. Es ist niemand gestorben und keiner heiratet, zwei Konfessionslosgewordene und drei Ungetaufte wollen sich für ein Mal der Dorfgemeinde anschließen, wollen hinterher dem Pfarrer die Hand schütteln, wollen sagen: »Das hättest du nicht gedacht, dass wir mal kommen!«
Ralf freut sich am meisten, weil er weiß, dass sich die Dorfbewohner freuen werden. Endlich werden wir dazugehören, denkt er und beschließt, ab jetzt notfalls auch allein in die Kirche zu gehen. Moritz verflucht sich innerlich, weil er gegen seine Prinzipien verstößt, aber wir leben nun anderthalb Jahre im Dorf, haben noch viel zu wenig Bekanntschaften geschlossen. Wir brauchen nicht viel, höchstens einen, mit dem man mal einen Schnaps trinken kann, ohne gleich im Hirschen auf den Tisch hauen zu müssen. Darum freut er sich auf den Pfarrer, den er für einen Gebildeten hält, wenn auch auf dem falschen Gebiet.
Vera findet die Idee idiotisch, sagt zur Begründung gewohnheitsgemäß wenig, denkt, dass Moritz wohl schnell einsehen wird, dass der Götzendiener nicht der richtige Verbündete für uns ist.
Auf dem Weg erklärt unser Erklärer den Unwissenden das Grundlegende: hinten hinsetzen, leise sein, so tun,

als ob man mitsinge, nichts von dem, was gesagt wird, glauben.

Der Pfarrer trägt einen schwarzen, langen Rock, er zeigt sein Kostüm schon vor der Vorstellung, steht vor der Kirche, wir haben uns einen dramatischeren Auftritt vorgestellt. Er lacht, sagt: »Schön, dass ihr da seid!«
Wir sind enttäuscht von der Kirche, in unseren Bilderbüchern und in unserer Vorstellung war es gewaltiger hier drin, große Figuren standen herum, Engel schwebten in der Luft. Hier sind die Wände kahl, die Fenster kaum verziert, das einzig Bunte ist ein handgeknüpfter Wandteppich, ein pastellfarbener Baum ist zu sehen, keine Menschen, die an Kreuzen hängen, keine Heiligkeiten. Wir setzen uns in die letzte Reihe, die Kirche ist schlecht besucht, die Dorfbewohner gehen wohl lieber in den Hirschen, geben wohl lieber vor, auch am Sonntagmorgen Kühe melken zu müssen. Wir lassen uns von denen, die da sind, anschauen, lächeln freundlich in alle Richtungen. Ralf lächelt am breitesten und schaut, ob er Schulkameraden entdeckt. Viele hatten behauptet, immer hier hinzumüssen, nur wenige sind da.
Von der Predigt verstehen die meisten von uns wenig, diejenigen von uns, die viel verstehen, ärgern sich über Gesagtes. Es wird gesungen, das können wir, aber wir kennen die Lieder nicht. Dann wird gebetet, das können wir nachahmen, das sieht auch bei uns gut aus. Dann breitet der Pfarrer die Arme aus, als wolle er sich rücklings in den Schnee fallen lassen und einen Schneeengel machen, die Orgel orgelt, der Pfarrer geht durch den Mittelgang, er zwinkert uns zu, als er an unserer Bank vorbeigeht, der Gottesdienst ist vor-

bei, ist ohne größere Schäden und Epiphanien an uns vorübergegangen.

Wir bleiben noch ein wenig sitzen, schauen, wie die Dorfbewohner aufstehen, bei der Tür Rudolfs Hand schütteln, wir folgen ihnen nach, tun es ihnen gleich, bleiben ebenfalls auf der Kirchentreppe stehen. Eine alte Frau schaut uns an, als wolle sie sagen: Schön, dass ihr auch einmal vorbeikommt! Sie kommt auf uns zu und sagt: »Wird auch Zeit, dass Sie auch einmal vorbeikommen!« Wir lächeln sie an, sagen nichts. Heute ist Sonntag, wir haben noch nicht gefrühstückt, wir lassen uns ein andermal auf Diskussionen ein. Herr Rudolf kennt alle Dorfbewohnerinnen mit Vornamen, schüttelt Hände, kommt dann auf uns zu, fragt, ob es uns gefallen habe. Unser Sprecher sagt, er würde das Opium ja sonst von den Kindern fernhalten.

Die Kinder verstehen ihn nicht, nur der Pfarrer lacht. Er sagt, er müsse jetzt gleich los, im Nachbardorf werde schon der Gottesdienst eingeläutet, Moritz sagt, dass Rudolf jetzt dann mal zu uns kommen solle, wo wir jetzt doch schon bei ihm waren. Dieser schaut Vera an, sagt vorsichtig, ja, er könne ja Schnaps mitbringen, den bekomme er reichlich geschenkt. Klein und Groß freut sich auf den Schnaps, Klein fragt sich, ob der Pfarrer sein Kleid wohl anbehalten wird, wenn er kommt. »Wie wär's mit nächstem Sonntag?«, fragt Moritz, Rudolf nickt bloß kurz und mehr zum Abschied, hebt den Talar mit der einen Hand an, als er die Treppe runtereilt, die andere Hand in der Luft, vielleicht, um uns zu winken, vielleicht, um das Gleichgewicht zu halten, vielleicht hält er auch bloß den Autoschlüssel. Ohne den Rocksaum loszulassen, schließt er sein schwarzes

Auto auf, steigt ein, ordnet all den schwarzen Stoff, schlägt dann die Tür zu und braust davon.

*

Lasset den Pfarrer zu uns kommen. Auch wenn er krude Ansichten vertritt, auch wenn er Drogen ans Volk verteilt, auch wenn er zur Besinnungslosigkeit aufruft. Wir sind aufgeklärte Geister, brauchen keine Götter, die uns sagen, wo es langgeht und wann wir vom Weg abgekommen sind. Ein schlechtes Gewissen könnten wir uns allenfalls selbst herbeireden, wir sind auch ohne Bergpredigt hier an den Hang gezogen, um selig zu werden. Bei den zehn Geboten verzichten wir gerne auf die ersten vier, vergöttern den Försterjungen, zerkritzeln getäfelte Wände, schimpfen wie die Hiesigen und am Sonntag arbeiten wir, wie auch der Pfarrer, der seine Dörfertour, seine Tour de Force, seine Bekehrerrunde absolvieren muss. Wir mussten heute schon Tiere füttern, mussten das Wohnzimmer aufräumen, müssen in der Küche stehen für die Speisung der sechs, denn heute kommt der Pfarrer zu Besuch.

Vera kennt ihn am besten, findet die Besuchsidee am schlechtesten von allen, wohl weil sie den Pfarrer lieber allein trifft, im Altersheimgärtchen, wo man stehen bleibt oder freundlich schweigend eine heimliche Zigarette teilt. Oder weil sie ihn lieber nicht mehr trifft, seit jenem Kuss ebenda. Vielleicht kennt sie aber auch bloß die Ansichten des hauseigenen Predigers zu gut.

Dieser holt in den oberen Räumen einen Stuhl, freut sich auf den Gast, endlich einer, mit dem man reden kann, denkt er, einer, der einem rhetorisch das Wasser

reichen kann, auch wenn es eventuell Weihwasser ist. Moritz stellt Stuhl Nummer sechs an den Wohnzimmertisch, merkt, dass er Gespräche mit seinesgleichen vermisst, dass er schon lange nicht mehr geredet hat über Politik, über Philosophie, über schlechte Professoren. Stattdessen sind die Themen gewöhnlich alltäglich, sind landspezifisch, kindergerecht oder bestanden aus Dorflehrersfrauensorgen. Oder aus Streitereien mit der Ehefrau, der er nicht sagen konnte, dass Gebot Nummer sieben immer noch galt, weil er ihr nicht sagen kann, dass es je in Gefahr war. Auch der Dorflehrer kommt deswegen nicht mehr als Verbündeter infrage, außerdem kann man sich sowieso nicht allzu lange mit ihm unterhalten, zu schnell gehen einem die Fragen aus oder ihm die Antworten.
Moritz hätte gerne noch kurz ein paar Kapitel aus dem Kapital gelesen, um sich aufzuwärmen, er freut sich auf das Rededuell mit gleich langen Spießen, beide Kontrahenten kämpfen für einen Mann mit weißem Bart.
Fabian weiß jetzt schon, dass es ein langweiliger Abend wird, weil man wieder die wichtigen Sachen nicht fragen darf: Wird dem Gott das Allein-im-Himmel-Herumsitzen nicht öde, wieso hört man die Glocke der Nachbardorfkirche immer eine Minute vor unserer schlagen, wie viel PS hat das Dorfpfarrerauto? Fabian wirft den Schafen ihr Abendmahl vor die Füße, es ist wie immer Heu, Fabian trödelt wie immer, er greift ins dicke Fell des Leitschafs, freut sich, wenn endlich geschoren wird.
Ralf muss unterdessen Karotten schälen. Auch Ralf erwartet den Pfarrer mit Skepsis. Ralf kennt sich aus mit Superhelden, auch wenn diese selten von ihren

Vätern auf Selbstmordmissionen geschickt werden. Die meisten werden von Spinnen gebissen, um die Welt zu retten, Nuklearversuche gehen schief. Statt damit zu missionieren, schlagen sich die Helden im Alltag unerkannt mit Alltag herum, sind klein, sind unwichtig, kommen erst nachts in Fahrt, retten die Welt schlagkräftig vor Bösewichten, schlafen also selten. Sie retten die Welt, aber der Dank dafür bleibt meist aus. Beim Superhelden des Pfarrers scheint es umgekehrt: Alle danken dem für seine Güte, aber die Welt scheint sich nicht zu verändern. Und vor allem: Auf Privatgottesdienste verzichten die Dorfbewohner, weshalb auch Ralf lieber in der Fünferrunde bliebe.
Und Ada, die ebenfalls in der Küche hilft, die den schlechten Schäler erwischt hat und deswegen bloß Muster in die Karotte schnitzt, bis Ralf sie ihr schimpfend wegnimmt, Ada, die kleine Ada, die ebenfalls auf den sechsten Stuhl verzichten könnte, der Försterjunge bleibt ja doch nie zum Abendessen, denkt, dass doch das Gebot gelten sollte, wonach wir wir sind und wir bleiben wollen, was braucht es da Gäste, bis jetzt haben diese bloß Streit gebracht. An Streit denkt Ada nicht gerne, lieber denkt sie an den Försterjungen, der viel zu selten bei uns ist und sie, wenn er da ist, dann doch ignoriert, der schöne Försterjunge, wie er sie aus dem Weg schiebt, wenn er mit Ralf Comics lesen geht, die Hand des Försterjungen, die sie aus dem Weg schiebt, die Geräusche aus Ralfs Zimmer, die wohl nicht bei jedem Besuch vom Lesen kommen können, der Försterjunge, der … »Ada, jetzt gib die Karotte her!« »Au, hau mich nicht.« »Kinder, jetzt hört auf zu streiten.« »Wir haben noch gar nicht angefangen.« »Geht Hände-

waschen, gleich kommt der Besuch.« »Aber wir wollen helfen.« »Du kannst gerne den Salat waschen.« »Dann geh ich lieber lesen.«

Dann kommt der Dorfpfarrer. Moritz reiht sich vorne ins Empfangskomitee ein, klopft auf die Dorfpfarrerschulter und macht ein großes Hallo. Ralf benimmt sich artig, setzt an zu »Guten Tag, Herr Pfa…«, er wird lachend unterbrochen: »Ach, der Herr ist im Himmel, ich heiße Rudolf.« Der Pfarrer macht ein schelmisches Gesicht dazu, man weiß nicht, ob man ihm trauen kann, außerdem stimmt es gar nicht, was er sagt, zumindest der erste Teil nicht. »Rudolf«, echot Ralf. Dann sind Fabian und Ada dran, reichen frisch gewaschene Hände, Vera trocknet ihre ewig an der Schürze ab und lässt sich endlich dennoch auf die Wangen küssen.

Der Dorfpfarrer kommt allein, obwohl er durchaus heiraten dürfte, man ist nicht katholisch in der Gegend, hält nichts vom Zölibat, nach dem der Pfarrer unbeabsichtigt dennoch lebt. Es sei nicht so leicht, in der Gegend eine Frau zu finden, zu dem Satz gehört ein Zwinkern in Veras Richtung, lustig will er wohl sein, der Gottesmann.

Na ja, Verehrerinnen gäbe es ja viele, die Verehrerinnen seien überhaupt die treusten Kirchengänger, es sei auch schon vorgekommen, dass gewisse von ihnen gleich zweimal zum Gottesdienst kamen, hier und im Nachbardorf, aber so viel Dienst könne kein Gott verlangen, die Groupies seien ja gut bedient mit Predigten, denn er besuche sie ja auch mittwöchentlich zu Hause im Altersheim …

Dazu schaut er nochmals zu unserem stillsten Mitglied, das schweigt und lächelt. Der Pfarrer macht Witze über

die alten Damen, die ihn nach den Predigten umarmen oder heiraten wollen, dann endlich überreicht er sein Geschenk:
Solchen Eigenbrand bekomme er andauernd, es gebe mal hier ein Kind zu taufen, da einen Vater zu beerdigen, zu erben gebe es da ja meistens nichts, die Söhne haben den Hof schon übernommen, sofern Söhne da sind und Subventionen, denn man wird nur bis zur Rente gefördert, danach macht der Vater sich den ohnehin krummen Buckel für den Sohn krumm, der früher für diesen gebuckelt habe, da gebe es schon einmal Streit, da müsse ein Pfarrer schon einmal dazukommen und mit den beiden einen Schnaps trinken und über das Leben an sich und über die Zeit und wie sie sich verändert reden, und das könne er, Gott sei Dank …
Wir hören dem Pfarrer zu, auch wenn die meisten von uns nicht verstehen, wovon er spricht. »Dürfen wir auch Schnaps probieren?«, fragt Fabian. »Ihr dürft euch setzen«, sagt Vera. Aufgetragen wird Coq au Vin. »Weißt du, was das heißt?«, fragt Rudolf, Fabian sagt, er esse sowieso kein Fleisch. »Seit wann denn das?«, fragt Moritz spöttisch. Er esse bloß, was wir auch selbst geschlachtet hätten, sagt Fabian. »Hör mir bloß auf mit Schlachten«, sagt Vera. »Macht ihr das denn selbst?«, fragt Rudolf. Vera: »Einmal und nie wieder.« Und Moritz gleichzeitig: »Klar, sobald die Mauser vorbei ist.« Auch Ada will nun auf einmal kein Hühnchen mehr. »Ihr hättet vorher ankündigen können, dass ihr plötzlich Vegetarier seid«, sagt Moritz, der sich in seiner guten Laune nicht beirren lässt. Fabian sagt: »Ada, das ist jetzt mein Ding, du kannst nicht immer alles nachmachen.« Rudolf: »Du solltest probieren, da ist Wein

im Essen, das ist fast wie Schnaps.« »Mama, stimmt das?« »Wein ja, aber der Alkohol ist längst rausgekocht.« »Wird man nicht betrunken davon?« »Versuch's!«, sagt der Pfarrer, greift sich die Weinflasche und schenkt den Erwachsenen ein. »Wenn du kein Huhn willst, dann nimm wenigstens vom Gemüse, da ist auch Sauce dran.« Fabian will gerade einwilligen, als Ada verkündet, dass das Gemüse aber neben dem Fleisch gelegen habe, sie esse das nicht. »Lass sie doch einfach Kartoffeln essen«, sagt Moritz, dann hebt er sein Glas und auch die ohne Wein dürfen prosten.

Man isst, Rudolf lobt das Essen und mit listigem Blick die Köchin, er lässt sich nachschenken, scheint den Alkohol gut zu vertragen, scheint gut gelaunt zu sein. Er macht Witze über die Dorfbewohner und über seinen Beruf, nimmt Moritz, der sich Sticheleien vorgenommen hat, allen Wind aus den Segeln. Zwischendurch wirft er uns lustige Blicke zu, vielleicht, um Moritz zu sagen, dass auch Atheisten ihn verstehen müssen, vielleicht, um den Kindern zu sagen, dass Kinder noch nicht alles verstehen müssen, vielleicht, um Vera zu sagen, dass man sich auch wortlos versteht und von Anfang an.
»Das schmeckt wirklich ausgezeichnet«, sagt der im Lobpreisen Geübte und dann übergangslos: »Ihr habt euch früh um Nachwuchs gekümmert, was?«
Nun muss erzählt werden, Moritz obliegt es, in seine Gegenrede sanfte Spitzen und bessere Witze einfließen zu lassen, das Thema ist nun allerdings vorgegeben und zugegebenermaßen einengend: »Ja, man tut, was man kann, um dem Herrn wohlgefällig zu sein.« Rudolf lacht. »Was heißt wohlgefällig?«, fragt Ralf. »Der Herr ist im

Himmel«, kichert Ada. Und Vera kommt Moritz zuvor: »Ja, den Ersten hat es uns früh reingeschneit, dann haben wir gedacht: Was soll's?, jetzt erst recht.«
Rudolf: »Das scheint euer Motto zu sein.« Moritz: »Wie meinst du das?« »Na, das hier alles.« (Dazu eine unbestimmte Geste in den Raum, die wahrscheinlich auch das Umland mit einschließen soll.) »Ganz oder gar nicht.«
Da ist es endlich, das Streitgespräch, nach dem sich Moritz so gesehnt hat, er pariert, gibt sich selbstironisch, teilt aus und freut sich auch über die Treffer des Gegners, obwohl dieser den sarkastischen Zug nicht ablegt, der ihn unangreifbar macht. Es geht kurz hin und her, von »Lasset die Kinder zu mir kommen« (Moritz) zu »Die wahren Exoten wart ihr wahrscheinlich in der Stadt« (Rudolf), bis sich der besprochene Nachwuchs zu langweilen beginnt.
Die Professionalität des Pfarrers kennt keine Grenzen, dieser selbsterklärte Psychologe mit Heilsversprechen, der gleichermaßen mit Toten und mit alternden Groupies umgehen kann, weiß sich auch bei Kindern zu helfen, er zaubert aus der Hosentasche ein bis jetzt aufgespartes Geschenk. Ada darf es öffnen, Fabian fragt: »Was ist das?« »Trick siebenundsiebzig«, sagt Rudolf, Ralf fragt: »Warum siebenundsiebzig?«, für ihn ist es eindeutig ein Geduldspiel und kein Trick. »Hier, diese Kügelchen müssen in diese Ringe da.« Die Ringe sind gelb, sind beweglich. »Lass mich mal versuchen!« »Nein, ich hatte es zuerst!« »Du musst schütteln!« »Nicht so doll!« »Ich hatte schon eins drin.« »Jetzt lass mich mal!« – Und schon sind die drei Jüngsten beschäftigt, schimpfen, balgen sich. Vera nutzt den

Augenblick, um abzuräumen. Rudolf zu Moritz: »Ich dachte, ihr teilt euch hier alles auf?« Moritz: »Einer muss sich ja um den Gast kümmern. – Schnaps?«

Moritz holt Eierbecher, »Etwas Besseres haben wir nicht«, er sagt es lächelnd, weiß, dass man in diesem Spiel auch mit Unzulänglichkeit punkten kann: »Aber es geht ja um den Inhalt.«
»Keine Ahnung, ob der Schnaps schmeckt, manchmal übertreiben es die Bauern auch, aber es geht ja wie gesagt um den Inhalt.« Rudolf lacht laut über sich selbst, es wird eingeschenkt, Vera kommt zurück, Moritz reicht ihr einen der Eierbecher, sie sagt, sie bleibe lieber beim Wasser, und kündigt den Nachtisch an.
Die streitenden Minderjährigen beenden ihr Ungeduldsspiel, helfen auftragen, hoffen, dass sie vom Schnaps probieren dürfen, wenn sie nett sind. Schnell wird klar, dass auch diese Strategie nichts bringt, also wird wieder gequengelt und also wird die Meute nach dem Nachtisch ins Bett geschickt. »Aber morgen ist doch gar keine Schule!«
»Noch immer nicht?«, fragt der Pfarrer, der es eigentlich wissen müsste.
»Die Heizung ist kaputt und deswegen haben die Ferien früher angefangen und jetzt ist sie noch immer kaputt«, verkündet Ada in feierlichem Ton. Ja, ergänzt Moritz, es gebe da irgendein Problem mit der Ölheizung, aber eigentlich gäbe es ja so etwas wie Schulpflicht, also gehe so was eigentlich nicht. Rudolf: »Ach, hier hinten geht so was schon …« Fabian konstatiert, wenn es nach ihm ginge, müsste die Heizung nie mehr geflickt werden. Moritz: »Ich hoffe, die ist bald repariert, dann sind wir

die Bälger wenigstens tagsüber los ...« Vera: »Ich hoffe, die ist bald repariert, unserem Ofen droht nämlich ebenfalls der Kollaps ...« Ralf: »Wenn man sie nicht flicken kann, müssen wir eh irgendwann ins Nachbardorf zur Schule.« Moritz: »Früher oder später müsst ihr das sowieso.« Fabian: »Wieso?« Rudolf: »Die eigentliche Frage ist doch, ob die Heizung wenigstens in der Lehrerwohnung funktioniert.« Moritz: »Ich denke schon.« Fabian: »Warum müssen wir ins Nachbardorf?« Rudolf fixiert Moritz, hakt nach: »Ich dachte, ihr seid befreundet mit dem Lehrerpaar?« Fabian: »Wa-rum müssen wir ins Nachbardorf?!« Moritz: »Da-rum. – Und jetzt ist wirklich Bettzeit.«
Moritz steht auf, greift Fabian am Oberarm. Fabian will sich wehren, Moritz wählt einen leisen, aber bestimmten Ton, die Kinder gehorchen, wobei Moritz diesmal äußerst froh war um ihren Ungehorsam. Ja, denkt er, er hätte sich melden sollen bei Christine und Andreas, nachfragen, ob alles in Ordnung sei, aber es gab dann doch zu viele Gründe, es gerade jetzt nicht zu tun. In Öl-Fragen kennen sich andere besser aus, ein paar Tage Schulausfall kann man verkraften und Christine würde er früh genug wieder begegnen, zufällig, unverhofft, denn Moritz hofft für sie, dass sie bis auf Weiteres um ihn herumkommt. Alles andere tut keinem von beiden gut.
»Bitte seid so gut und geht jetzt ins Bett.« »Müssen wir heute Zähne putzen?!« »Ihr müsst immer Zähne putzen.«
Im allgemeinen Wirrwarr flüstert Vera Rudolf ein »Sag bitte nichts!« zu.
»Ich versuch's«, gibt dieser zur Antwort, er stellt sich

draußen auf die Treppe, raucht eine Zigarette, dann endlich sind die Kinder wenn auch nicht im Bett, so doch wenigstens in ihren Zimmern. Die Erwachsenenrunde findet sich wieder im Wohnzimmer ein.

»Noch einen?«
»Unbedingt.«
Rudolf wärmt sich die Hände am Ofen, von hier aus hat er Moritz gut im Blick, er fragt beiläufig: »Wo waren wir stehen geblieben?« Vera schüttelt kaum sichtbar den Kopf, der Pfarrer setzt sich über solche Bitten hinweg: »Ach ja, ihr seid doch befreundet mit den beiden?«
»Den beiden?«
»Lehrer und Frau.«
Veras Blick pendelt zwischen dem Gast und ihrem Mann hin und her, beide sollen doch bitte einfach schweigen, der eine soll nicht fragen, der andere soll nicht reden. Sie hätte Rudolf nie vorheulen sollen, überhaupt hätte man besser auf diesen Besuch verzichtet. Moritz ist den ganzen Abend schon so angriffslustig, ist schon deutlich angetrunken. Sie hasst es, wenn er so ist, hasst ihn, wie er aus allem einen Wettkampf macht. Nun scheint es um die beste Unschuldsmiene zu gehen: »Ach die, na ja, lose«, sagt er.
»Lose?« Rudolf lässt es klingen wie ein Psychiater, der nur mit halbem Ohr zugehört hat und nun ein »Interessant …« einstreut, aber er registriert jede Änderung in Moritz' Gesichtsausdruck, zum ersten Mal an diesem Abend scheint er sich nicht nur für die Gastgeberin zu interessieren. Was wiederum Moritz nicht entgeht. Moritz, unser Redner, der keine Lust hat auf Verhöre, vor allem dann nicht, wenn er die Anklage,

besser gesagt die Richtung, aus der die Anklage kommt, nicht versteht. Er brummelt: Bei denen stünden doch so Elektroöfen in der Wohnung herum, wohl weil es der Frau Dorflehrer auch in normalen Wintern gerne zu kalt werde oder weil das mit der Heizung öfter passiere, jedenfalls, ja, diese Elektroöfen fräßen ziemlich viel Strom, aber seien ja schon auch praktisch: »Vielleicht sollten wir uns auch ein paar von denen zulegen, dann braucht Vera auch nicht so Angst zu haben wegen unseres Ofens.« Ein ironischer Hundeblick. Ein Tätscheln von Veras Hand. Vera, die ihre Hand zurückzieht. Moritz, der erst nach der Schnapsflasche und dann beim Einschenken übergangslos zum nächstbesten Thema greift, das nichts mit Christine oder Ähnlichem zu tun hat.

»Setz dich doch wieder, hier nimm noch einen, ist ja eh dein Schnaps, sonst denke ich noch, er sei vergiftet. Oder ungeweiht.« Moritz gießt sich und dem Gast nach, beginnt ihn auszufragen, wo er denn sein Theologiestudium gemacht habe und wie er es denn aushalte »hier hinten« mit diesen starrköpfigen Dörflern.

Ach die, die seien schon recht, die hätten halt gerade andere Sorgen, als sich mit Touristen abzugeben. Dem Wort »Touristen« gibt der Pfarrer einen Unterton, der verschleiert, ob er oder die anderen uns so nennen.

»Was denn für Sorgen?«

»Ach ja, die Gegend geht vor die Hunde, bald wird das Milchkontingent abgeschafft, die Fabrik steht vor dem Konkurs, die Jugend verlässt die Gegend, die Einzigen, die noch mit verklärtem Blick auf das alles hier schauen können, seid wahrscheinlich ihr.«

Moritz trinkt, schenkt nach, hört sich etwas zu laut fragen: »Was willst du damit sagen?«
Rudolf lächelt, »Ich nehm dann auch noch einen«, und fügt zu Vera gewandt unschuldig hinzu: »Und? Wie gefällt es euch?«
Klare werden gekippt, das Gespräch schlägt Haken, Vera bekundet, dass es nicht nur einfach sei hier, Moritz fühlt sich in den Rücken gefallen, widerspricht, lobt die Gegend und unser Leben, Rudolf ist der Alkohol kaum anzumerken, das ironische Lächeln will nicht von seinem Gesicht verschwinden.
Moritz kommt nun richtig in Fahrt, zeigt sein rhetorisches Geschick und dass er hier der Redner am Tisch ist. Er verliert sich in Ausführungen über den alternativen Ansatz. Vera betrachtet ihren Mann, kann ihn nicht ausstehen in seiner Selbstgerechtigkeit, hasst dieses Gegockel, das er zelebriert, das er nicht abschalten kann. Warum kann man nicht einfach einmal nur normal über alles reden, warum wird alles immer bloß eine Werbeveranstaltung? Sie versucht, zu Wort zu kommen: »Man ist natürlich schon auch isoliert hier.«
Moritz will so etwas nicht hören, steigert kurzzeitig die Lautstärke, verkündet, wie gut dieser Umzug allen getan habe, Vera gibt auf, verschränkt die Arme, lehnt sich zurück. Rudolf behält sie im Auge, während er das betrunkene und monothematische Gerede über sich ergehen lässt.
Moritz ist gerade angelangt bei der Urtümlichkeit, die man hier vorfinde, als der Pfarrer ihn brüsk unterbricht und trocken anfügt: »Klar, da werden bald noch mehr wie ihr kommen. Ist schließlich authentischer hier, nicht wahr?« Er lächelt breit, freundlich, möchte man denken,

und steht auf. Er gehe jetzt mal eine rauchen. »Willst du auch eine?« Er hält Vera die Schachtel hin.
Vera schaut zu Moritz, der den unhöflichen Gast anstarrt und sich offensichtlich unserer Einzigartigkeit beraubt fühlt.
Vera überlegt, wartet, entschließt sich.
»Gern.« Sie nimmt sich eine Zigarette.
Moritz schaut sie mit großen Augen an.
»Seit wann …«
»Du kannst eine der Fleecejacken haben, es ist kalt draußen.«
Sie steht ebenfalls auf, verlässt mit Rudolf das Wohnzimmer. Moritz hört, wie Vera im Flur fragt, ob die Jacke auch passe, dann fällt die Haustür ins Schloss.
Stille.
Moritz mit offenem Mund allein im Wohnzimmer.
Immer noch Stille.
Von draußen ist nichts zu hören, das Zweiergespräch wird wohl vom Schnee verschluckt.
Moritz bleibt auf seinem Platz, schaut sich im leeren Raum um. Er gießt sich seinen Eierbecher voll, wartet.
Von draußen ist noch immer nichts zu hören.
Moritz steht auf, geht in die Küche, stellt das Geschirr zusammen, lässt den Wasserhahn laufen, um es einzuweichen, der Strahl trifft einen der Teller frontal, es spritzt, Moritz flucht, stellt den Hahn wieder ab.
Er geht zurück ins Wohnzimmer.
Er nimmt sich den Eierbecher. Er nimmt einen Schluck.
Er flucht erneut.
Und geht endlich ebenfalls nach draußen.

Vera und Rudolf rauchen schweigend, Moritz stellt sich dazu.
»Ich nehme dann auch mal eine.«
»Klar«, sagt Rudolf, hält ihm die Schachtel hin, gibt Feuer.
Moritz nimmt einen tiefen Zug, unterdrückt das Husten, das im Hals hochsteigt. Er würgt, er pafft, er friert, Rudolf trägt seine Jacke. Sie schweigen.
Vera wirft ihren Stummel in den Schnee.
»Noch eine?«, fragt Rudolf. Vera zuckt mit den Schultern, macht eine Kopfbewegung in Richtung Moritz: »Muss ich wohl.«

Fünf

Die Kleineren von uns machen heute Schulausflug, besuchen die Größten des Dorfes: die Retter in rot, die mit ihren Fahrzeugen jeden zweiten Donnerstag ausrücken, um zu proben, wie es wäre, wenn es einmal brennen würde. Der Dorflehrer ist selbst freiwilliger Flammenlöscher, ist bei Testalarm genauso schnell in der Uniform wie die Bauern und Handwerker, die gerne zeigen, dass sie rennen oder brausen können, die sich freuen auf eine wohlverdiente Pause von ihrer täglichen Arbeit. Auf dem Vorplatz steht man herum, macht sich über Spätankömmlinge lustig und raucht, damit da wenigstens irgendwo ein Feuer ist. Sind alle da, spricht der Förster, der auch Feuerwehrkommandant ist, den allgemeinen Segen aus und schickt die Bauern wieder zu ihren Tieren, die Handwerker dürfen nochmals eine rauchen oder kurz ein Atemschutzgerät aufsetzen, dann sind auch sie entlassen, man sieht sich nächsten Donnerstag wieder, wo im Zweiwochentakt Schlauchausrollen geübt wird. Die richtige Brandbekämpfung findet hinterher und ausführlicher im Hirschen statt, denn die Feuerwehrmänner wissen, sie würden Rauchzeichen sowieso direkt weitergeben müssen ans Nachbardorf, wo die Feuerwache direkt neben der Fabrik steht. Die

Fabrik beheizt im Winter ihre Anfahrtswege, also ist auch die Feuerwehrausfahrt immer schneefrei, auch sind die Löschfahrzeuge zahlreicher, die Fabrik hat eigene Feuerwehrbeauftragte, und das Nachbardorf ist ja nicht weit weg. Dennoch ist man stolz, dass man sich im Not-, also Brandfall theoretisch auch selbst zu helfen wüsste, die vierzehntägig stattfindende Feuerwehrübung ist kein Selbstzweck, man kann sich zeigen, dass man anpacken kann, kann sich außerhalb des Hirschens Wettkämpfe liefern, die Feuerwehr ersetzt den Turnverein, auch den gibt es bloß ein Dorf weiter. Wie der Schießstand, den man ebenfalls mit den Nachbarn teilen muss, seit ein Sturm den dorfeigenen geköpft hat. Um die Gemeindefinanzen steht es schlecht, der Förster weiß noch nicht, ob er bei der nächsten Gemeindeversammlung für den neuen Schießstand oder für die Bodenheizung des Feuerwachevorplatzes agitieren soll, er weiß einzig: Wofür er auch immer sein wird, die Stimmberechtigten werden sich nach ihm richten.
Der Förster hat sich, ganz Feuerwehrkommandant, vor den Schulkindern aufgestellt, er nennt den Dorflehrer, der neben ihm steht, einen hervorragenden Atemschützer, sagt den Kindern, dass man nicht zündeln dürfe, warnt, dass die Feuerwehr im Notfall immer zu spät komme. Das war der pädagogische Teil, jetzt kann die Führung beginnen.

Der Dorflehrer trottet hinter seinen Kindern her, hat den Ausflug eingefädelt, um einmal dem Lehrauftrag zu entkommen. Seit er keinen Grund mehr hat, den Unterricht ausfallen zu lassen, steht er wieder wochentäglich vor den sechs Klassen, überlegt sich, wie es wäre, wenn es nur eine wäre, überlegt sich, wie es wäre, dem trostlosen Umfeld bald den Rücken zuzukehren, überlegt sich, warum er seine Kündigung noch immer nicht geschrieben hat. Er betrachtet seine rissigen Hände, die dank täglichen Kreidegebrauchs aussehen wie die von den restlichen Dorfbewohnern. Und abends sitzt er allein auf dem Ecksofa, die Leere der Dorflehrerwohnung hat sich in seinem Kopf ausgebreitet, er tut nichts, schreibt keine Kündigung, erkundigt sich nicht nach Nachdiplomstudiengängen. Da ist gerade alles zusammengebrochen und man könnte sich freuen über die Krise, könnte den Neuanfang angehen, aber stattdessen ist es wie immer, alles geht einfach immer weiter und weiter und weiter. Und am Tag steht man vor seinen Schülern und am Abend vermisst man seine Frau.

Der Feuerwehrkommandant nimmt Andreas heute den ersten Teil teilweise ab, was es ihm heute ermöglicht, sich auch am Tag mit Vermissen zu beschäftigen. Er starrt die Löschfahrzeuge an, hört nichts von dem, was der Förster erzählt. Er denkt an Christine, die allabendlich anrief und erst immer schwächer klang, bis zu dem einen Sonntag, an dem sie plötzlich klar wirkte. Ruhig und gefasst sprach sie. Sie sagte, sie wolle sich bloß bedanken für alles, was er getan habe, er fragte, was das jetzt solle, sie sagte, es tue ihr leid, dass sie ihn immer anrufe, das höre jetzt auf. »Was soll das, was ist los?!«, fragte Andreas und fragte und fragte weiter, bis Christine gestand, dass das ein Abschied hätte werden sollen, denn nun wisse sie, was sie tun müsse und wie sie es tun müsse. Und Andreas redete um sein Leben

und noch viel mehr um ihres, bis sie versprach, sich endlich Hilfe zu suchen und diesmal nicht bei ihm. Und weil sie in ihrer Übergangswohnung in der Stadt und er in der Lehrerwohnung war, musste sie allein das Taxi bestellen, das sie in die Klinik fuhr, und also fuhr sie auch tatsächlich hin. Der Dorflehrer weinte um seine Frau, weinte gleichzeitig vor Erleichterung und schließlich endlich auch, um sich schließlich und endlich selbst zu bemitleiden. Weil das alles zu viel war und zu viel ist für einen allein.
Und dann ist auf einmal keiner gestorben und also geht das Leben weiter und also hat sich nichts entschieden. Außer dass es weitergeht. Außer dass er sich freut, als er hört, dass die Medikamente zu wirken beginnen. Und dass er sich auch wieder über Anrufe zu freuen beginnt.
Man sollte das alles vergessen, es noch einmal versuchen, vielleicht kommt man so wieder weiter. Der Förster zeigt auf allerlei Rettungsmaterial, erklärt den Einsatztrupp. Ja, man müsste mehr Menschen sein, denkt Andreas, einer allein reicht einfach nicht.

*

Der Rundgang ist kurz, wir schauen auf das Löschfahrzeug, hören nur halb hin, wenn der Oberbefehlshaber der freiwilligen Helden über dessen Funktionen redet und über Funktionen von anderen Feuerwehrautos, die sich die Gemeinde leider nicht geleistet hat. Wir wollen nur eines sehen: die Stange, an der die Männer herunterrutschen, weil sie ein Einsatz aus ihren Kartenspielen gerissen hat. Wir möchten den Alarm hören, möchten

die Männer ihre kurzen Kommandos rufen und dann losbrausen hören. Die Vorstellung, dass es sich hierbei bloß um verkleidete Dorfbewohner handeln könnte, versuchen wir von uns fernzuhalten, wie auch die Enttäuschung, die langsam in uns aufsteigt, weil wir bloß eine Garage zu Gesicht bekommen. Keine Stange, nicht mal ein Obergeschoss, ein paar Spinde in der Ecke, ein paar Regale, ein paar uninteressante Gegenstände, die an der Wand angebracht sind, in praktischer Reichweite für Erwachsenenhände, die sich mal schnell etwas greifen müssen, um in Übungen nicht die Letzten zu sein.
Einmal wird das Fahrzeug umrundet, der Förster spricht erneut davon, dass Brandbekämpfung anfange, bevor es brenne, dass Vorsicht besser sei als verkohlte Eigenheime. Interessanter ist es da, den Sohn des Sprechenden nicht aus den Augen zu lassen. Ralf versucht, in seiner Nähe zu bleiben. Er denkt, der Försterjunge müsste das hier alles kennen, müsste markig aufschneiden und kenntlich machen, dass alles hier sattsam bekannt sei. Aber dieser ist still, hört seinem Vater aufmerksam zu, gibt sich nicht als Sohn und nicht als Insider zu erkennen. Was um ihn herum geschieht, scheint er kaum wahrzunehmen, eine gute Gelegenheit, ihm näher zu kommen, sich im vermeintlichen Gedränge an ihn drücken zu lassen.
Der Förster präsentiert nun die Spielsachen, die man braucht, wenn man Feuerwehr üben will. Neben dem gut gewarteten und kaum benutzten Gefährt sind das Schläuche und Äxte, am spannendsten sind da noch die Gasmasken. Denn am schlimmsten sei nicht das Feuer, sondern der Rauch, sagt der Feuerwehrhauptmann, er bittet den Dorflehrer, eine der Masken aufzusetzen,

erklärt, dass man ohne sie auf der Stelle ohnmächtig würde. Dass man kriechen müsse, wenn man Rauch rieche, dass man das Gebäude sofort verlassen müsse, dass der Dorflehrer einen ansonsten holen komme. Die größeren Kinder lachen über den Mann mit Maske, er sieht seltsam aus, die kleinere Ada nutzt den günstigen Augenblick, um sich zu fürchten und hinter dem Rücken des Försterssohns zu verstecken. Sie hält sich an seinem Hemd fest, bis er sie abschüttelt. Der Vater sieht die Bewegung in seiner Zuhörerschaft, bietet der Unruhestifterin an, ebenfalls so eine Maske aufzusetzen. Also muss sich auch unsere Kleinste kurz zum Gespött machen lassen: Die Maske ist viel zu groß, atmen kann man daher bestens, nur sehen kann man kaum etwas, zu hören ist hämisches Kinderlachen, dann darf Ada wieder zurück ins Gemenge, muss eine neue Chance abwarten, ihrem Liebsten nahe zu kommen.

Ralf verfolgt dieselbe Strategie wie seine Schwester, er hat mehr Anlass zur Hoffnung, denn er hatte schon öfter das Vergnügen, dem Schönen nahe zu sein. Immer wieder kommt dieser zu Besuch, Ralf und er verkriechen sich in Ralfs Zimmer, man schaut Comics an, spricht wenig, manchmal fummelt man aneinander herum, ängstlich, weil die Familienmitglieder nicht weit sind, fürchtend, der schöne Freund gebe sich am nächsten Tag in der Schulumgebung schon wieder nicht als solcher zu erkennen. Ralf versteht nicht, was er falsch macht. Nun ist er endlich der Vertraute des Schulhofanführers und dennoch gehört er kein bisschen mehr dazu. Weder ist er nun vor Prügeln sicher noch ist ihm der Respekt der Mitschüler gewiss. Er weiß nicht,

was er noch tun müsste, weiß nicht, was der Förstersohn gegen ihn hat, wo er ihn doch unter anderen Umständen sehr zu mögen scheint. Je näher der Schulhofchef dem Außenseiter privat kommt, desto größer ist die Abgrenzung auf dem Pausenhof. Die anderen Schüler nutzen weiterhin jede Zielscheibe, die sich bietet, und jede Möglichkeit zur Keilerei, doch wenn sie wüssten, dass sie es mit dem Vertrauten ihres Anführers zu tun hätten, suchten sie sich schnell einen Ersatz. Und wenn der Freund ihn schon nicht als solchen präsentiert, dann muss Ralf eben den ersten Schritt tun und seine Zugehörigkeit offenbaren. Heimlichtuerei hat ihm bis jetzt nichts gebracht außer noch mehr Prügel.
Als Erstes gilt es also, in die Nähe des Freundes zu kommen, heute ein Leichteres als an normalen Schultagen.
Ada und Ralf sind also froh, als die Schülergruppe wieder in Bewegung kommt und gleich darauf enges Zusammenstehen gefragt ist, weil es heißt, die Führung sei gleich abgeschlossen und deswegen mache man jetzt noch ein Foto. Das hänge man dann zu den anderen: »Ihr habt das Anschlagbrett ja gesehen, und den einen oder anderen habt ihr bestimmt erkannt«, sagt der Förster.
Die Schulkinder zeigen sich weiter unbeeindruckt, lassen sich vom Dorflehrer und seinem Hauptmann dirigieren. »Ein bisschen nach links, ein bisschen enger zusammen, und du da, komm doch noch nach vorne, die Kleinen sollen sich nicht hinter den Großen verstecken.« Ada, die den Schulausflug und die Nähe des Fünftklässlers wieder genießt, lässt sich vom Förster und seiner Kamera nichts sagen, sucht und findet die

linke Seite ihres Angebeteten. Ralf ist etwas kleiner als der Försterssohn, kommt rechts neben diesem zu stehen, findet die Gelegenheit, seinem unregelmäßigen Gast etwas zuzuflüstern, das auch andere Nahestehende hören können und sollen: »Sehen wir uns nachher? Wir könnten ja wieder einmal in den Wald.«
Ada spürt ein Beben, das durch den Försterjungenkörper geht, sie schaut an ihm hoch, sieht, dass der Schönste auf die Unterlippe beißt. So hat sie ihn noch nie gesehen, Ärger scheint er ansonsten nicht zu kennen, selbst wenn wir Ärger kriegen und Prügel, hat er doch immer ein Lachen auf den Lippen. Fröhlich oder hämisch, so kennen wir ihn, aber auch Zusammenreißen steht ihm gut, das Blut steigt ihm ins Gesicht. Ada wird es gleichermaßen warm. Der Förster befiehlt dem Dorflehrer, sich zu seinen Schülern dazuzustellen, und bestellt anschließend ein kollektives Lächeln. Ada sieht auf die Försterjungenhand, die sich unweit der ihren befindet. Die Liebe, die sie empfindet, dürfen ruhig alle sehen, und Ada weiß aus Erfahrung: Wer Liebe gibt, wird Liebe bekommen, Ralf ist ihr keine Konkurrenz, nur weil er schneller war, hier ist er, der Schönste der Schule, der Schönste des Dorfs, hier ist sie, die schöne Hand des Schönen, zart und olivgrün schimmernd, eine Farbe, wie sie Ada noch auf keiner Dorfkinderhaut gesehen hat. Ada greift nach der Hand, hält sie fest, hält sich zärtlich daran, der Förster scheint zufrieden mit den fröhlichen Kindergesichtern, klick.

Das Foto wird später zehn gelangweilt lachende Kinder und drei mit roten Köpfen zeigen. Der kleinste Kopf und das strahlendste Lächeln gehören Ada, an der von

anderen Schülern verdeckten Hand ihres Liebsten, der den zweiten roten Kopf und einen verkniffenen Gesichtsausdruck hat. Daneben sieht man Ralf: unkonzentriert, sich schämend, abwartend, was passiert.
Adas Glück ist von allerkürzester Dauer, irritiert und genervt entwindet sich der Försterssohn sofort ihrer Hand, Ralf muss länger auf eine Reaktion warten. Die Umstehenden haben wohl nicht verstanden, dass die Frage an den Sohn des Försters eine Botschaft an sie war, der Gefragte versteht das sehr wohl, aber noch ist sein Vater in der Nähe. Das macht ihn erst handlungsunfähig und dann, als der Förster durchs Schließen der Feuerwache abgelenkt ist, macht es ihn unaufmerksam. Er hat den Vater und nicht den Dorflehrer im Blick, während er Ralf mit der flachen Hand einen Hieb auf den Hinterkopf versetzt. Noch bevor Ralf vor weiteren aus dem Nichts zu kommen scheinenden Schlägen in Deckung gehen muss, ist der Lehrer zur Stelle. »Was soll das?!« Er packt den Försterssohn bei den Schultern, fragt Ralf, ob alles in Ordnung sei. »Ach, das war nur Spaß«, antwortet Ralf mit brummendem Kopf. »Was ist los?«, fragt der Förster, der nun dazukommt.
Das Foto wird nichts davon zeigen. Wir werden durch die Scheibe der Feuerwache spähen, werden es an der Wand entdecken, viel zu klein, um auch nur die Gesichter auseinanderhalten zu können, aber groß genug in unserer Erinnerung. In Adas, weil es ein Verlobungsfoto ist, all die anderen Schulkinder, die nicht ins Bild und nicht ins Konzept passen, sind vor dem geistigen Auge längst aus dem Foto entfernt. Für Ralf bedeutet das Bild eine Erkenntnis, denn schon auf dem Weg nach Hause wurde er vom Försterssohn eingeholt, der

sich eben noch vor seinem Vater rechtfertigen musste. Dass Ralf ihn nicht verpfiffen hatte, schien keine Rolle zu spielen, denn vom Dorflehrer lässt man sich nicht gerne vor dem eigenen Vater bloßstellen. Wir fürchteten weitere Prügel, waren aber ausnahmsweise drei gegen einen. Der Försterssohn begnügte sich mit einem leise gezischten »Ihr steckt doch mit dem Dorflehrer unter einer Decke. Das ganze Dorf weiß das.« »Aber …«, setzte Ralf an, doch der Försterssohn nahm sich nicht die Zeit für Gegenargumente, bog abrupt und schon vor der Brücke ab, nahm eine Abkürzung querfeldein. Und Ralf blieb zurück mit einem halben Satz (» … die kommen ja schon lange nicht mehr zu Besuch.«) und einer Erkenntnis. Nun kannte er endlich das Problem seines Freundes, und nun weiß er auch, was dagegen zu tun ist.

*

Fabian will nicht schreiben lernen. Er will selten das, was alle wollen. Wollen wir Ruhe, will er laut sein, wollen alle lesen lernen, will er erzählen, statt sich Schulwissen anzueignen, will er lieber seine Fuchsschwanzfähigkeiten ausbauen. Er will nicht runde Buchstaben aufs Papier malen, erst in große Häuschen, die von Woche zu Woche kleiner wurden, bis die Querlinien eine Klasse höher ganz verschwanden und da nur noch vier hellgraue Linien blieben, zwischen die man die Buchstaben klemmen soll. An der obersten Linie soll man die Großbuchstaben aufhängen, ein kleines L darf die Höchstmarke erreichen, der untere Bogen soll auf der zweituntersten Linie stehen, nur bei kleinen Gs und Zs darf man den

Bogen weiterspannen, er soll tiefer gehen, die unterste Linie treffen, da, wo ansonsten nur die von J und Y und der Strich von F und P und Q hindürfen. Ansonsten immer schön auf der zweituntersten Linie bleiben! Auch wenn die Schrift geneigt sein soll, auch wenn sie schnörkelt und ohne Unterbruch zusammenhängt, täuscht sie Fabian nicht darüber hinweg, dass hier jeder Teil in Reih und Glied zu stehen und nach der Norm auszusehen hat. Ausschweifungen sind nicht erwünscht, genauso wenig wie Inhalte. »Fuchsschwanz« wäre ein schönes Wort, man könnte übers Bäumefällen schreiben oder auch über das entsprechende Tier, das wir noch nie zu Gesicht bekamen, außer in den Illustrationen der Schulbücher, die alle gerne lesen außer Fabian, der sie deswegen nicht gerne liest.
Er schmiert Buchstaben aufs Blatt, lässt die Schelten des Dorflehrers gerne über sich ergehen, zu überschwängliche, zu krumme oder zu gerade Buchstaben kümmern Fabian nicht, er will nicht schreiben lernen, und wenn, dann bestimmt nicht schön.
Immer soll alles schön sein, er kann es nicht verstehen. Denn meist ist es nicht schön, meist muss man lernen oder prügeln und das machen, was alle machen. Statt Aufsätze zu schreiben, übt er lieber Aufstände, lehrt uns Disharmonie, ein Fach, in dem wir anderen schlechte Noten haben, weil wir es nicht lernenswert finden.
Fabian will nicht in der Schule sein, wäre lieber bei seinem Freund Herr Mirko und würde Wichtiges über Milchherstellung lernen. Doch Herr Mirko ist an Pfingsten aufgefahren. Nicht ganz bis in den Himmel, bloß bis knapp darunter ist er mit den Kühen gezogen. Glockengeläut begleitete die Prozession, die Tiere waren bis auf

ihre Instrumente ungeschmückt, Dorfbewohner schienen sich für den puristischen Umzug kaum zu begeistern, nur ein paar Autofahrer hielten an, staunten und hupten.

Allen voran zog der Nachbarsbauer des Nachbarsbauern, er wird wieder hinunterkommen, wird im Sommer Gras mähen und sich um Rinder kümmern, während Herr Mirko, der im blau-weißen Blumenhemd das Feld abschloss, den Sommer über seiner erklärten Lieblingsbeschäftigung nachgehen darf: der Langeweile. Fabian hätte ihm gerne ein wenig seiner Aufgabe abgenommen, wäre gerne mit dem Jugoslawen in die Höhe gezogen, er hätte gelernt, wie man Käse macht und wie man mit Einsamkeit umgeht. Er hätte mit Herrn Mirko über früher gesprochen: damals in der Stadt (Fabian), damals im Krieg (Mirko). Oben auf der Alp wäre Herr Mirko vielleicht gesprächiger, hier unten bekam Fabian selten Antworten auf die wichtigsten Fragen: Wie geht Krieg, wie geht Schießen? Fabian muss sich die Antworten selbst ausmalen, es bleiben Cowboyfantasien, in denen Fabian am liebsten Indianer ist.

Die Kuhtreiber kamen am Pfingstsonntagabend schon wieder zurück, der Jugoslawe blieb oben allein, Fabian blieb im Dorf. Wir ließen ihn nicht aufsteigen. »Wir können ihn ja einmal besuchen gehen, so weit ist es nicht, der Weg nach dem Bach bei der Schranke hoch und dann ganz nach hinten, da ist der sogenannte Unterstafel, das ist bestimmt eine schöne Wanderung, die machen wir einmal.«

»Was heißt Unterstafel?«, fragt Fabian, er weiß jetzt schon, dass wir nie wandern gehen. Denn im Frühling ist der Ofen explodiert: ein Knall, eine verrauchte Küche,

dann war der Ofen aus. Wir mussten erst zittern um unser Haus, dann wegen der Frühlingskälte. Nun hat unsere Altenpflegerin ihr Arbeitspensum verdoppelt. Damit wir den nächsten Winter überleben, übernimmt sie beinahe täglich die unbeliebten Spätschichten und ist an den Vormittagen müde und nicht in Wanderlaune. Und die Kleineren von uns sollen täglich Wichtigeres lernen als Käsemachen. Sollen die Buchstaben in Reih und Glied und in der richtigen Reihenfolge ordnen.
»Fabian, das gilt übrigens auch für dich.«
Die Schulkinder sollen dem Dorflehrer zuhören, wenn er etwas sagt, sollen nicht aus dem Fenster starren und davon träumen, Mofafahrer zu werden. Oder noch lieber: Jugoslawe.

Aber plötzlich herrscht zischelnde Aufregung, Fabian schaut auf von den ungeliebten Linien, sieht, dass heute sein Bruder der Unruhestifter ist:

*

Ralf hat den Dorflehrer einen Pimmellutscher genannt.
Ralf sitzt im Klassenzimmer, die Handflächen vor sich auf der Tischplatte, die Tischplatte rutschig, die Aufregung um ihn groß. Sie äußert sich in einem Erstarren, das sich nach Ralfs Feststellung im Klassenzimmer ausgebreitet hat. Alle, Ralf inklusive, warten auf ein Donnerwetter vom Dorflehrer, nur Fabian kichert in sich hinein. Der Dorflehrer schaut verwirrt, Ralf starrt ihn an, scheint selbst erschrocken über sich. Ralf wartet.
Der Dorflehrer brüllt nicht, tritt nicht an Ralfs Tisch, packt Ralf nicht beim Kragen. Ralf könnte sich all das

vorstellen. Ralf schielt zum Försterssohn, der sich das Schauspiel schweigend wie alle anschaut.
Siehst du, will Ralf sagen, wir sind auf derselben Seite, nichts habe ich mit diesem Lehrer gemein, es gibt keinen Grund, nicht mein Freund zu sein.
Pimmellutscher.
Ralf wartet auf seine gerechte Strafe, kann warten auf seine Belohnung, dennoch zittern seine Knie.
Pimmellutscher.
Die Ruhe im Klassenzimmer wird unerträglich, im Dorflehrergesicht bewegt sich noch immer nichts. Dann ist da die Oberlippe, die kurz zwischen die Zähne gesaugt wird, eine kaum sichtbare Geste des Nachdenkens. Dann folgt mit ruhiger Stimme: »Geh vor die Tür.«
Ohne Ralf zu beachten, der aufsteht, Ralf, der sich beim Aufstehen zum Försterssohn umdreht, der auf ein Zeichen wartet, ohne Ralf zu beachten, der auf etwas hofft, das »Dem hast du es aber gegeben«, das »Respekt!«, das »Das hätte ich schon lange sagen wollen« heißen könnte, ein Lächeln wenigstens vom heimlich Verbündeten, ein verstecktes Zwinkern mindestens, ohne also Ralf zu beachten, der im Gesicht des Freundes nichts sieht als die Verwirrung, die er auf allen Gesichtern sieht, ohne wie gesagt Ralf zu beachten, der nun doch seinen Weg antritt, die Tür öffnet und von außen schließt, macht der Dorflehrer nahtlos da weiter, wo er eben unterbrochen wurde, setzt die Kreide wieder an exakt die Stelle des Rechenbeispiels, von wo er sie abgesetzt hat. Weil er Ralfs Fingerschnipsen hörte, weil er Ralfs in die Höhe gestreckten Arm sah, weil er Ralf erlauben wollte, kurz aufs Klo zu gehen.

»Ja?«, hat der Dorflehrer gefragt.

»Herr Lehrer«, antwortete Ralf, »Sie sind ein Pimmellutscher.«

*

Wir mögen den Dorflehrer nicht. Er ist uns zu schulmeisterlich, Kleinere von uns schüchtert er täglich mit seiner berufsbedingten Autorität ein, man wehrt sich mit kleinen Streichen, er lächelt uns zu mild dazu, wischt Schmutz und fehlerhafte Beleidigungen mit einem feuchten Lappen vom Lehrerauto. Größere von uns besuchte er früher regelmäßig, steuerte bei der Unterhaltung bloß wenig bei, machte sich lustig über unser Spiel, war bloß Anhängsel der Angetrauten. Und nun will er sich davonmachen, ein Feigling ist der Dorflehrer. Er hätte Ralf ohrfeigen können, stattdessen steht er vor unserer Tür, die obligate Flasche Wein ließ er zu Hause, er kommt in offizieller Mission. Die Kleineren von uns wissen schon, worum es geht, sie verziehen sich in die oberen Räume, legen sich lauschbereit auf die Lauer, hören, wie unser Ältester ihn ins Wohnzimmer bittet, wie er Scherze macht, um das ernste Gesicht des Dorflehrers aufzuweichen. Das ernste Gesicht, das doch bloß antrainiert ist, damit keiner seine berufsbedingte Machtposition untergräbt. Im Dorf funktioniert das bestens, die Dorfbewohner haben Respekt, bläuen ihn ihren Kindern ein. Wir sind da anders, halten nichts von normierten Strukturen, lassen uns nicht ein auf Machtgehabe. Dafür kennen wir den Mann zu gut, wissen, dass er bloß ein Pantoffelheld ist. Das hätte ihm Ralf mal sagen sollen.

Vera hat Abendschicht, hat ihr Arbeitspensum vergrößert, um uns Mehreinnahmen und einen neuen Ofen zu bescheren, es kommt also zur Aussprache von Mann zu Mann. Ralfs Schimpfwort von heute Morgen kommt aufs Tapet. Moritz lacht auf. Andreas bittet ihn, mit Ralf zu reden. Irgendetwas sei los mit Ralf, er, Andreas, habe das schon länger bemerkt, aber auch Fabian bereite Sorgen, der wolle nichts lernen. »Gut, dass wir noch Ada haben«, entgegnet Moritz sarkastisch, und Andreas, der sich ansonsten zurückhält, kontert: »Ja, Ada. Die auch. Die träumt bloß rum.«
Nein, wir mögen den Dorflehrer nicht, er hat kein Recht, hier aufzukreuzen, bald wird er wieder in Begleitung kommen, er wird seine Frau mitbringen, die Situation wird seltsam werden, oder man verwehrt ihnen den Besuch, dann wird Vera nachfragen, warum. Nur Probleme macht der Dorflehrer, wie konnten wir uns auf so einen Verbündeten einlassen, wie kann er es wagen, uns hier die Leviten zu lesen? Er soll sich lieber Sorgen machen um seine Frau, oder um das Dorf, das er im Stich zu lassen plant.
Er mache sich Sorgen, sagt Andreas: »Stimmt etwas nicht?«
Moritz kann Einfühlsamkeit noch weniger leiden als direkte Kritik, er steht vom Wohnzimmersofa auf, fragt Andreas, ob er auf irgendetwas hinauswolle, ob er deswegen gekommen sei.
Andreas spielt ganz den geduldigen Dorflehrer, lässt sich von Gegenattacken nicht aus der scheinbaren Ruhe bringen. Er, Andreas, sei doch nicht blöd, er wisse doch, dass hier nicht immer alles so einträchtig zu- und hergehe, wie er, Moritz, immer tue. Aber das gehe ihn ja

nichts an. Nur: Wenn einer seiner Schüler plötzlich seine Hefte vollkritzelt mit irgendwelchen Schusswaffen und wenn dieser Schüler in einem Aufsatz zum Thema »Was ich einmal werden will« bloß Unzusammenhängendes über einen Bürgerkrieg schreibe, orthografisch bedenklich, aber darum gehe es jetzt ja nicht, aber Bürgerkrieg, das sei doch ein Bild, das sei doch offensichtlich. Bürgerkrieg. Damit sei doch die Familiensituation gemeint. Er, Andreas, sei ja kein Psychologe, aber ... Er lässt das Satzende offen, Moritz soll seine Schlüsse selbst ziehen.

Doch unser Redner hat anderes vor, hatte während der Dorflehreransprache genügend Zeit, um Kräfte zu sammeln. Was er sich eigentlich einbilde, fragt Moritz in sanftem Ton, da komme »der Herr Lehrer« also hierher und wolle irgendeine Familienkrise aufdecken, ein Bürgerkrieg, klar, das liege wahrscheinlich daran, dass er, Moritz, seine Kinder schlüge, schon klar, gut kombiniert, Herr Ich-bin-ja-kein-Psychologe-aber. Und ach ja, das sei natürlich ein berechtigter Verdacht und ach ja, der gehe ja noch weiter: »Wie war schon wieder das Wort, das Ralf heute Morgen benutzte?«

Der Dorflehrer hat keine Lust auf rhetorische Tricks und Wer-hat-recht-Spielchen: »Beruhig dich«, bittet er Moritz, »darum geht es doch nicht.« Es sei doch klar, dass er hierherkommen müsse nach so einem Vorfall wie heute Morgen, das sei Dorflehrerpflicht. Aber er sei doch hier als Freund, und als solcher frage er sich eben: »Ist alles in Ordnung bei euch?«

Wir mögen den Dorflehrer nicht, Moritz bedankt sich dennoch freundlich fürs Nachfragen, sagt: »Ja«, fragt: »Sonst noch etwas?«
Andreas schaut ihn an, schüttelt den Kopf, nicht als Antwort auf die Frage, sondern über das Verhalten des Fragers. Er steht auf: »Ich weiß nicht, was du für ein Problem hast«, und wendet sich zum Gehen.
»Und bei euch?«, fragt Moritz.
Er fragt hämisch, er ist in Angriffslaune, er mag keine Reinquatscher, er mag sich nicht sagen lassen, wie es um den eigenen Familienfrieden steht. Er mag es nicht, wenn ihm Probleme angehängt werden von einem, der selbst genügend hat.
»Lass gut sein, Moritz.«
»Nein, im Ernst, ich dachte, du kommst als Freund und nicht als Dorflehrer.«
»Lass es.«
»Nein-nein, nein-nein, ich meine es ernst.«
»Na gut«, sagt Andreas, »ich wollte nicht damit anfangen, aber … Aber weißt du eigentlich, wie es Christine geht?«
Und er fängt nun dennoch damit an, ganz ruhig spricht er, gefasst, als habe er, was er zu sagen hat, lange vorbereitet. Er sagt, dass Christine zurück sei, mehr als einen Monat sei sie in der Psychiatrie gewesen, einen Zusammenbruch habe sie gehabt, sie nehme jetzt Medikamente, sie sei wieder relativ stabil. Aber verändert. Nervös sei sie, zittrig. Doch wieder auf den Beinen. Sie esse wieder, zugenommen habe sie, wohl auch wegen der Medikamente. Sie beide versuchten es nochmals, sagt Andreas. »Und im Sommer ziehen wir weg.« Er habe noch keine Stelle, aber er

versuche es im Hauptort. – »Und danke, dass du nachgefragt hast!«
Erst im letzten Satz ließ sich der Sarkasmus nicht mehr unterdrücken, Moritz hört es genau, hört alles andere zum ersten Mal, steht mit offenem Mund da.
»Das wusste ich nicht.«
»Es schien dich auch nicht zu interessieren.«
Dann herrscht Schweigen, Andreas starrt Moritz an, Moritz sucht nach Worten, findet die falschen, sagt: »Und jetzt bin ich schuld, oder was?!«
Andreas bleibt ganz der gefasste Lehrer, obwohl ihm anzusehen ist, dass die Wut in ihm hochsteigt: »Ich weiß doch längst alles.«
»Es gibt nichts zu wissen, denn da war nichts!«
»Du interessierst dich nur für dich, aber es geht hier nicht um dich. Du hättest einmal nachfragen können, was los ist, hättest vorbeikommen können, hättest uns helfen können. Hast du eine Vorstellung davon, wie unser Winter war?!«
»Ich kann doch nichts dafür, dass sie labil ist!«
Andreas echot: »Labil …«, und fügt mehr ausatmend als sprechend hinzu: »Separatisten, ja, das seid ihr. Separatisten …«
Moritz lacht auf, schweigt.
Andreas wendet sich erneut zum Gehen.
»Und du? Du bist der stille Dulder oder was? Aussitzen und abwarten.«
Aber Andreas wartet nicht mehr ab, zuckt bloß mit den Schultern und geht.

*

Sieg für Ralf auf der ganzen Linie. Unser Erinnerer ist unser bester Stratege, wir dachten nicht, dass er ein dermaßen gewagtes Spiel spielen kann, wer hätte gedacht, dass er damit mehr erreicht, als je gewünscht: Statt kurzfristigen Respekt verschafft ihm sein Abgrenzungsversuch eine neue Mannschaftsaufteilung. Er hat seinen Standpunkt und seine Zugehörigkeit vor versammelter Klasse kundgetan, die Folgen sind ein verlorener Verbündeter, auf den Ralf gerne verzichtet. Dafür ist sein Weg zum Herzen der Klasse und zur Offenlegung des heimlichen Bündnisses mit dem Pausenplatzanführer nun unversperrt, offen und frei. Er hat gestern zwar nicht alles verstanden, eigentlich verstand er bloß Moritz' Schimpfen, nachdem er die Tür hinter dem Herrn Lehrer zugeknallt hatte, aber Schimpfen und Türknallen sagten alles: Sieg. Sprich: Ende von freundschaftsverhindernden Bündnissen.
Ralf kommt strahlend in die Schule, sitzt die Morgenstunden geduldig ab, die von einem mürrisch zerknirschten Dorflehrer ebenfalls mehr abgesessen als geleitet werden. Immer wieder schwenkt Ralfs Blick zum Försterssohn, selbstbewusst und siegessicher ist Ralf heute, in der großen Pause wird der Augenblick kommen, in dem sich das Blatt auch offiziell wendet. Ralf wird aufgenommen werden von der Gemeinschaft, denn, nein, der Dorflehrer und wir, wir stecken nicht mehr unter einer Decke. Die Freundschaft ist aufgekündigt, was endlich wahre Freundschaften ermöglichen wird. Noch reagiert der Försterssohn nicht auf Ralfs Blicke, denn noch weiß er nichts vom freudigen Verlauf der Dinge. Dann endlich schaut der Dorflehrer auf seine Armbanduhr, entlässt die Kinder

zur Feier von Ralfs Glückstag früher als sonst in die Pause.

Der Förstersohn sagt Fußball an, dem Strategen Ralf wird bewusst, dass er sich keine Taktik überlegt hat. Wie teilt man gemeinsame Feindschaft mit, die Freundschaft verspricht? Fußball kommt gar nicht gelegen.
Schon wird jemand angewiesen, den Ball zu holen, schon schreitet der Kapitän zum Spielfeld, gleich werden Mannschaften gewählt. Ralf muss schneller sein, muss das Spiel aufhalten.
Er eilt zurück zur Schulhausgarderobe, ist als Erster bei der Bank, unter der der Ball deponiert ist, dann rennt er dem Försterjungen hinterher.
Als dieser den Balljungen bemerkt, will er ihm den Ball abnehmen. »Warte, ich muss dir was sagen«, sagt Ralf und weiß noch immer nicht, wie er beginnen soll. Der Förstersohn lässt sich nicht beeindrucken, greift wieder nach dem Ball. Ralf rückt ihn nicht heraus, ein Gerangel entsteht, ein kleiner Tanz, der Förstersohn lacht, dann schließt langsam der Rest der Schulkinder auf, sie schauen verständnislos zu. Das Grinsen verschwindet sofort vom Försterjungengesicht, er befiehlt, dass ihm der Ball auf der Stelle ausgehändigt wird.
»Warte«, wiederholt Ralf, er ist selbstbewusster denn je, denn das Glück und das Recht sind heute auf seiner Seite.
»Was?«, bellt ihm der Förstersohn entgegen, er ist sich seines Publikums wohl bewusst. Normalerweise gehört Ralf zu denjenigen, die lieber Fußball als Prügeln spielen wollen, und er selbst ist derjenige, der Schaukämpfe will, aber warum nicht mal was Neues?

Ralf schaut in die Runde, er hat den Ball, er hat ein Publikum, er hat die volle Aufmerksamkeit. Jetzt müsste man eine Rede vorbereitet haben, jetzt bräuchte man Moritz' Gabe, die einleitenden Phrasen würden den Boden bereiten für Ralfs feierliche Verkündigung der Sachlage, daraus ergäbe sich eine demütige Überleitung in das leichte Crescendo des Abschlusses, auf das zwingend Applaus und Zugehörigkeit folgen müssten. Aber statt ausgefeilter Sätze fallen bloß gestammelte Wörter aus Ralfs Mund: »Ich … Also … Gestern … Gestern war der Lehrer bei uns, aber nicht so wie … Jedenfalls, er hasst uns jetzt.«
Das hätte besser sein können, aber Ralf ist auf der richtigen Fährte, gleich wird er Verständnis ernten und Lob, der Förstersohn wird ihn an der Schulter packen, wird sagen, dass er schon immer gewusst habe, dass Ralf ein toller Kerl sei, dann wird er ihn fragen, ob er heute die Mannschaften wählen wolle, und damit wäre alles gesagt und das Versteckspiel hätte ein Ende. Die Gruppe würde dem Anführer folgen und uns endlich aufnehmen.
»Er hasst uns. Und ich hasse ihn!«, schiebt Ralf schnell nach.
»Aha, soso«, antwortet der Försterjunge teilnahmslos und greift wieder nach dem Ball.
Ralf weicht zurück.
»Gibst du jetzt den Scheißball oder willst du ein paar Prügel?!«
Ralf spürt, dass ihm die Tränen in die Augen schießen, er beißt sich auf die Oberlippe, presst dann leise hervor: »Hör auf. Hör auf, bitte.« Der Förstersohn schaut triumphierend in die Runde: »Oh, jetzt schaut mal, gleich

beginnt er noch zu heulen. Hau doch ab, wenn du ein Problem hast.« Und er setzt noch einen drauf, ahmt Ralfs kläglichen Versuch nach, den hiesigen Dialekt zu sprechen, die Runde lacht mit ihrem Anführer, echot: »Hör auf, hör auf«, meint: Weiter, weiter!

Jetzt laufen tatsächlich die ersten Tränen über Ralfs Wangen. Er steht fassungslos da, schleudert der Runde ein weiteres »Hört auf!« entgegen. Hämisch nimmt der Förstersohn den Satz wieder auf, starrt dem heimlichen Freund feindselig ins Gesicht. Ralf weint, Ralf begreift nicht, warum der Förstersohn so gemein ist, Ralf fragt: »Warum bist du so gemein zu mir?« Er schaut seinem Freund verzweifelt in die Augen, und dann endlich fügt er leise und doch für alle hörbar an: »Wenn du allein bist, bist du ja auch nicht so.«

Der Förstersohn reagiert reflexartig, der Spaß ist jetzt vorbei. Die Schulkameraden reagieren etwas verdutzt auf Ralfs Satz, sehen, wie der Förstersohn nach vorne schießt, sehen, wie er Ralf packt, wie er ihn in den Würgegriff nimmt, wie er ihm den Mund zuhält. Ralf windet sich aus dem Griff, aber der Förstersohn hat die starken Arme des Vaters geerbt, Ralf versucht, ihm in die Hand zu beißen, es gelingt nicht, er wird auf den Boden gerungen. »Halt einfach die Fresse!«, zischt es in sein Ohr.

Ada und Fabian haben dem Treiben bis jetzt aus der Halbdistanz zugeschaut, Rangeleien gab es schon viele auf dem Pausenhof, so ernst wie heute sah es selten aus. Während der Pausenhofchef ansonsten hämische Freude ausstrahlt, wenn er Prügel austeilt oder befiehlt, während er für gewöhnlich lacht, wenn er nach Kämpfen Unterlegenen anerkennendes Schulterklopfen zuteilwerden lässt, ist er heute tatsächlich in Rage, er würgt den Unterlegenen: Dessen Kopf ist nicht mehr bloß vom Weinen rot.

Wir sind ein Team, jeder von uns hat seine Stärke. Ralfs Stärke ist die Erinnerung, heute erinnerte er den Freund bloß daran, dass man Freunde sei, aber diese Gabe scheint nicht gefragt zu sein. Fabians Stärke ist die Stärke, und nach dieser wird jetzt offensichtlich verlangt.

Die Schulkinder haben den Kämpfenden Platz gemacht, stehen im Halbkreis. Der Drittklässler Fabian behält die beiden Fünftklässler im Auge, sie wälzen sich am Boden und haben endlich eine günstige Position erreicht: Der Förstersohn hält Ralfs Hals von hinten mit einem Arm umklammert, hält mit der Hand des anderen Ralfs Mund zu, versucht sich gleichzeitig aufzurichten, streckt dabei das eine Bein durch.

Das ist die Gelegenheit, auf die Fabian gewartet hat.

Er bricht aus dem Halbkreis aus, mit einem gezielten Tritt trifft er die Kniekehle des Würgenden.

Ein Aufschrei, der Förstersohn knickt ein.

Er lässt sein Opfer los, rappelt sich überrascht auf, dreht sich um zum Einmischer, holt Anlauf, um ihm eine zu verpassen. Fabian ist dank der Verwirrung des Gegners überlegen, weicht zurück, und als klar ist, dass der Förstersohn Ralf liegen lässt, um auf den neuen Feind zuzustürmen, hetzt Fabian vom Fußballplatz weg in Richtung Schuleingang. Fabian flieht nicht, er schafft nur Abstand zu den Zuschauern, die ansonsten bald Kriegsteilnehmer werden könnten. Der Förstersohn holt ihn schnell ein, mit Tritten hält ihn Fabian fürs

Erste auf Distanz, er ist ein guter Taktiker, seine Nahkampfausbildung erhielt er von seinem Angreifer. Was an anderen Tagen bloß Training war, ist jetzt bitterernst.

Fabian hat die Schultreppe erreicht, hier kann das Gefecht stattfinden. David hat heute keine Steinschleuder, aber hier wächst er dank Treppenstufen selbst zum Goliath. Der Förstersohn will es dem kleinen Wicht zeigen, packt ihn auf der zweiten Stufe an den Füßen, fällt dabei selbst hin. Fabian strampelt, sein Knie trifft beinahe das Kinn des Förstersohns, dieser lässt kurz los, Fabian beginnt mit Boxschlägen, der Förstersohn wehrt ab, schlägt seinerseits zurück. Fabian bekommt einen Arm zu fassen. Er beißt hinein. Heute gibt es keine Regeln.

Der Förstersohn schreit, umfasst den kleinen, aber agilen und überraschend skrupellosen Gegner um den Bauch, hievt ihn vom Treppenabsatz, drückt ihn auf dem Kies zu Boden, schürft dabei seine eigenen Arme auf, lässt daher los. Er bekommt Fabians Kopf zu fassen, versucht, dessen Gesicht in die Steine zu drücken.

Vom Sportplatz her kommt Ralf rennend hinzu. Wir sind ein Team, Ralf wird helfen, gemeinsam machen wir unserem Feind und Schulfriedenvermieser ein für alle Mal den Garaus. Die Kieselsteine bohren sich in Fabians Wange, er hört seinen Bruder etwas rufen. Mit neuem Elan kann er sich aus der kläglichen Lage befreien, steht endlich wieder auf beiden Beinen und dem Feind Aug in Aug gegenüber. Er spürt die Verstärkung im Rücken und will sich auf den Förstersohn stürzen, aber zu seiner Überraschung hält ihn Ralf von hinten zurück. »Spinnst du?«, schreit Ralf. »Hör auf!«

Fabian hat keine Zeit für Diplomatie, außerdem fehlt der Atem zum Sprechen. Er sieht, dass sich der Försterssohn entspannt, dass er sich nun endgültig überlegen fühlt: zwei gegen einen.
Fabian hat keine andere Wahl, als seinem großen Bruder eine Lektion in Kampftaktik zu erteilen. Die Technik heißt Steinschleuder, Fabian heißt das Geschoss: Er stemmt sich nach vorn, schlägt mit dem Ellbogen nach hinten aus, Ralf taumelt zurück, lässt los und Fabian schießt auf den Försterssohn zu. Der ist nicht gefasst auf den plötzlichen Angriff. Ehe er reagieren kann, hat Fabian ihn im Schwitzkasten. Die beiden stolpern kaum gebremst nach vorne. Der Försterssohn versucht nicht, die Bewegung zu stoppen. Solange er in Bewegung bleibt, kann er die Dinge kontrollieren, denkt er.
Fabians Ziel ist die Schulhausmauer, mit letztem Schwung stößt er den Kopf des Försterssohns gegen die Betonwand. Ralf schreit auf. Der Försterssohn schreit auf. Blut bleibt an der Wand kleben. Der Försterssohn sackt in sich zusammen.
Fabian lässt los, ist Sieger, auch wenn er weiß, dass es heute keine Feier geben wird.

Der Kampf ist aus, aber das Geschrei ist groß. Der größte Schreier ist der Dorflehrer, der nun endlich in der Tür steht. Die letzten Sekunden des Gefechts hat er noch mit ansehen können. Verhindern ließ sich nichts mehr, trotz Donnerstimme, mit der er jetzt Fabian anschreit, während er den Schaden (Försterssohn) besieht. Ob er (Fabian) denn verrückt geworden sei, ob wir (wir) eigentlich glaubten, dass wir uns alles leisten können. Wenn wir unsere Grenzen spüren woll-

ten, sollten wir in den Wald gehen! Geht es eigentlich noch?! Geht's (Förstersohn)? Und dann nochmals zu Fabian: »Bist du eigentlich wahnsinnig?!«
Ralf reibt sich sein vom Ellbogen getroffenes Kinn, schaut seinen Bruder feindselig an. Er würde jetzt gerne zum Försterjungen hingehen, aber da kniet schon der Dorflehrer. Der dreht sich nun zu den Schulkindern um, die etwas verspätet zum Kampfplatz kamen und sich in sicherem Abstand aufgestellt haben. Sie sollen alle nach Hause gehen, der Unterricht falle aus, verkündet der Dorflehrer. Kein Jubelgeschrei unter der Schülerschar, betretenes Scharren im Kies. Fabian ist der Einzige, der sich abwendet und gehen will, »Du bleibst hier«, herrscht ihn der Dorflehrer an. Dann spricht er von Krankenhaus und dass er da jetzt hinfahre.
Fabian solle nachsitzen und er solle nicht glauben, dass es damit getan sei, sagt der Dorflehrer. Er übergibt den Gefangenen seiner Frau, lädt den Verletzten in sein Auto und braust davon.
Die Frau Dorflehrer setzt sich mit Fabian ins Schulzimmer, statt einer Standpauke und einer konkreten Strafarbeit fragt sie einfühlsam, was denn los sei mit ihm. Fabian starrt bloß auf die zerkratzte Tischplatte seines Schulpults. Er wartet darauf, dass die Dorflehrerin aufhört zu reden, hofft, dass die Hand, die sie auf seinen Unterarm gelegt hat, da endlich wieder verschwindet.

Ada und Ralf trotten nach Hause, Ada drei Schritte hinter Ralf. Ralf ist wütend, Ada ist wütend. Ralf denkt, wie alles nur so schiefgehen konnte, er überlegt, wie das Leben jetzt weitergehen soll, dazugehören wird er nun definitiv nicht mehr. Ada denkt, dass das schönste

Gesicht des Dorfes in Zukunft wohl eine Narbe ziert. Dann kommt ihr in den Sinn, dass es dadurch ja vielleicht nicht liebesunwürdig, sondern sogar noch schöner wird.

Zu Hause ist niemand, die Geldverdiener sind bei der Arbeit, der Schlüssel liegt, wo er immer liegt. Ralf geht auf sein Zimmer, Ada weiß nicht, was sie mit so viel leerer Zeit anfangen soll. Sie schleicht erst durchs Haus, geht dann nach draußen und zu den Schafen, lässt sich von der weichen, fettigen Wolle trösten. Die Tiere rupfen weiter Gras, lassen sich von einem kleinen Mädchen, das sich anschmiegt, nicht unterbrechen, und das kleine Mädchen könnte nicht sagen, weswegen sie überhaupt Trost braucht und wo diese umfassende Melancholie auf einmal herkommt.

Ralf vergräbt seinen Kopf im Kissen, sein Kinn schmerzt noch immer, er ist beinahe froh darum, so kann er seinen Bruder noch mehr hassen. Alles hat er ihm versaut, Ralf ist wieder bloß ein Peter Parker ohne Spinnenkräfte. Es fehlt ihm auch an anderen Gaben: Als Erstes möchte er die Zeit zurückdrehen können, dann käme er in die Schule geflogen, dann würde er zeigen, was in ihm steckt, seinen Bruder würde er ins All katapultieren, der Försterssohn wäre beeindruckt. »Psst«, würde Ralf sagen, »verrate niemandem, wer ich wirklich bin!«

*

Im Krankenhaus kommt der Dorflehrer endlich dazu, uns anzurufen. Endlich konnte er den Försterssohn weiterreichen, an Krankenschwestern, an Ärzte. Andreas wählt die Nummer, wartet. Man müsste mehr Leute sein, denkt er. Er denkt es oft in letzter Zeit, aber heute steht es ihm klarer als je vor Augen: Alles bleibt an mir hängen, und nur an mir, Krankentransport und Elternanruf, ich muss Strafaufgabenaufgeber sein und Nachsitzzeitmitabsitzer. Immer ich, immer ich allein. Allein für den ganzen Scheiß verantwortlich. Denkt der Dorflehrer. Und denkt den Kraftausdruck so nachdrücklich, dass er ihn laut aussprechen muss, in den Hörer hinein, aus dem es meditativ und lang gezogen tutet. Verbündete bräuchte man, nicht nur bei Schulhausunruhen, sondern allgemein. Arbeitskollegen. Und richtige Freunde, nicht solche selbstbezogenen, arroganten Eigenbrötler wie Moritz, das hat der nun davon von seinem ewigen Abgrenzen, die Kinder ahmen es nach, kämpfen mit Fäusten statt Floskeln, und wer muss es ausbaden, muss Eltern beruhigen, Kinder zurechtweisen und hier im Krankenhaus herumsitzen, statt Wissen weiterzugeben? Wer kommt an die Kapazitätsgrenze, weil er sich nicht aufteilen kann? Überall brennt es. Und da ist außer ihm nur Christine, und das ist zu wenig.

Christine ist keine Hilfe. Auch wenn er froh ist, dass sie wieder da ist, hat Andreas noch immer Angst, wenn er sie sieht. Aufgekratzt dank Medikamenten auf dem Ecksofa sitzend, wo sich das Elend der letzten Jahre eingegraben haben muss. Christine scheint bloß froh, dass sie noch lebt, lässt Andreas entscheiden, wie es nun weitergeht.

Weg mit dem Ecksofa, weg aus dieser Wohnung, weg in die Stadt, bevor es wieder wird wie immer. Bevor man sich wieder einzurichten beginnt in dieser Warteschleife, wo man es sich schon viel zu wohnlich gemacht hat!

Noch drei Monate bis zu den Sommerferien, er sollte endlich die Stelle kündigen, man sollte das Sofa jetzt schon rausschmeißen, sollte es verbrennen, einen Strich unter die ganze Sache ziehen, in die Stadt ziehen, wo mehr Menschen sind! Andreas meißelt den längst gefassten Entschluss in Stein.

Und es tutet und der Lehrer schimpft vor sich hin, denkt an seinen Beruf, an das Dorf, an seine Frau, die ihn gleichzeitig anrührt und ankotzt.

Ralf meldet sich. Der Dorflehrer nimmt sich zusammen, kramt seine strenge Dorflehrerstimme hervor, fragt nach den Eltern.

»Bei der Arbeit. Beide«, ist Ralfs knappe und eingeschüchterte Antwort.

Man müsste mehr Leute sein: einer hier im Aufenthaltsbereich des Krankenhauses, einer im Dorf, der erst bei den Eltern des Besiegten und dann bei denen des Siegers anruft, der den Ersten sagt, sie sollen kommen, den Zweiten, er müsse ein ernstes Wort mit ihnen reden. Und einen Dritten bräuchte es auch noch, der würde dem Schläger Angst und Schrecken einjagen und niemals endende Strafaufgaben erteilen. Dieser Dritte wäre er jetzt am liebsten. Was für ein beschissener Tag!

Und neben all den Lehrpersonen bräuchte es auch noch eine vierte Person, eine, die sich endlich mal um den eigenen Scheiß kümmert, jemand, der eine Wohnung sucht, eine neue Stelle. Der Christine sagt, dass das Leben jetzt wieder weitergeht, dass es jetzt wieder neu anfängt.

In die Stadt und dann endlich eine Familie gründen. Falls man überhaupt Kinder bekommen kann. Und wenn es an mir liegt, dann weiß ich das lieber jetzt. Denkt Andreas. Diese Abklärungen haben wir viel zu lange vor uns hergeschoben. Denkt er. Denkt: Schluss mit all den Übergangssituationen, allen »Falls« und »Wenns« und Konjunktiven! Reiner Tisch und Neuanfang!

Ralf hat längst aufgelegt, Andreas starrt noch immer den Hörer an. Die zweite Nummer kann er nicht mehr auswendig, es hätte der erste Anruf werden sollen, aber man kann ja nicht alles auf einmal tun und nicht alles allein.

Er geht zum Empfang, fragt nach einem Telefonbuch, um die Nummer des Försters nachzuschlagen. Er bekommt es, bleibt unschlüssig am Tresen stehen, erntet einen fragenden Blick der Empfangsschwester: »Ja?«

»Hm, ach ja, noch was«, murmelt Andreas. Ob er sich hier einen Termin für eine genetische Untersuchung geben lassen könne.

Dann endlich wählt er die Nummer des Försters.

Ein Nachname ist zu hören, Frauenstimme, lispelnder Akzent, der Name ist typisch für diese Gegend, die Aussprache macht ihn zum Fremdwort. Der Dorflehrer erklärt der Förstersfrau Joy, wo ihr Sohn sei und dass sie herkommen solle. Sie antwortet knapp, er hofft, dass sie auch wirklich verstanden hat, legt auf und überlegt, mit welchem von Fabians Elternteilen er lieber sprechen soll.

*

Im Klassenzimmer sitzt Fabian, Christine hat ihm eingebläut, über das nachzudenken, was er getan hat, sie redet dennoch weiter auf ihn ein, er könnte sich auch dann nicht auf Reumütiges konzentrieren, wenn er es wollte. Fabian langweilt sich. Das Gefühl ist nicht neu, neu ist bloß, wie allumfassend sich diese Langeweile anfühlt. Er sitzt da, starrt vor sich hin, weil ihm nichts anderes übrig bleibt. Er wartet, bis das Geschwafel der einfühlsamen Gewaltversteherin endlich abebbt. Er wartet auf Strafaufgaben, die er abarbeiten kann. Oder sonst etwas, das diese Leere füllt. Er wartet darauf, nach Hause zu kommen, eine echte Strafe zu bekommen und von Ralf ein heimlich zugeflüstertes »Danke«, denn dass er, Fabian, nichts falsch gemacht hat, daran besteht kein Zweifel.
Christine redet, fragt den Jungen aus, erhält keine Antwort. Und dennoch steht diese immer klarer vor ihr. Denn während Christine spricht von Grenzen, die man nicht überschreiten dürfe, über Konflikte, die sich auch mit Worten lösen ließen, von Aggressivität, die sich anders abbauen lasse, während sie Fragen stellt und nachbohrt, während sie sich bereit zeigt, den Täter auch als Opfer zu sehen, lässt sich eine in ihr aufsteigende Einsicht nicht mehr abwimmeln: das Ventil, das dieser kleine Gewalttäter doch bloß gesucht hat, der Druck, der zu Hause herrschen muss, die Person, die für alles verantwortlich ist.
Sie nimmt ihre einfühlsame Hand von Fabians Unterarm, alles Fragen hat sich erübrigt, sie spürt, wie ihr das Blut ins Gesicht schießt. Erst ist es die heimliche Freude, weil sie sieht, dass die Begegnungen mit Moritz nicht spurlos geblieben sind, ihre heimliche Liebe stif-

tete Unruhe, das kann sie hier sehen, also ist diese Liebe bewiesen, wenn auch die Gegenliebe nie erklärt wurde. Hier am Ende der Kette sieht sie Fabian, der wegen ihr zum Übeltäter wurde. Christine wischt die Freude darüber weg, steht auf, sagt: »Es tut mir leid.«
Und jetzt schaut Fabian doch auf, er schaut fragend, beobachtet die Dorflehrersfrau, die nun im Schulzimmer umhergeht, die sagt: »Wir renken das wieder ein«, die rät: »Mach deine Hausaufgaben, falls du welche hast«, die verspricht, dass alles längst vorbei sei, sie werde sich nicht mehr einmischen.
Sie fährt dem Übeltäter, dem sie nichts mehr übel nehmen kann, übers Haar, wiederholt, dass das zu Hause schon wieder in Ordnung komme, er werde sehen. Dann verlässt sie den Raum.
Fabian bleibt irritiert zurück, versteht nicht, was die Dorflehrersfrau mit der Sache zu tun haben will.

Das Rätsel wird auch dann nicht gänzlich aufgelöst, als sie das Klassenzimmer eine halbe Stunde später wieder betritt. Diesmal in Begleitung von Vera, die von Andreas informiert wurde, dass man Fabian abholen kommen soll. Christine bleibt im Türrahmen stehen, Vera tritt an Fabians Pult, schaut ihn mit einem scharfen Blick an, fragt, was eigentlich mit ihm los sei. Bevor dieser antworten kann, interveniert die Dorflehrersfrau: Es tue ihr so leid, sie wisse, dass sie alles kaputtgemacht habe, sie habe nie beabsichtigt, Unruhe zu stiften, das alles sei ihre Schuld.
Fabian und Vera schauen Christine im ersten Augenblick gleichermaßen verblüfft an. Vera geht ein paar Schritte auf sie zu: »Was hat das mit dir zu tun?«

Das Schauspiel, das Fabian beobachten darf, ist eigenartig, die Repliken sind unverständlich, die Gesten und Gesichtsausdrücke bekräftigen allerdings, was er schon immer wusste: dass Erwachsene lügen, dass sie sagen, alles sei gut, dass sie sagen, Christine sei bloß eine Freundin, dass sie behaupten, von Scheidung sei nie die Rede gewesen. Aber am allermeisten lügen sie jetzt, wenn plötzlich alle behaupten, nicht er, Fabian, sei verantwortlich dafür, dass er dem Förstersohn ein für alle Mal eine Lektion erteilt hat.

Christine weint. Veras Miene versteinert. Christine wiederholt, wie leid ihr das alles tue. Vera fragt betont sarkastisch, was denn »das alles« eigentlich beinhalte. Christine sagt, das wisse sie, Vera, doch schon alles längst. Aber es sei nun auch vorbei. »Ich war so selbstsüchtig. Aber ich hatte nie im Sinn, euren Familienfrieden zu stören.«

Vera zieht die Luft ein, das Geräusch ist scharf, selten hat Fabian sie so gesehen, meist lässt sie Streit und Unruhe an sich abprallen. Aber jetzt wird sie laut, sagt mit harter Stimme: »Schön, dass du das so nett erzählst.«

Christine kleinlaut: »Ich dachte, Moritz und du wärt da offen zueinander.«

Vera schaut Christine starr in die Augen: »Um ehrlich zu sein, das kann dich einen Scheiß kümmern.«

Fabian freut sich heimlich, seine Mutter endlich beim Fluchen ertappt zu haben, freut sich, als sie ihn am Arm packt: Endlich darf er dieses Irrenhaus verlassen.

Vera zischt Christine noch ein »Und außerdem: Es geht hier nicht um dich« zu.

Christine flüstert weinend ein weiteres Mal: »Es tut mir so leid.« Auf der Treppe dreht sich Vera ein letztes Mal um: »Und nur, damit das klar ist: Der Familienfrieden ist nicht gestört. Es geht uns gut! Wir haben es gut!«

*

Am nächsten Tag sitzt Fabian wieder am selben Ort, die Nachmittagssonne scheint ins Klassenzimmer. Die Welt spielt sich draußen ab, nur die Fliegen haben noch nicht begriffen, dass hier drinnen nichts zu finden ist außer ein renitenter Schüler, der seine Strafe absitzen muss und der froh ist um die Fliegen, die ihm Gesellschaft leisten, die man jagen und erlegen kann. Mit der flachen Hand sind Fliegen kaum zu erwischen, die überzeugendere Totschlagstrategie hat ihm der Jugoslawe gezeigt: Zeige- und Ringfinger liegen auf der Tischplatte, der Mittelfinger wird mit der linken Hand nach oben gespannt, die Falle schiebt sich von hinten auf die Fliege zu, bis Zeige- und Ringfinger die Fliege flankieren, sie hat überall Augen außer oben, und reglos daliegende Finger scheinen Fliegen nicht zu beeindrucken, die linke Hand lässt den Mittelfinger los, er schnellt nach unten, ist schneller, als Fliegenaugen schauen können, vom Tier bleibt bloß ein dunkler Fleck auf dem Pult übrig. Fabian streicht die Finger wahlweise an der Hose ab oder gleich am Schulheft, in das er Buchstaben malen soll und sinnlose Wörter, die sich wiederholen sollen, bis das Seitenende erreicht ist. Er soll endlich lernen, schöner zu schreiben. Er soll darüber nachdenken, was er getan hat. Auch mit dem Schulpsychologen wurde schon gedroht, aber der wohnt im Hauptort, ist beschäftigt und hat erst morgen Zeit für einen Abstecher nach hier hinten.

Die nächste Fliege setzt auf dem Schlachtfeld auf, saugt mit ihrem Rüssel Schweißreste von Kinderhänden oder Chitinflecken von Ex-Fliegen auf. Fabian betrachtet sein nächstes Opfer, lässt es fürs Erste saugen, jedem steht ein Henkersmahl zu.

Auf dem Nachhauseweg blieb die erwartete Schelte gestern aus, denn Vera blieb stumm, als interessiere sie sich weder für ihren Sohn noch für seine Taten. Zu Hause erwartete Fabian dann allerdings auch kein Lob, Ada warf ihm böse Blicke zu, Ralf verkroch sich in sein Zimmer. Disharmonie ist nicht unsere Stärke, dennoch polterte Moritz los, als er nach Hause kam: Er müsse sich entschuldigen gehen! Er müsse sich erklären. Er müsse Verantwortung für sein Tun übernehmen.
Vera unterbrach: »Das hast du schön gesagt.«
Moritz: »Was soll das heißen?!«
Vera lenkte ab, sagte, sie habe schon beim Förster angerufen, da sei niemand zu Hause, offenbar seien die noch im Krankenhaus. Der Junge müsse über Nacht dableiben, habe Andreas gesagt, Verdacht auf Hirnerschütterung. Fabian hätte gerne nachgefragt, was es mit dem seltsamen Gespräch mit der Frau Dorflehrer auf sich hatte und warum sie plötzlich an allem schuld sein wollte, aber noch bevor er dazu ansetzen konnte, schickte ihn Vera ins Bett. Er wehrte sich erst, denn jetzt wollte er endlich einmal die Wahrheit hören: »Aber ich bin noch gar nicht müde«, setzte Fabian an, erntete bloß einen scharfen Blick von Vera. Moritz wollte die Gelegenheit ergreifen und sich seinen Sohn zur Brust nehmen, Vera murmelte erst leise: »Lass ihn doch einfach in Ruhe«, und als Moritz

nachfragen wollte, was das heißen solle: »Und mich bitte auch.«
Vom Bett aus hörte Fabian die Eltern, hörte Vera, die nur sagte, sie wolle jetzt nicht darüber reden, Moritz, der sagte, er verstehe nicht, was eigentlich los sei. Dann war wieder Ruhe und niemand betrat Fabians Zimmer, um ihm die Leviten zu lesen.

Fabian malt Buchstaben. Er malt das Wort »Ich«. Und statt es bis zum Seitenende zu wiederholen, schreibt er dahinter »werde«. Dann malt er nochmals ein großes I, weiß nicht, wie weiter, weil er sich in der Schreibweise unsicher ist, entscheidet sich dann für »Iugoslaf«, zeichnet auch diese Buchstaben, wiederholt die drei Wörter, hängt sie akkurat zwischen den vorgesehenen Linien auf, die untere Schlaufe des kleinen Gs bauchig, das F oben exakt bis zur höchsten Marke und unten weit über die tiefste hinaus.

In der Schule fehlte der Försterjunge, Schreiben-Lesen-Rechnen wurden vermittelt wie an jedem Tag. In der Pause griff niemand Fabian oder Ralf oder Ada an, der Förstersssohn wurde nicht gerächt, der Respekt vor dem Schläger schien groß. Ralf schaute ihm noch immer nicht in die Augen, hielt es noch immer nicht für angebracht, dem Bruder für Einsatz von Leib und Leben zu danken. Er bot ihm weder an, ihm bei den Strafaufgaben zu helfen noch seinen Schularrest mit abzusitzen. Dafür hatte er anscheinend beschlossen, nicht mehr mit seinem Bruder zu reden.

Fabian tötet Fliegen. Fabian wundert sich über Teilnahmslosigkeit. Über all die fremden Menschen, deren größte Anstrengung zu sein scheint, keine Regung zu zeigen. Auch der Dorflehrer spielt dieses Spiel mit, viel früher als angekündigt steht er wieder im Klassenzimmer, müde sieht er aus. Er verkündet, Fabian könne für heute gehen.

Fabian hat keine Lust, nach Hause zu gehen. Er wischt gesammelte Fliegen und Radiergummikrümel auf den Boden, verstaut unmotiviert gemalte Buchstaben und den inbrünstig wiederholten Satz im Pult. Der Lehrer hält ihm die Tür auf, Fabian geht wortlos an ihm vorbei.

Nein, er wird nicht nach Hause gehen, diese Leute haben nichts mit ihm zu tun, er ist keiner von ihnen. Er weiß, wo er hingehört, er kennt die Richtung. Noch scheint die Sonne, der Weg zur Alp ist ihm bekannt.

*

Es ist Zeit, auszumisten. Schafe sind ordentliche Scheißer, Hühner hingegen scheinen gerne auf ihrem grau gekackten, zur harten Bodenplatte getrockneten Untergrund zu stehen. Wir haben den Kraftakt ewig vor uns hergeschoben, haben Streu unterlegt, der Boden hob sich Tag um Tag, bald wird er die Hühnerstange erreicht haben, bald wird der Gestank uns davon abhalten, den Nesthockerinnen die Eier zu stehlen. Also muss der Mist geführt werden. Vera geht Moritz zur Hand, bevor sie zur Abendschicht muss. Die Dusche, die sie nötig haben wird, wird lange dauern, also kann sie nicht zu lange helfen, also

ist es auch für Moritz klüger, jetzt effizient zu arbeiten, als später allein in der Scheiße zu sein.
Die Sonne scheint, die Schafe suchen nach dem leckersten Gras, das sich überall außer im eingezäunten Bereich befindet, die Hühner buddeln ihre Sandbadekuhlen bei der Scheunenwand. Vera und Moritz arbeiten im Dunkeln, sind bei jeder Ladung, die sie nach draußen zum Misthaufen tragen, geblendet. Kaum hat sich das Auge an die Helligkeit gewöhnt, geht es zurück in den Stall. Blind und stumm stechen, gabeln und tragen sie (nur die Nase funktioniert einwandfrei, ausgerechnet). Vera arbeitet im Schafbereich, wo das Stroh locker liegt und die Arbeit eine leichte ist. Moritz rammt derweil hinter dem Hühnergitter die Mistgabel in die trockene Kruste, unter der sich ein huhnhohes, saftendes Streu-Kack-Gemenge verbirgt. Die Gabel taugt für den Abbau, fürs Raustragen muss die Schaufel her. Moritz arbeitet schnell, hat die größere Aufgabe und den weiteren Weg, Vera begnügt sich mit kleinen Gabelladungen, läuft dafür öfter, selten treffen sich die Wege.
Moritz tritt schwerbeladen ins Helle, endlich muss er nicht mehr durch geschlossene Lippen atmen, Vera zieht die Gabel hinter sich her, blind, weil geblendet, rempelt sie Moritz an, er erschrickt, verliert dabei seine Schaufelladung. »Was für ein Scheiß«, murmelt er. Vera muss grinsen, muss plötzlich kichern, das Kichern wird Lachen, das Lachen dauert an, sie scheint sich nicht mehr erholen zu können. Moritz betrachtet sie erst befremdet und lässt sich dann anstecken.

Nun spielen wir Schimpfen, üben uns in Flüchen. Selbstredend sind es Fäkalien, von denen wir sprechen. »Schafsmist«, sagt Vera, »Hühnerkacke«, ruft Moritz. »Das stinkt zum Himmel«, ist ein magerer nächster Versuch. Sie lachen trotzdem über sich, kalauern weiter, während sie den Kotberg abtragen, erweitern das Fluch- und Schimpfspektrum, die Vorsilbe bleibt mit Vorliebe »Scheiß-«. Dazu passt »-arbeit«, »-tag«, »-leben«. Lachend wettern sie über »Kackdreck«, über »Misthühner«, über »Scheißdörfler«.
Dann folgen:
- »Scheißhaus«
- »Scheißlandleben«
- »Scheißidee, hierherzuziehen.«

Dann folgt:
Schweigen.
»Scheißaffäre«, sagt Vera. Sagt es leise, sagt es bestimmt, bestimmt lag es ihr schon viel zu lange auf der Zunge.

Das Seltsame an lange aufgeschobenen Gesprächen und lange angestauten Sätzen ist, wie verknappt sie ausfallen, wenn sie dann doch noch stattfinden. Alles Wichtige scheint längst gesagt, denn es wurde längst gedacht, wurde zurechtgelegt, wieder verworfen, redigiert, die Schlagwörter wurden herausgearbeitet, und dann, wenn sie endlich ausgesprochen werden dürfen, werden sie doch nicht ausgesprochen. Als beziehe man sich auf geführte und nicht bloß gedachte Diskussionen, sagt die eine: »Es geht so nicht weiter«, streitet der andere ab, je eine Affäre gehabt zu haben, wirkt die Erste müde, wenn sie sagt, sie wisse doch längst, was laufe.

Keine Ohrfeigen, kein Geschrei, keine Szene. Statt der bereitgelegten Sätze nur Ansätze vom Angedachten: »Es ist auch egal, es geht nicht um irgendwelche Affären, wir haben uns doch schon lange auseinandergelebt, ich habe es satt, ich muss mir etwas überlegen.« Sagt Vera. Sie stochert dabei mit der Gabel in der Streu, kratzt mit den Zinken über den Boden, bis Moritz sagt, sie solle damit aufhören. Er meint das Kratzen, er meint die Anschuldigung, er setzt an zu Verteidigungsreden, die ebenfalls schon lange bereitliegen, denn er hat nichts falsch gemacht, hat nichts gemacht, für Unausgelebtes kann doch niemand bestraft werden. Denkt Moritz. Und auch von seinen Reden bleiben nur Fragmente. Vera hat längst gewonnen: Ob er nun mit Christine geschlafen hat oder nicht, spielt keine Rolle mehr in ihrer Argumentationskette, deren einzelne Glieder sie bloß skizziert (»Es geht nicht um Sex«, sagt sie, »uns bist du untreu.«), bis Moritz fragt, ob sie gerade von Trennung spreche und Vera antwortet, dass sie es nicht wisse.

Reden wir eben über Liebe. Reden wir darüber, wo sie noch ist und ob es überhaupt eine Rolle spielt. Reden wir darüber, dass es doch nicht um Liebe geht, sondern um alles. Aber auch diese Sätze sind Rohrkrepierer. Und während Moritz noch bereut, Veras halb geflüsterten Fluch nicht einfach überhört zu haben, fragt Vera: »Wollen wir das wirklich durchziehen?«

Sie meint das Land, meint, vielleicht solle man einfach auf den Freund mit dem Auto hören, das Haus verkaufen, in die Stadt ziehen, die Doppelhaushälfte wäre bestimmt noch zu haben, von vorne anfangen, schon

wieder, immer von vorne anfangen, immer weiter und weiter und das gleiche Spiel unter anderen Voraussetzungen wieder und wieder. Und jetzt weint Vera und Moritz' Gesicht gefriert.
»Was hast du eigentlich, die ziehen doch selbst weg?!«, sagt Moritz und spricht nicht aus, wer »die« sind.
Und natürlich sollte Vera jetzt antworten, dass es immer eine wie »die« geben werde, Anjas, Manuelas, Erikas, neue Gelegenheiten und Abenteuer, aber deswegen sei man doch nicht hergekommen. Übrig bleibt: »Ich dachte, wir kommen her, damit wir für uns sein können.«

Dann muss Vera gehen, zur Arbeit, vorher noch duschen, es ist schon viel zu spät. »Wie soll denn das hier weitergehen?«, ist der Satz, mit dem sie ihren Abgang unterstreicht, und Moritz rammt seine Schaufel in den Hühnermist, als wolle er weiterarbeiten, sagt irgendetwas über Geld, das eh nicht reichen werde für eine Doppelhaushälfte, dass der Verkauf von Haus und Hof ja doch nichts einbringe. Und jetzt muss auch Vera vom Thema abkommen, muss sagen, dass man sowieso mehr Geld aufnehmen müsse, von allein gäbe es keinen neuen Ofen, »Oder wie hast du dir das vorgestellt?« Und weil man nicht über Liebe reden kann, streitet man eben über kalte Winter, die man nicht erleben will, über Pläne, die nie umgesetzt werden, über Geld, das fehlt, und über all die Banalitäten, um die es jetzt nicht gehen sollte.
Und statt auf den Punkt zu kommen, wird der Eklat einmal mehr verschoben. Auf morgen. Und: »Du musst noch beim Förster vorbeigehen, nimm Fabian mit, er soll sich etwas zur Entschuldigung ausdenken.«

Dann fährt Vera zur Arbeit, auf dem roten Mofa gibt es heute nichts zu singen, ihre nassen Haare werden vom Helm platt gedrückt, sie wird ihre Frisur heute nicht erklären und auch nicht ihr Zuspätkommen zur Spätschicht.

*

Fabian träumt Waisenträume. Fabian ist nicht Fabian, er hat noch nie so geheißen, er hat keinen Namen, ist niemandes Sohn. Nicht-Fabian kommt am kleinen Kraftwerk vorbei, wo die Kühe unter Hochspannungsleitungen in Unordnung stehen, sein Weg führt unter Zäunen durch und über die Wiese. Nicht-Fabian ist eigentlich Indianer, nur zufällig hat es ihn hier in die Gegend verschlagen, er hat niemanden auf der Welt, weil er niemanden braucht. Die Brücke über den Dorfbach wäre ein Umweg, also klettert der Einsame über Steine, rutscht beinahe ab, aber Helden wie er wissen, wie man nasse Füße vermeidet. An einem Ast findet er Halt, er zieht sich die Böschung hoch, auf der anderen Seite folgt Wiese, dann irgendwann der Kiesweg, der ihn zu seinem neuen Leben führt. Hier geht es stetig aufwärts, oben wartet sein einziger Freund, oben wartet seine neue Heimat, die Jugoslawien heißt.
Der namenlose Junge hat die kurze Zeit bei der Gastfamilie genossen, das Bett war weich, das Essen warm, die hübsche Tochter machte hübsche Augen. Aber es kommt immer der Tag, an dem man weiterziehen muss, neue Abenteuer locken, er wird anheuern auf einem großen Frachter, wird Schiffsjunge, gerne

schrubbt er das Deck, noch lieber klettert er abends in den Ausguck, um nach Sternschnuppen Ausschau zu halten.

Waisenjunge Nicht-Fabian geht und träumt, er schaut nicht auf Aussichten, betrachtet den Kies, der unter seinen Füßen vorbeizieht. Hält man den Blick starr, zerfließt er zu unscharfen, grauen Striemen, die Füße setzen ihren Weg wie von selbst fort. Atem, Schritte und Herzklopfen bilden einen komplexen Rhythmus, der sich immer deutlicher manifestiert, der das Hirn ausfüllt, der Gedanken an Frachter, an die fremde Familie und an ihn selbst, Nicht-Fabian, verdrängt.

Nicht einmal Nicht-Fabian ist er mehr, er ist nur noch Einatmen, Puls, Schritt, Puls, Ausatmen, Puls, Schritt. Bis der Trick mit dem Schielen auf den Weg nicht mehr funktioniert, weil die Sonne hinter den Hügeln verschwindet und den Waisenjungen ohne flirrende Reflexionen zurücklässt.

Es wird kühler, es wird realer, Nicht-Fabian schaut, wie weit er schon gekommen ist, fühlt sich viel fabianhafter, als ihm lieb ist, Waisenträume verflüchtigen sich, machen Durst und Müdigkeit Platz. Ein Bach fließt hier keiner und Ausruhen kommt nicht infrage, bis nach oben ist es noch weit.

*

Moritz schnaubt, schaufelt. Nichts hat er getan, es gibt keinen Grund, ihm Unausgelebtes vorzuhalten, er hat ein Recht auf Verteidigung, was kann er dafür, dass die Dinge aus dem Ruder laufen. Er sticht erneut in den Sauhaufen von Hühnerkacke, befördert doppelte

Ladungen nach draußen, wo die Sonne Schaufel um Schaufel weniger blendet.
Als es in der Scheune schon langsam düster wird, kehrt er mit der Schaufelspitze den letzten Dreck zusammen, das Kratzen des Metalls auf dem Steinboden kann sich nicht laut genug in seine Ohren bohren. Dann poltert er nach oben, tritt einen Strohballen die Scheunentreppe hinunter. Selbst wieder unten angekommen, reißt er an den Schnüren, weil er keine Schere suchen will, die sich wohl die Kinder für irgendeinen Unfug geborgt haben, er zerrt am Ballen herum, bis er endlich ein Bündel Stroh in den Händen hält, dass sich als Streu auf dem Boden von Hühner- und Schafstall verteilen lässt.
Stinkend und stinkig geht er ins Haus, scheucht Ada zur Seite, die ihn etwas fragen will, wahrscheinlich wegen des Abendessens. Er stellt sich unter die Dusche, versucht sich den Ärger vom Körper zu seifen, der Strahl aus der verkalkten Brause ist hart, Moritz lässt ihn auf seinen Kopf prasseln, bis alles heiße Wasser aus dem Boiler aufgebraucht ist.
Erst als er mit umgebundenem Handtuch die Treppe hochgehen will und dabei beinahe über Ada stolpert, die hier sitzt und auf ihn wartet, kann sie ihm ihre Frage stellen: »Darf Fabian jetzt nicht mehr nach Hause kommen?«
Ada will hören: Ja, so einer, der deine Liebe zerschlägt mit Fausthieben, der hat es eben nicht verdient, eine Familie zu haben. Sie hört: »Wieso? Ist er noch nicht hier?«
Ada schüttelt den Kopf, Moritz flucht. Ja, Ada versteht, dass man sich über so einen Sohn nur ärgern kann, und vergisst zu sagen: Das sagt man nicht.

Moritz geht ins Wohnzimmer, greift sich das Telefon, die Nummer kann er auswendig. Christine geht ran, Moritz raunzt sie an, ob Fabians Strafe für heute nicht zufälligerweise langsam abgesessen sei. »Oder habt ihr ihn gleich noch im Keller eingesperrt?«
Christine versteht nicht: »Fabian? Andreas hat ihn schon längst nach Hause geschickt!«

Moritz bleibt neben dem Telefon stehen, Ada, die ihm nachgeschlichen ist, fragt, wann es denn Abendessen gebe. »Ja, bald«, sagt Moritz und ruft nach Ralf. Obwohl das Haus klein und Moritz' Stimme laut ist, lässt sich Ralf nicht aufscheuchen. Erst als Moritz in seinem Zimmer steht und nach Fabian fragt, antwortet Ralf launig, dass er keine Ahnung habe.
»Wo kann er sein?«
»Weiß ich doch nicht. Machst du bitte die Tür zu.«

Moritz lässt seinen comiclesenden Sohn in Ruhe. Seit wann ist der so? Geht schon das mit der Pubertät los? Er hat keine Ahnung von seinen Kindern, denkt Moritz auf einmal. Wahrscheinlich hat Vera recht, es geht ihm immer nur um sich selbst, er hat alle aus den Augen verloren, hat den Verdacht seiner Frau verpasst, verliert bereits sein erstes Kind an die Pubertät, ohne darauf vorbereitet zu sein. Und Fabian ist gewalttätig und außerdem verschwunden. Und er, Moritz, hat keine Ahnung, wo er, Fabian, sich rumtreiben könnte. Moritz steht im Flur, wäre jetzt selbst lieber ein Kind, hätte gerne jemanden, der ihm die Hand auf die Schulter legt und erklärt, was jetzt zu tun ist.

Viel zu langsam zieht er sich an, hier die Hose, da das Hemd, dann steht er wieder in Ralfs Tür, bestellt ihn ins Wohnzimmer, auch Ada wird zur Krisensitzung eingeladen, die beiden scheinen ihren Bruder nicht sonderlich zu vermissen, zucken bloß kollektiv mit den Schultern und haben keine Idee betreffend Aufenthaltsort auf Lager. Draußen dämmert es längst, wieder fällt die Frage nach dem Abendessen. »Ja, bald.« Moritz zieht die Schuhe an und verlässt das Haus.

Er joggt erst zum Dorfbach, steht auf der Brücke, schaut bachauf- und bachabwärts, dann eilt er zum Waldrand, ihm fällt keine Stelle ein, die man sich genauer anschauen könnte, also zurück ins Dorf, seine Suche führt an der Milchzentrale vorbei, am Hirschen, Moritz schaut durchs Fenster, leer sieht es aus heute, also zurück in Richtung Haus, joggend, nicht zu schnell, um den Atem für mögliche Umwege und Geistesblitze zu sparen. Soll er die Polizei anrufen? Beim Haus des Försters kommt er zu stehen, er kann hier nicht klopfen, außerdem, genau, Donnerstag, deshalb ist der Hirschen leer: Feuerwehrübung. Also zurück zum Gemeindehaus, auf dem Platz stehen die Männer, schauen anderen Männern zu, wie sie mit zackigen Bewegungen Schläuche ausrollen, der Feuerwehrhauptmann und Förster gibt Anweisungen, man lacht. Kein kleiner Junge in Sicht, der die Szenerie mit glänzenden Augen beobachtet. Bestimmt ist er unterdessen längst zu Hause. Der Gemeindemann entdeckt den Abendsportler, ruft ihm zu: »Na, kommst du dich bewerben?!«
»Wir nehmen also nicht jeden«, kommentiert ein anderer unterbeschäftigter Feuerwehrspieler, die Männer

lachen, Moritz zwingt sich ein Lächeln auf die Lippen, winkt ab und rennt weiter. Er findet seinen Sohn auch allein, er kann auf Spötter verzichten. Er rennt, er schwitzt, er denkt sich Schimpftiraden aus, mit denen er den Ausreißer zu Hause in die Schranken weisen wird.

Im Haus warten aber bloß zwei Kinder auf ihn, die vorher auch schon da waren und die sich immer noch mehr für Abendessen als für ihren Bruder zu interessieren scheinen. Dann klingelt das Telefon, Moritz nimmt Ralf den Apparat aus der Hand: »Ja?!«

»Ist Fabian wieder da?«

Es ist Christine, die fragt. Christine, die sagt, sie sei gerade im Klassenzimmer gewesen. Sie habe auf Fabians Pult ein Indiz gesucht, habe Fabians Heft gefunden. Statt Strafaufgaben habe da ein Satz gestanden, nicht nur einmal, sondern wiederholt. Seitenlang.

*

Fabians Weg wird steiler, der Abgrund zu seiner Rechten wird tiefer, das Licht spärlicher. Der Atem übertönt alle Geräusche, auf die Fabian jetzt besser achten sollte: Immer wieder muss er die Luft anhalten, was war da?, war da was?, doch auch im Dunkeln Lauerndes scheint den Atemtrick zu beherrschen. Fabian versucht, gegen die Angst anzupfeifen, aber seine Lunge hat keine Kapazität für Zusatzaufgaben. Fabian ist Fabian ist ein Junge, nicht mehr so klein, aber auch noch lange nicht groß genug für so etwas hier. Ein kleiner Junge also, ein kleiner Junge, der sich so fabianös fühlt wie noch nie, seine Fabianhaftigkeit lässt ihn an seine Familie denken, denn Fabian ist schon lange kein Waisenkind mehr, er hat eine Mutter, die nie etwas sagt, einen Vater, der so viel sagt, dass er auch nichts mehr sagt, einen Bruder, dessen Ehre er verteidigt hat und der ihn deswegen hasst, und eine kleine Schwester, die – nein, gegen diese Schwester lässt sich wenig sagen, aber eine kleine Schwester ist noch lange kein Grund umzukehren. Der Möchtegernjugoslawe geht weiter, wartet auf einen besseren Grund als Angst, der ihn zum Umkehren überreden könnte.

Nun führt der Weg in ein Wäldchen. Der kleine Junge folgt ihm, der kleine Junge hat noch nie solche Dunkelheit gesehen, er schlurft und hört, ob er noch auf dem Weg ist. Er schließt die Augen, öffnet sie wieder, es gibt keinen Unterschied. Er beschleunigt, wird zum Schnellschlurfer, die Arme vor sich ausgestreckt, die Dunkelheit dehnt sich endlos, Fabian beginnt zu schreien, vergisst das Schlurfen, trabt, rennt. Just in diesem Augenblick ist das Wäldchen zu Ende, beinahe geblendet fühlt sich der kleine Junge, der nun auf einmal wieder sehen kann, der nun hart abbremsen muss, denn der Weg macht eine scharfe Biegung, Abgrund tut sich auf vor kleinen Jungenfüßen. Fabian atmet durch, er starrt die Böschung hinunter, bloß nicht zurück in diesen Wald schauen. Fabian wendet den Blick auf die Fortsetzung des Weges, auf Angst folgt Schrecken, denn da steht jemand auf dem Weg.

Der Jemand ist groß, ist dick, steht ruhig, sagt kein Wort.

Auch Fabian bleibt stumm, nähert sich dem Großen, der immer größer wird, je näher der Kleine ihm kommt. Ein Riese erst, dann ein Kugelriese, dann ein sitzender

Elefant. Fabian versucht, ein Gesicht zu erkennen, kann dieses Unding nirgends einordnen. Erst als er direkt davorsteht, wird aus dem Elefanten ein Felsbrocken. Mitten auf dem Weg liegt er, Fabian fixiert ihn, auf dass er sich nicht sofort wieder zurückverwandelt in den Kugelriesen oder in Schlimmeres. Er berührt den Felsbrocken, der ein Felsbrocken bleibt, versucht ihn zu umklettern. Hinter dem Hindernis ist kein Weiterkommen, eine Masse aus Schnee und Geröll zieht seine Spur quer über die Kiesstraße.
Hier ist es: Fabians Argument umzukehren. Wäre nicht der Wald, er würde ihm wohl gehorchen. Aber so ist es klar, dass er nicht zurückkann, nicht zurück ins Dunkel, die Hütte kann nicht mehr so weit sein, einfach diesen Weg bis ganz nach hinten, da liegt die Alp, hatte Moritz gesagt. Nein, ein Jugoslawe fürchtet sich vor nichts, nicht einmal vor der Langeweile, und auch Fabian will sich nicht mehr fürchten, will weiter, weil er nicht zurückkann, kraxelt die Böschung erst hoch und dann runter, schürft sich die Hände an Steinen, stößt sich die Knie, sucht und findet Tritt und Halt.

*

»Ich brauche euer Auto.« Keine Bitte, denn es ist keine Frage. Das Warum ist schnell geklärt, lässt sich in ein paar Halbsätzen zusammenfassen.
Die Dorflehrersfrau starrt Moritz an, sagt: »Andreas ist bei der Feuerwehr.«
Moritz braucht keinen Feuerwehrmann, braucht den Dorflehrer nicht, er braucht sein Auto, muss testen, ob der Allradantrieb hält, was er verspricht, er war Kaufar-

gument für Herrn Dorflehrer, Moritz wird den Beweis antreten, dass sich die Anschaffung gelohnt hat. Während der Dorflehrer mit dem Fahrrad zur Feuerwehrübung fuhr, muss Moritz steinige Straßen hochheizen, um unseren Ausreißer einzuholen. »Ich komme mit«, sagt Christine, Moritz will es ihr ausreden, will lieber selbst fahren, sagt, das sei nicht nötig, er komme schon zurecht, Fabian könne noch nicht allzu weit sein. Aber Christine händigt den Schlüssel noch immer nicht aus. Es kann also nicht überzeugend geklungen haben.
So hat Christine Moritz noch nie gehört und gesehen, er ist außer Atem, er zittert, dem Redner sind die Sätze ausgegangen. Es muss an dem Herumhasten im Dorf liegen, am gerannten Weg hierher, zur Dorfschule, zur Dorfschullehrerwohnung, die Dorfschullehrersfrau legt mütterlich die Hand auf Moritz' Schulter, wiederholt ruhig und beruhigend: »Ich komme mit.« Dann greift sie sich schon halb im Gehen mit der Linken den Autoschlüssel, der neben der Tür hängt, und mit der Rechten eine Jacke, es wird bald dunkel und die Nächte können kühl werden hier auf dem Land.

Christine fährt für Moritz zu langsam, sie kriechen aus dem Dorf, kein Reifenquietschen in den engen Kurven. Und auch im Auto bleibt es still, bis die Straße aufhört und der Kiesweg anfängt und Christine anhalten muss und Moritz muss fluchen, denn hier versperrt eine Schranke den Weg.
»Hier kommen wir nicht weiter«, sagt Christine. Moritz starrt die Schranke an, sagt: »Ich gehe zu Fuß!« Aber Christine ist klüger, sagt, er solle nicht dumm sein. »Wir müssen zurück und dann über die Brücke und

dort die kurze Strecke über die Wiese, dann sind wir auch auf dem Weg.« Und Moritz, der gerade noch laut über Schranken und innerlich über die Frau am Steuer schimpfen wollte, ist plötzlich froh um die Begleiterin, die hier Schleich- und Umwege kennt.

Im Rückwärtsgang geht es weiter, bis man endlich wenden kann, bis man der Brücke entgegenbrettert. Fabians Vorsprung wird größer und größer, die Dämmerung breitet sich aus, »Schalt das Licht ein«, sagt Moritz, gerade laut genug, um neben dem hochtourigen Motor gehört zu werden.
Der Viermalvier, der bis jetzt bloß Straßen sah und vielleicht einmal eine zugeschneite und schlecht geräumte Auffahrt, rast erst über die Brücke und biegt dann dahin ab, wo es keinen Weg gibt. Die zweihundert Meter Wiese sind holprig, die Fahrerin, die solchen Untergrund nicht kennt, ist mutiger, als sie selbst gedacht hat, fürchtet dennoch Gruben, stellt sich vor, wie die Räder im Matsch stecken bleiben, durchdrehen. Der Beifahrer starrt geradeaus, er scheint ihr zu vertrauen, und Christine, die auf einmal die Starke ist, die Tollkühne, muss trotz Ernst der Lage und trotz Unebenheit der Wiese lächeln. Dass es im Wagen bereits zu dunkel ist, um diesen stillen Triumph über sich selbst und über eingespielte Rollenverteilungen zu sehen, kommt ihr nicht ungelegen. Dann kommt endlich der Kiesweg, der Wagen holpert über den Graben, biegt ein in den Weg und die Fahrt geht ruhiger weiter. Man hat wertvolle Zeit verloren, aber hat die Schranke umfahren, es kann weitergehen, die enge, steile Kiesstraße hoch, erst im dritten, dann im zweiten Gang. Bald wird es der

erste sein. Bald wird es vollständig dunkel. Die Scheinwerfer zeigen Kies, zeigen links Baumstämme, lassen rechts den Abhang erahnen.

*

Der kleine, abgekämpfte Junge, der irgendwann zu einer Hütte kommt, ist schon lange nicht mehr Fabian, nur Weinerlichkeit ist übrig geblieben, nur schmerzende Füße und Durst. Die Hütte sieht nicht aus wie eine Alp, es kann unmöglich der richtige Ort sein, aber hier ist eine Bank und hier ist eine Kuhtränke. Der kleine Junge will sitzen, will trinken, will schlafen, kann sich nicht einmal mehr für eine Reihenfolge entscheiden. Er setzt sich auf den Rand der Tränke, will den Hahn öffnen, doch dieser wurde vom stärksten Ringer der Welt zugedreht, der kleine Junge zerrt, quetscht, holt sich einen Krampf in der Hand und blutige Finger, Wasser fließt keines. Nicht einmal kleine Jungenaugen tropfen, dafür produzieren Wut und Müdigkeit eine Schreiattacke, lange, kehlige Laute. Der kleine Junge hört sich selbst in der Kälte und in der Nacht herumbrüllen und weiß selbst nicht mehr, was er tut. Sein Zwerchfell scheint sich zusammenzuziehen, der tobende Kobold brüllt, bis Brüllen klingt wie Würgen, ein wildes Tier allein in der Nacht.
Dann wird es hell. Eine plötzlicher Lichtstrahl. Das Tier, es erschrickt, blickt in die Lichtquelle, die die Nacht dahinter noch dunkler erscheinen lässt, als sie sowieso schon ist. Orientierungslos und erstarrt bleibt das Tier in diesem Lichtgefängnis, bis die Taschenlampe endlich ausgeknipst wird. Der kleine Junge bleibt

einen Augenblick blind, presst die Augen zusammen, und als er sie wieder öffnet, erscheint im vernebelten Blick erst ein großer Stock, der wohl als Knüppel dient, und am Knüppel ist eine große Männerhand und an der Männerhand ein starker Arm und am Arm ist Herr Mirko und Fabian stürmt auf ihn zu, umarmt seinen Helden, sein zukünftiges Ich, bis Herr Mirko ihn von sich wegschiebt: »Was du machen hier?!«
Der kleine Junge stammelt von etwas, was früher vielleicht einmal ein Plan war, er wird scharf unterbrochen von einer Ohrfeige und der Ohrfeige folgt eine Schimpftirade. Und weil seine Wange dermaßen surrt und brennt, kann Fabian kaum hinhören, kann nicht einmal lachen über die lustigen Betonungen seines Freundes. Von Spinnen ist die Rede, von Gott, das dazwischen werden Flüche sein, sie sind in jeder Sprache gleichermaßen unverständlich und eindeutig. Was er eigentlich glaube, in welche Scheiße ihn Fabian bringe, fragt Mirko, wartet nicht auf eine Antwort, tobt weiter, dass sie ihm anhängen werden, er habe einen kleinen Jungen entführt, so könne er es vergessen, jemals wieder Arbeit zu finden. Dann ahmt Herr Mirko wieder einen Fluch der Hiesigen nach, etwas, was bei Fabian ansonsten immer allergrößte Heiterkeit hervorrief, nun starrt er seinen ehemaligen Freund bloß an. Er hört ihm zu, wie er mit sich selbst in der eigenen Sprache spricht und dann verständlicher fragt, wie er ihn, Fabian, denn bitteschön ins Tal zurückbringen solle, er habe Arbeit zu erledigen hier. »Und außerdem«, fügt Mirko an, »Jugoslawien, es gibt schon lange nicht mehr!«

*

Eine Frau und ein Mann im Auto, das Auto ist geländetauglich, die Fahrerin ungeübt, der Beifahrer starrt in die Nacht. Obwohl es dunkel geworden ist und die Lage nicht besser, obwohl der Sohn immer noch als verloren gilt, hat sich die Stimmung etwas entspannt. Wohl weil man sich an alles gewöhnt, auch an die Verzweiflung. Wohl weil man sich vor einer Stunde zu Aktionismus entschieden hat und jetzt im Auto sitzt, den engen Kiesweg hochgefahren wird. Langsam ist man unterwegs, denn der Weg ist steil, ist gewunden, die Kurven sind unberechenbar wie der Untergrund, der Abgrund ist nah, die Lichtverhältnisse schlecht. Doch gerade Letzteres befeuert die Hoffnung: Noch um diese Biegung, da, hinter dem nächsten Felsvorsprung, da wird er auftauchen, wird stehen bleiben, wird ins Scheinwerferlicht starren, Fabian, unser kleiner Bergsteiger, unser Ausreißer, unser Draufgänger, er ist nicht draufgegangen, da steht er! Und man würde aussteigen, ihn in die Arme nehmen oder ohrfeigen oder beides. Nur diese eine Kurve noch, weit kann er nicht gekommen sein, der Vorsprung müsste sich längst aufgelöst haben, aufgelöst wie die bedrückte Stimmung, die ja dann doch immer Sarkasmus Platz macht, bevor sie endlich Wiedersehensfreude und Erleichterung weichen kann.

»Wir müssten ihn längst eingeholt haben«, sagt Christine und wehrt damit die aufsteigende Hoffnung ab, schürt diesen leisen Zweifel, den man von Anfang an hatte: Hat Fabian überhaupt diesen Weg genommen?

Moritz klammert sich am Griff über der Tür fest, den Daumen verkeilt im Plastikkleiderhaken, der immer an diesen Griffen ist. Wer benutzt den? Wer hängt schon sein rechtes Fenster mit einer Jacke zu oder mit einem Anzug, der nicht knittern darf? Wer transportiert schon einen Anzug in so einem halben Geländewagen, der offensichtlich nur für Städter entwickelt wurde und für Möchtegernwegabweichler? Moritz quetscht den Finger tiefer in den Haken, verstärkt den Druck auf den Fingernagel mit einer Drehung des Daumens, er wartet auf den Schmerz, den man jetzt endlich spüren sollte, aber das Hirn hat wohl anderes zu tun, als auf selbstinszenierte Signale zu reagieren.

»Meinst du, es ist unsere Schuld?«, fragt Moritz ins Leere.

Christine weiß nicht, was sie antworten soll. Sie weiß nicht, wessen Schuld es ist. Sie weiß nicht, ob es überhaupt jemandes Schuld ist. Und vor allem: Sie weiß nicht, wer mit »uns« gemeint ist.

Moritz scheint wirklich auf eine Antwort zu warten, Christine schweigt, will etwas Tröstendes sagen, etwas Beruhigendes, es fällt ihr nichts ein außer dem oft gehörten »Alles wird gut«, also schweigt sie und also ist sie beinahe froh, als die Scheinwerfer, die bis jetzt ins Leere schienen, auf einmal etwas Großes, Graues beleuchten. Das Hindernis wirft das Licht zurück, Christine fühlt sich geblendet, dann endlich drückt sie das Bremspedal durch, das Antiblockiersystem greift, die Bremsen geben eine kurze Maschinengewehrsalve von sich, Christine reißt das Steuer nach links, weg vom Abgrund hin zur Böschung, sie stemmt sich gegen das Steuerrad, drückt sich in den Sitz, während Moritz nach vorne geschleudert wird. Der Sicherheitsgurt stoppt seine Bewegung mit einem resoluten Klack. Das Ganze hat keine drei Sekunden gedauert, jetzt steht der Wagen. Christine atmet durch, schaltet den Motor aus.

In der ruhigen, engen Landschaft liegt ein Felsbrocken und steht ein Auto. Lauernd voreinander. In handbreiter Distanz. Nicht, als wären sie gerade haarscharf an einer Kollision vorbeigeschrammt, sondern so, als hätten sie sich schon vor Jahren hier aufgestellt, als warteten sie seit Urzeiten, dass der eine oder der andere die Lust verliert und dem anderen aus dem Weg geht.
Es ist still. Die Standlichter sind an. Im Wagen ist es dunkel. Eine Frau, ein Mann und ein Gedanke: Und jetzt?

Moritz öffnet die Tür, das Licht im Wagen geht an, Moritz kneift die Augen zusammen, Christine schaut ihn erwartungsvoll an, Moritz steigt aus.

Und dann stehen sie da draußen, und dann wissen sie nicht, was sie tun sollen, und dann schauen sie diesen Felsbrocken an, und dann starren sie in die Nacht, und das Auto steht quer, und die Nacht ist dunkel, das Standlicht beleuchtet das Nichts, und das Licht im Autoinneren beleuchtet das Autoinnere. Und Moritz geht zum Felsbrocken, als könne er ihn bewegen oder sprengen. Moritz schaut, ob man den Felsbrocken umfahren kann, was man natürlich nicht kann, die Straße ist eng, ist noch nicht einmal eine Straße, ist bloß ein Kiesweg, auf dem im Frühjahr Kühe hoch- und im Herbst Kühe hinuntergetrieben werden. Auf dem ab und an ein Jeep fährt oder der Jeep vom Förster. Und wenn da mal der Weg versperrt ist, dann ist der

eben mal versperrt. Macht ja nichts. Ist ja noch lange nicht September, bis die Kühe zurück ins Tal getrieben werden, dauert es noch ewig. Und verirrte Felsbrocken kommen vor in dieser Gegend und in dieser Jahreszeit. Erst die Schneeschmelze und dann taut auch der Boden, Festgefrorenes löst sich, löst Steinschlag aus oder bei Regen Schlammlawinen. Der Felsbrocken ist nicht allein gekommen, der Matsch zu Moritz' Füßen ist Schnee, vermischt mit Geröll, leicht zu überklettern, der Felsbrocken zu Fuß leicht zu umrunden. Moritz umrundet den Felsbrocken, das Geröll nutzte offenbar die Rinne eines Bachs, riss offenbar die kleine Wellblechbrücke mit sich weg, die hier sein müsste. Über jede kleine Bachrinne führt so eine Brücke. Wellblech mit Beton ausgegossen. Billig und ersetzbar, falls sie einmal weggerissen werden sollte.
Moritz hält Ausschau nach Abdrücken von Kinderfüßen, Kindergummistiefelspuren. Es ist nichts zu sehen, denn es ist dunkel, und vielleicht wäre auch sonst nichts zu sehen. Zu Fuß ist kein Vorwärtskommen bei diesen Lichtverhältnissen, man müsste die Suche auf hellere Stunden verschieben, man muss an seinen Sohn glauben, der schon zurechtkommt, der unterdessen wieder wohlbehalten und kleinmütig zu Hause oder heldenhaft oben in der Alphütte angekommen ist. Moritz steht beim Felsbrocken, starrt das lächerliche Hindernis an, sieht schwarz.

Und dann geht Moritz zurück zum Auto, und dann fragt ihn Christine: »Und?« Und dann zuckt Moritz mit den Schultern, was man nicht sieht bei dem Licht. Aber Christine ist zu sehen bei dem Licht, sie lehnt an der Kühlerhaube, das Lämpchen, das das Wageninnere beleuchtet, beleuchtet auch die eine ihrer Gesichtshälften, die andere Hälfte bleibt im Dunkeln. Das halbierte Gesicht im Dämmerlicht, man muss an einen alten Film denken, schwarz-weiß, denkt Moritz, bloß die Lippen nicht, die leuchten übertrieben rot aus dem Bild heraus. Wie nachkoloriert, denkt Moritz, wie unrealistisch, denkt er, statt an seinen Sohn zu denken.

Der rote Mund sagt: »Fabian ist tapfer, der ist bestimmt bei der Alp angekommen. Oder er ist längst wieder zu Hause.« Und weil Moritz nichts sagt, spricht der Mund weiter: »Morgen früh sehen wir weiter, jetzt können wir nichts tun.«

Und dann sagt Moritz doch etwas, er sagt »Danke«, und er geht auf Christine zu, die immer noch an der Kühlerhaube lehnt, als wolle sie diesen Wagen anpreisen. Moritz steht vor Christine, Christine löst sich von der Kühlerhaube, Christine nimmt Moritz in den Arm, Moritz im Arm von Christine, Moritz, der schwer wirkt, Christine, die sich in Moritz' Armen weich anfühlt.

Sie bleiben lange in der Umarmung, Christine hält Moritz beschützend, ihre rechte Hand streicht über seinen Rücken. Seine rechte Handfläche kommt auf ihrem Schulterblatt zu liegen, die Fingerspitzen berühren die Stelle unterhalb der Achselhöhle.

»Keine Angst, wir finden ihn schon«, sagt Christine, Moritz hört den Satz und findet den Zusammenhang doch nicht ganz.

Christine in seinem Arm kommt ihm sanfter vor, als er gedacht hätte, in seiner Erinnerung war sie knochiger, war sie zerbrechlicher. Es wird an ihrem Gesicht liegen, das kindlich wirkt, das wirkt, als gehöre es zu einem kleinen und dünnen Wesen. Und Moritz muss es sich anschauen, dieses Gesicht. Von Anfang an hat es ihm gefallen, hier im Halbdunkel kann er es endlich betrachten, die Augen, die jetzt schwarz aussehen, die kurzen Wimpern, die wohl blond wären, die schwarze Wimperntusche, die eingetrocknet ist, die Bröckchen von eingetrockneter Wimperntusche zwischen den Wimpern. Die kleine Nase, die Nasenspitze rund, auf dem Nasenrücken vereinzelte Sommersprossen, jetzt im Sommer oder jetzt von nahem betrachtet.

»Alles wird gut«, sagt Christine jetzt doch. Sie hat diesen Satz oft gehört und selten gesagt, sie schaut Moritz an, Moritz sieht verstört aus, Moritz betrachtet sie starr, sagt nichts, Christine fährt ihm tröstend übers Gesicht. Christines Hand, die sich sanft anfühlt auf Moritz' Wange. Christines Mund, rot, im ansonsten schwarzweißen Gesicht, die Wölbung der Oberlippe, der kleine Spalt zwischen Ober- und Unterlippe, das kleine bisschen Weiß der Schneidezähne. Moritz' Hand, die nach diesen Lippen tastet, die diesen Lippen entlangfährt. Dieser unscheinbare, winzige Punkt über der linken Oberlippe, Moritz hat ihn noch nie bemerkt, jetzt kann er sich nicht vorstellen, wie er zu übersehen war. Er tastet nach diesem Punkt, Christines Mund öffnet sich, Christine macht einen tiefen Atemzug, Christines Lippen pressen sich aufeinander, Christine atmet gepresst und durch die Nase aus.

Moritz drückt diesen Körper an sich, die Linke umfasst die Taille, die Rechte wandert erst zur Stelle neben dem Schulterblatt und dann von da aus zum Arm, auch dieser fühlt sich sanft an, fließend, Moritz muss an Vera denken, muss vergleichen. Hier: Veras Schulter wäre etwas breiter, wäre kantiger. Da: Veras Rippenbogen wäre zu spüren. Moritz tastet diesen Körper ab, bis die Hand sich nicht mehr zufrieden gibt, über den Baumwollstoff zu fahren, bis die rechte erst die langen Ärmel nach hinten schiebt, um erst das Handgelenk zu umfassen, dann die Elle hoch, um schließlich beim Oberarm zu landen, während auch die linke Haut spüren will, sich unter den Stoff wühlt, erst den Hosenbund und dann Rückenwirbel findet, sich weiter nach oben bewegt, bis endlich auch Christines Hände in Bewegung geraten.

Eine Frau, ein Mann, draußen in der Dunkelheit, die Hosenbeine angestrahlt vom Standlicht, die Gesichter spärlich beleuchtet vom Licht aus dem Wageninneren.

Eine Frau, ein Mann. Und Hände, die sich an Knöpfen und Reißverschlüssen zu schaffen machen. Eine Frauenjacke, die auf die Kühlerhaube fällt.

Eine Frau, ein Mann. Der Mann hilft der Frau aus der Jeans, muss ihr dazu die Schuhe ausziehen, sie bleibt barfuß und in Unterhose in der Dunkelheit, der Mann tastet Frauenbeine hoch, Männerhände auf dem Frauenhintern und die Überlegung, wo man sich hinbewegen soll, und der Gedanke, dass die Hose diesen Hintern kompakter und gespannter wirken ließ, der Gedanke an eine andere Frau, die anders gebaut ist, die Hände, die sich über das neue Gefühl freuen.

Eine Frau, ein Mann. Frauenhände am Männernacken, das Gesicht des Mannes, das sich in der Kuhle zwischen Hals und Schulter der Frau vergräbt, in diesen sanften Geruch, wie frisch gewaschen.

Eine Frau, ein Mann, da draußen im Dunkeln, eine Frau, ein Mann, da an die Kühlerhaube gelehnt. Eine Frau, ein Mann, und dass die Frau »Komm« flüstert und dass es dem Mann klischiert vorkommt. Dass er sich von dieser Frau in Hemd und Unterhose nicht von diesem Auto wegziehen lassen möchte, denn jeder Schritt könnte das Nachdenken begünstigen. Er will kein Nachdenken, will keinen Bruch, will hierbleiben und folgt dann doch. Im Weggehen greift sie sich ihre Jacke, sie wird als Unterlage dienen, wenn man hier irgendwo ein Stückchen Böschung gefunden hat, das sich nicht bloß nach Geröll anfühlt.
Christine zieht Moritz hinter sich her, sie versucht, diesen Ort und diesen Zeitpunkt nicht unmöglich zu finden, sie fragt im Gehen leise: »Willst du das?« Und meint nicht sich damit.

Eine Frau, ein Mann, hier, wo der Untergrund weich ist und trocken, wo es nicht ganz so dunkel ist, vielleicht, weil sich die Augen an die Dunkelheit gewöhnt haben, vielleicht auch, weil das Standlicht vom Felsbrocken reflektiert und hierhergeworfen wird. Weit ist man nicht gekommen. Felsbrocken und Auto in der Nähe, die Jacke im Gras, das hier mager wächst, ein paar Grashalme bloß, die am Rand des Kieswegs sprießen, man wird sich einen wunden Rücken holen, rote Knie, man scheint sich nicht darum zu kümmern.

Moritz betrachtet Christines Gesicht, küsst es, zerwühlt Christines Haar und lässt sich von Christine das Haar zerwühlen. Sie zieht auch ihm die Hose aus, er befreit sie von ihrem Slip. Moritz betrachtet ihre Brüste, ihren Bauch, ihre Scham, sie zieht ihn zurück nach oben.

Moritz betrachtet Christine, während sie miteinander schlafen. Wie sie mit den Armen rudert. Eine Mischung aus Umarmung und Gestikulieren. Ihr Gesicht. Dass sie nicht präsent ist. Dass er das Gefühl hat, nicht mit ihr in Kontakt zu sein. Er betrachtet sie, versucht, ihren Blick einzufangen, versucht, die Zeichen zu lesen: Mag sie das? Und dies? Er spürt seine Knie, er sucht ihren Blick, er beobachtet, wie sich ihre Mimik zusammenzieht. Gerne würde er sie zum Orgasmus bringen. Dann kommt er doch vor ihr und sie taucht wieder auf, schaut ihn beinahe erstaunt an.

Fünfeinhalb

Moritz auf dem roten Mofa. Es ist bereits heller als erwartet, Moritz heizt die Straße hinunter, brettert über die Dorfbrücke. Veras Helm ist ihm zu klein, er hat ihn an den Lenker gehängt, sieht aus wie die Dorfjugend, die ebenfalls lieber ungeschützt fährt, den Helm bloß auf dem Hinterkopf oder, um die Igelfrisur nicht zu zerdrücken, am Arm, die Frisuren der Dorfjugendlichen gleichen sich bis aufs Haar: kurze Stoppeln, nur vorne über der Stirn ein paar um ein paar Millimeter längere Haare, diese hochgegelt zu einer Spitze, einem Dorn, ein Zitat einer Tolle, vielleicht, weil der Dorffriseur nur diese eine Frisur kann, vielleicht, weil man so eine Frisur für gleichermaßen praktisch wie modisch hält. Werden Ralf und Fabian auch bald so einen Haarschnitt haben wollen?, denkt Moritz. Ein Mofa wollen sie heute schon.

Als Moritz in der Nacht das Haus betrat, saß Vera am Küchentisch, die Küche war verqualmt. Seit wann kauft sie sich Zigaretten?, dachte er, während sie aufschrak, ihren zerzausten Mann anstarrte. Seine verschmutzte Hose, seine Augen, die seltsam euphorisiert blitzten.
»Ist Fabian etwas passiert?!«
»Es ist zu dunkel, der Weg ist abgeschnitten.«

»Wo ist er?!«
Moritz sagte, man finde ihn schon, er sei sich sicher, dass er auf der Alp sei, wenn es wieder hell werde, werde man ihn schon finden.
Vera setzte sich wieder an den Tisch, nestelte eine weitere Zigarette aus der Packung, Moritz sah, wie sie zitterte beim Anzünden. Er nahm ein Glas vom Regal. Er füllte das Glas mit Wasser. Er ließ sich Zeit, hatte keine Lust, sich mit seiner Frau an diesen Tisch zu setzen, hatte keine Lust, Tröster zu spielen, es würde ja doch nichts ändern.
»Wie lange sitzt du schon hier?« Moritz lehnte sich an den Herd: »Du könntest wenigstens ein Fenster aufmachen.«
»Warum hast du mich nicht angerufen?«
»Wir finden ihn schon wieder!«
Moritz betrachtete Vera, wie sie an der Zigarette saugte, wie sie die Lippen zusammenpresste, den Rauch mit verkniffenem Gesicht aus den Nasenlöchern ausstieß. So hat er sie noch nie gesehen, eine professionelle Raucherin. Eine Raucherin, die sich von ihm trennen will. Aber davon war jetzt nicht die Rede, er sah, dass sie Tränen in den Augen hatte, aber vielleicht kamen die auch bloß vom Rauch.
»Wir finden ihn schon wieder, er hat es bestimmt bis zur Hütte geschafft, genügend Vorsprung hatte er.«
»Hör mal auf mit deinem Scheißoptimismus!«
Nein, so hatte er seine Frau noch nie gesehen, und selten hatte er sie so schreien gehört. Nun ging er dennoch zu ihr, umarmte sie.
Dann stand auf einmal Ralf in der Küche. Er wollte als Erstes wissen, ob das Haus brenne. Es klang, als würde

ihn diese Tatsache mehr erfreuen als erschrecken. Moritz schickte ihn zurück ins Bett.
»Ich kann nicht schlafen.«
»Wir finden ihn schon wieder«, wiederholte Moritz litaneiartig.
Das war es nicht, was Ralf gemeint hatte, er konnte ganz gut auf seinen gewalttätigen Bruder verzichten: »Ich kann nicht schlafen, wenn ihr hier so rumschreit.«
»Geh ins Bett«, sagte nun auch Vera, aber Ralf setzte sich zu seinen Eltern an den Tisch.
Erst wurde geschwiegen, dann fragte Ralf: »Gehen wir hier wieder weg, wenn Fabian tot ist?«
Nun war es Moritz, der schrie: »Was ist in dich gefahren?!«
»Ich frage ja nur.«
Moritz: »Fabian ist nicht tot!«
Ralf: »Wer sagt das?«
Das war genug. Moritz erhob sich von seinem Stuhl, holte aus und verpasste seinem Sohn eine schallende Ohrfeige.
Ralf starrte seinen Vater so verdattert an, dass er fast vergaß, wie sehr seine Wange schmerzte. Auch Vera starrte. Und Moritz, der wohl am meisten erschrocken war über diesen Schlag, blieb ebenfalls starr.

Moritz auf dem roten Mofa. Er kommt bei der Schranke an, er muss vom Mofa steigen, es zur Seite kippen, muss unter der Schranke durchkriechen, muss das rote Gefährt dabei neben sich herschleifen. Kieselsteine zerkratzen den roten Lack. Den Helm schmeißt Moritz in die Wiese, er sitzt wieder auf, gibt Gas, fährt bergan.

Ralf stand von seinem Stuhl auf, bemühte sich, dass dieser dabei umfiel, das polternde Geräusch gab ihm die nötige Kraft, Moritz gerade in die Augen zu schauen.
Moritz: »Ich wollte dich nicht schlagen, es tut mir leid.«
Ralf: »Arschloch!«
Schon wieder wurde Moritz rot vor Wut, aber diesmal konnte er sich beherrschen: »Ich habe gesagt, dass es mir leid tut!«
Ralf verließ die Küche, Vera folgte ihm: »Er hat sich entschuldigt …« Dabei warf sie Moritz einen Blick zu, der klarmachen sollte, dass es damit nicht getan sein würde. »Und Fabian geht es bestimmt gut.«
»Immer geht es nur um Fabian«, murmelte Ralf, Vera begleitete ihn ins Bett, Moritz folgte den beiden mit etwas Abstand.
Wie ein kleines Kind deckte Vera Ralf zu: »Jetzt schlaf einfach, ja?! Morgen schauen wir weiter.«
Moritz stand im Türrahmen. Noch nie hatte er eins seiner Kinder geschlagen, es tat ihm unermesslich leid und dennoch war nichts von seiner Wut verflogen. Er schaute zum Fenster, die ersten Anzeichen von Morgendämmerung. Vera schob ihn von seinem Platz, schloss die Tür von Ralfs Zimmer, flüsterte scharf: »Was ist mit dir?!«
Im dunklen Flur standen sie voreinander, Moritz' Kopfschütteln war nur zu erahnen: »Warum reden immer alle bloß vom Wegziehen?«
Vera: »Wer sind alle?«
Moritz überhörte ihre Frage, setzte nach kurzem Schweigen ein letztes Mal an: »Würde Wegziehen irgendetwas ändern?«

Die Antwort blieb aus, denn nun öffnete sich auch Adas Tür, nur ihre Umrisse waren zu sehen, als sie auf der Schwelle stehen blieb.
»Es ist alles in Ordnung, Ada, leg dich wieder hin.«
»Es geht nicht«, sagte Ada.
»Doch, Ada, das muss jetzt sein«, antworte Moritz tonlos. Aber Ada bestand darauf, dass es nicht ginge, und erst als Vera sie hochheben und zurück ins Zimmer tragen wollte, wurde klar, dass sie recht hatte. Wie so oft in letzter Zeit hatte sie ins Bett gemacht.

Moritz auf dem roten Mofa. Der Motor röhrt, der Weg wird schon kurz nach der Schranke steiler, das Mofa erst langsamer, dann drehen die Räder im Kies.
Moritz stemmt die Füße gegen den Boden, stößt das Fahrzeug nach vorn, die Räder finden wieder Halt, in Schlangenlinien geht die Fahrt weiter.

Vera zerrte das Bettzeug von der Matratze, wies Moritz an, diese umzudrehen. Und er solle Ada das Nachthemd ausziehen und sie kurz unter die Dusche stellen. Moritz schaute wieder nach draußen: Ja, das war definitiv die Dämmerung, die aufzog.
»Hast du eigentlich die Polizei angerufen?«, sagte Vera, mehr als Vorwurf denn als Frage. Moritz blieb regungslos neben der nassen Matratze stehen, entgegnete dann ebenso unvermittelt, ob der Mofaschlüssel eigentlich stecke.
»Wieso?«
Moritz wandte sich zu Ada, die bewegungslos in der kleinen Kammer stand: »Also gut, her mit dem Nachthemd.«

Ada begann zu wimmern, wehrte sich, als Moritz ihr das Hemd über den Kopf ziehen wollte: »Jetzt tu nicht schwierig!«, brüllte Moritz unvermittelt. Ada wich zurück, Vera ging dazwischen: »Willst du sie nun auch noch schlagen oder was?«
Moritz atmete durch, wusste nichts zu entgegnen, drehte sich zur Matratze, hebelte sie mit einem entschlossenen Schwung hoch, wendete sie und ließ sie aufs Bettgestell fallen. Er verließ das Kinderzimmer.
»Was hast du vor?«, rief ihm Vera nach.
»Fabian suchen«, sagte Moritz, fast zu leise, fast schon bei der Treppe.
Bevor er die Haustür hinter sich schloss, hörte er noch Veras Rufen: »Warum willst du immer alles allein durchziehen?! Ich dachte, wir sind ein Team!«

Moritz auf dem roten Mofa, den Gashebel am Anschlag, die Geschwindigkeit bei der Steigung allerdings höchstens Schritttempo. Es war eine Scheißidee, sich auf dieses Wrack zu verlassen, der Motor dröhnt wie ein Vollprofi, die Wirkung ist kaum sichtbar, bald reißt noch die Kette. Moritz versucht, mit den Füßen nachzuhelfen, stößt bei besonders steilen Stellen erst beidseitig ab, probiert es dann mit großen Schritten, bis er den Schweiß spürt, der sich aus den Poren presst, der Schweiß, der juckt unter der klammen Kleidung, und bis Fahren anstrengender wird als Gehen. Das Hinterrad dreht durch, Kies spritzt, das Mofa kippt zur Seite weg. Moritz lässt es tun, was es will, springt ab. Er steht kurz neben dem Scheißgefährt, das so auf der Flanke liegend wieder tuckert, als sei alles in Ordnung. Er würgt den Motor ab, geht zu Fuß weiter.

Noch ist er nicht weit gekommen auf seiner Rettungsmission. Tag ist es geworden unterdessen, als weiße Scheibe sieht man die Sonne hinter dem Hochnebel. Moritz' Schritte sind schwer, wie lange ist er nun schon wach, er kann nicht mehr, mag nicht mehr, geht weiter. Seine Haut fühlt sich klebrig an, im Gehen bindet er sich die Jacke um die Hüfte. Obwohl er schwitzt, ist ihm nun wieder kalt, er verwirft den Gedanken, die Jacke erneut anzuziehen, stolpert weiter, immer den Weg hoch, immer weiter.
Moritz geht, Moritz denkt wieder an Dorfjugendfrisuren. Er weiß nicht, warum er diesen blöden Gedanken nicht loswird, er ist wie ein Ohrwurm, ein Gedankenwurm, ein Wurm, der sich in sein Hirn frisst, alles wegfrisst, der ihm ins Hirn scheißt, Scheißfrisuren, seine Söhne sollen bloß nicht mit solchen Frisuren ankommen.
Dorfjungenfrisuren, Dorfjugend, Scheißdorf, das seinen Sohn und das ihn zu Schlägern macht. Und dann auf einmal die Angst, Fabian könnte ganz woanders sein, könnte es nicht geschafft haben bis zur Alp, könnte irgendwo vom Weg abgekommen sein, könnte irgendwo mit verrenkten Gliedern am Fuße eines Abgrunds liegen. Und zur Angst um Fabian kommt zum ersten Mal die Angst um das alles hier, das Leben hier. Nie hatte Moritz bisher das Gefühl, dass es auf dem Spiel stünde, und nun gehört alles, was er sich aufgebaut und ausgemalt hat, offenbar schon wieder der Vergangenheit an. Also wieder vorne anfangen. Hatte er dieses Gerücht in die Welt gesetzt, dass man das könne? Vorne anfangen, was für ein Blödsinn! Weitermachen, man kann immer nur weitermachen. An einem

neuen Ort an Altes anknüpfen. Oder ignorieren, dass das Spiel längst verloren und vorbei ist, und weiterspielen, bis man gewonnen oder der Gegner aufgegeben hat. Weitergehen. Der Weg unter den Füßen, Kies, der unter ihm vorbeizieht. Es gibt keinen Reset-Knopf. Scheißidee, das alles ein Spiel zu nennen!
Das Zittern, das er in sich spürt, es muss von der Kälte kommen. Dass die Augen brennen, muss am Schweiß liegen, der ihm übers Gesicht rinnt. Tropfen bleiben an seiner Nase hängen, fühlen sich an wie Rotz.
Wie ein Schuljunge tonlos heulend läuft Moritz, läuft davon, läuft den Berg hoch, läuft.
In seinem Kopf ein Brummen. Ein Brummen, das lauter wird. Ein Brummen, das zum Motorengeräusch wird. Ein lauter werdendes Motorengeräusch. Dann scharfes Bremsen dicht hinter Moritz. Erst da dreht er sich um.

Hinter ihm hält der Jeep des Försters.
Der Förster lehnt sich über den Beifahrersitz, öffnet die Tür. Moritz wischt sich den Rotz von der Nase, nimmt das Angebot an, steigt ein. Der Förster nickt ihm bloß zu, Moritz versucht etwas zu murmeln wie »Heuschnupfen«, der Förster startet wortlos und gleichzeitig den Motor. Er gibt vorsichtig Gas, kennt sich aus mit steilen Schotterstraßen, so tieftourig wie möglich fährt er an. Moritz starrt aus dem Fenster, der Weg ist noch schmaler, als es das gestrige Dunkel vermuten ließ. Links Bäume, rechts der Abhang. Sie fahren schweigend. Der Förster konzentriert sich auf die Fahrbahn, wäre wohl auch sonst nicht ein Mann der großen Worte. Sie nehmen Kurve um Kurve, Moritz will nach dem Försterssohn fragen, bleibt dann aber stumm, starrt

weiter vor sich hin. Er versucht sich an gestern zu erinnern, ob es noch weit ist bis zum Felsbrocken, möchte wieder aus dieser Enge raus, will nicht, dass ausgerechnet der Förster ihn so sieht.
Sie fahren, sie schweigen.
Der Jeep holpert über Unebenheiten, taucht ein in den kurzen Waldabschnitt. Der Förster tut, als beachte er seinen Beifahrer nicht, schaut auf die Straße.
Dann sagt er, als sei man schon längst in ein Gespräch und nicht in Schweigen vertieft: »Das Leben kann manchmal ein ziemliches Arschloch sein, was?«
Die letzten Bäume, nun die enge Kurve, »Vorsicht«, murmelt Moritz, der Förster verlangsamt, rollt auf den Felsbrocken zu, der hier den Weg versperrt.

*

Das Erste, was Fabian sieht, ist das Nichts. Es ist weiß, es ist überall, es hat die Umgebung aufgefressen, die Hütte steht mitten im Nirgendwo. Fabian steht auf der Schwelle, schaut ins Leere. Auch Herrn Mirko scheint das Weiß verschluckt zu haben, Fabian ruft nach ihm, er horcht ins Nichts hinein und hört – nichts.
Die Nacht hat er auf der Küchenbank geschlafen, eingewickelt in Wolldecken, einmal hörte er jemanden, der Lärm machte, er beschloss weiterzuschlafen, nun bereut er es. Herr Mirko hat ihn alleingelassen. Und auch die Geräusche hat er mitgenommen. Ein dumpfes Rauschen nimmt Fabian wahr, aber das könnte auch das Blut sein, das durch seine Adern fließt.
Nur das Innere der Hütte hat das Weiß noch nicht aufgefressen, Fabian geht zurück zu seinem Schlafplatz,

wickelt die Decke um sich, es ist doch Sommer, warum ist es so kalt? Er schaut sich im engen Raum um, Brot liegt auf dem Tisch, Käse, Wurst. Auf dem Regal neben dem verrußten Herd findet er eine Tasse, er hat Durst, findet aber nirgends einen Wasserhahn. Draußen war der Brunnen, doch Fabian traut sich nicht, die Hütte zu verlassen.

Er wartet. Er schneidet sich ein Stück Brot ab. Er schneidet sich Käse ab. Er würgt Brot und Käse die trockene Kehle hinunter, er hustet, er schluckt, beißt erneut ab, Tränen in den Augen, vom Husten wahrscheinlich, ja, vom Husten, wovon sonst?

»Nicht so gierig!«

Das ist Herr Mirko, er ist wieder da! Fabian will von der Bank springen, stößt sich das Knie an der Tischkante, beißt auf die Unterlippe, er will nicht noch mehr weinen. Mirko räumt einen Korb mit Anfeuerholz vom Hocker neben dem Herd, setzt sich zu Fabian an den Tisch. Er betrachtet den weinenden Eindringling, legt ihm die Hand auf die Schulter: »Milch?«

Fabian frühstückt, Herr Mirko schaut ihm zu dabei, »Essen Sie nichts?«, fragt Fabian. Er sei doch schon seit Stunden auf, antwortet Herr Mirko, und er betont es so lustig, dass Fabian schon wieder lächeln muss. Wieso er so grinse, fragt Mirko. Und Fabian spürt, wie das Kichern in ihm aufsteigt: »Einfach, wegen der Witze.« »Wieso Witze?« »Weil Sie die Sachen immer so lustig sagen.«

Wenn er den Sommer nicht immer alleine hier oben verbringen würde, dann könnte er auch an seiner Aussprache feilen, sagt Mirko.

Fabian lacht.
Fabian solle aufhören zu lachen, er meine es ernst, sagt Mirko.
Fabian senkt den Kopf, grinst seinen Freund von unten her an.
»Willst du nicht Wurst? Komm, ich schneide dir.«
Fabian schüttelt den Kopf.
»Nicht gern?«
Er esse nichts, was er nicht selbst geschlachtet habe, antwortet Fabian.
Nun ist es Mirko, der lacht. Er lacht lange, er lacht laut, er muss aufstehen, so sehr muss er lachen. Ob er, Fabian, denn schon mal etwas geschlachtet habe, will Mirko wissen.
Nein, gibt dieser kleinlaut zu. Er will nicht ausgelacht werden, er meint es ebenfalls ernst.
Mirko schaut in den Herd, in dem noch ein Rest Feuer ist, er nimmt den kleinen Topf vom Haken über dem Herd, noch immer lachend will er nach draußen, unterbricht sich: »Dann du darfst nicht essen diesen Käse.« Er lässt Fabian mit dessen verständnislosem Blick allein, kommt kurze Zeit später mit dem wassergefüllten Topf zurück. Er stellt den Topf auf den Herd, nimmt sich eine Tasse, kippt drei Löffel körniges Pulver hinein: Das Einzige, was er hier oben vermisse, sei richtiger Kaffee.
»Warum darf ich den Käse nicht essen?«
Mirko kümmert sich nicht um die Antwort, er spricht nun davon, dass er noch ein paar Dinge erledigen müsse, dann werde er Fabian zurückbringen. Nun fällt ihm auch wieder ein, dass er sauer sein sollte auf den Jungen, der ihn in Schwierigkeiten bringen wird: Er könne die

Alp doch nicht den ganzen Tag alleinlassen, es gebe hier keinen zweiten Senn, außerdem, wenn nur einer damit anfange, dass er, Mirko, ihn, Fabian, entführt habe oder Schlimmeres, dann müsse er, Mirko, ins Gefängnis. Oder gleich wieder nach Hause. Überhaupt, was habe er, Fabian, sich bei der ganzen Sache gedacht, ob seine Eltern ihn schlagen würden. »Nein«, antwortet Fabian. Warum er denn dann abgehauen sei, fragt Mirko, aber Fabian solle ihm jetzt bloß nicht wieder mit dem Scheißjugoslawien anfangen.
Fabian, der gerne wieder mit Jugoslawien angefangen hätte, schaut stumm auf sein Brot, betrachtet das angebissene Stück Käse darauf.
»Zu Hause lügen alle.«
Es ist das Erste, was ihm als Antwort einfiel, er hört dem Satz hinterher, ja, wenn man sich das so sagen hört, dann stimmt das, dann ist das ein guter Grund. Zu Hause lügen alle.
»Aha«, ist alles, was Mirko dazu sagt.
Fabian nimmt den Käse vom Brot, legt ihn auf den Tellerrand. Dann überlegt er es sich anders, legt den Käse wieder aufs Brot.
»Lügen ist kein Grund für Wegrennen«, sagt Herr Mirko.
Fabian nimmt den Käse erneut vom Brot.
Er solle jetzt einfach essen, ruft Mirko aus. Er steht auf, entnervt, wie Fabian deutet, aber nein, doch nicht, bloß das Wasser, das kocht. Mirko gießt es in seine Tasse, schlägt den Löffel beim Umrühren an die Tasseninnenseite. Als er mit Rühren fertig ist, kleben letzte Kaffeekrümel an der Löffelspitze, Mirko steckt sich den Löffel in den Mund.

»Manchmal lügen ist mutiger«, sagt er.
Das klang dreifach komisch. Erstens: Akzent, zweitens: der Löffel im Mund, drittens: »Was für ein Blödsinn!«
Fabian schüttelt den Kopf, und also erhält Fabian Lektion Nummer eins von ebenfalls dreien. (Nummer zwei bezieht sich auf die weiße Umgebung, auf den Morgennebel, den Herr Mirko »Wolken« nennt. So weit oben ist man also.) Lektion Nummer eins also: Lügen ist gut.
Während Fabian am käselosen Brot kaut und Mirko zwischenzeitlich über das Gebräu schimpft, das er gleichzeitig dank reichlich Zucker gar nicht so ungern zu trinken scheint, führt er aus, dass man manchmal eben lügen müsse, das sei meistens nett, denn meistens würde die Wahrheit doch bloß jemanden verletzen, und wer immer die Wahrheit sage, habe vielleicht nichts zu verstecken, vielleicht sei er aber auch einfach gemein, es würden viele gemeine Dinge getan durch Dinge, die wahr seien, mindestens genauso viele wie durch Gelogenes. Wer lüge, der kümmere sich darum, was der andere denke.
Mirko steigert sich nun vollends in seinen Gedankengang hinein. Fällt ihm ein Wort nicht ein, sucht er das entsprechende in seiner Muttersprache, umschreibt es, was seine Rede zwar durchaus interessant, aber nicht wirklich verständlich macht.
Ja, sagt er, so sei das eben im Leben, da gebe es eben manchmal mehrere Wahrheiten, und gewisse Wahrheiten würden sich eben ausschließen, aber das würden viele nicht verstehen, und man könne diese Menschen entweder vor den Kopf stoßen und viele Scherben erzeugen oder man könne lügen. Man müsse einfach

gut lügen, sonst gebe es ebenfalls viele Scherben. Oder der andere müsse gut mitspielen.
Ganz kann Fabian Mirkos Gerede nicht folgen. Herr Mirko ist seltsam, erst liebt er die Langeweile und dann lobt er die Lügen. Oder ist das alles nur wieder ein Spaß und Mirko lügt ihm bloß etwas vor?
»Herr Mirko, du lügst mir doch etwas vor«, sagt Fabian.
Mirko, der in seinen philosophischen Gedankengängen unterbrochen wird, lacht. Es sei die Wahrheit. Wahrscheinlich. » Wahrheit, wie ich empfinde.«
Dann sagt Mirko etwas zum Wetter, sagt, dass sich die Wolke langsam auflöse (Lektion zwei), bald könne man aufbrechen.
Dann schaut Mirko auf Fabian, der noch immer auf seinem Brot herumkaut und den Käse verschmäht.
Und dann erläutert Mirko (lächelnd, weil selbst überrascht über sein rhetorisches Geschick): »Siehst du, wenn ich hätte gelogen wegen Käse, dir würde besser schmecken Brot.«
Nun hat Fabian den Faden endgültig verloren: Das hier klang wie eine Dreisatzaufgabe, wie sie der Dorflehrer so gerne an die Tafel malt. Für die größeren Schüler, nicht für ihn. Und weil ihn das alles verwirrt und weil er nun plötzlich an die Schule denken muss, muss er auch an Ralf denken und an Ada und an die Schulkameraden und dass ihm das mit dem Förstersohn nicht leid tut, aber dass Ralf ihm, Fabian, wenigstens hätte danken können. Und schon strömt es aus Fabian heraus, dass die Dorflehrersfrau Dinge gesagt habe und dass man zu Hause über solche Dinge nicht rede, und die Dorflehrerin sei schuld an vielem und jetzt wolle sie plötz-

lich auch noch schuld sein am Verprügeln des Pausenhofwidersachers, aber dafür sei er, Fabian, ganz allein verantwortlich und da sei er auch stolz drauf, denn man müsse doch zusammenhalten, aber das gelte offensichtlich auch nicht mehr, das werde auch nur noch so gesagt, ständig werde das gesagt – je weniger es in Wirklichkeit gelte, desto öfter.
Und jetzt schicke man ihn, Fabian, bestimmt ins Heim, denn sie würden ihn nicht mehr mögen, dabei möge er die doch eigentlich alle noch. Ralf, diesen Idioten, dem er doch schließlich geholfen habe, und Ada, die kleine Ada, die immer im Weg rumstehe und viel kleiner tue, als sie eigentlich ist. Ja, Ada, die vermisse ihren Bruder vielleicht als Einzige, die weine jetzt wahrscheinlich ganz allein, während alle anderen froh seien, dass er, der Störenfried, nun endlich fort sei, sagt Fabian, der nun schon längst selbst weint.
Und Fabian stammelt weiter Zusammenhangsloses, Mirko ist froh, dass er heult dabei, so muss er auf nichts von dem Gesagten eingehen, von dem er nichts verstanden hat, aber ein weinendes Kind, das versteht er, das muss getröstet werden. Er legt Fabian die Hand auf die Schulter, streicht ihm mit der anderen übers Haar: »Sve je u redu, sve je u redu.«
Das könnten auch Schimpfworte sein, aber wahrscheinlich ist es tröstend gemeint, Fabian mag den Klang, und statt sich zu beruhigen, muss er darüber noch viel mehr weinen: »Und es ist so gemein, dass es Jugoslawien nicht gibt! Und meine Füße tun weh! Und überhaupt: Jetzt darf ich nicht einmal mehr Käse essen!!«

*

»Da ist er also«, sagt der Förster, er geht auf den Felsbrocken zu, tätschelt ihn, als sei dieser eine ausgebüxte Kuh. Der Förster kneift die Augen zusammen, schaut sich den Erdrutsch an. Er murmelt irgendeinen Fluch, der wohl ausdrücken soll, dass hier Arbeit auf ihn wartet.
Moritz bedankt sich für die Fahrt, will allein weiter, der Förster geht nicht auf ihn ein, macht die paar Schritte zurück zum Jeep, nimmt seine Jacke vom Sitz, schlägt die Tür zu. Wie ein Bergführer klettert er um den Felsbrocken herum, schaut ab und an kurz zurück, ob Moritz auch folge, deutet mit dem Kinn auf Stellen, wo man sicher Tritt findet.
Das Geröll mischt sich hier mit Schnee, wahrscheinlich hat dieser den Erdrutsch ausgelöst, Moritz rutscht in den Turnschuhen herum, muss kurz auf alle viere, erst als er die unsichere Passage überquert hat, schaut er sich um. Und entdeckt sie endlich, die Spur. Weiter unten im grauen Schnee- und Steingemisch. Schuhabdrücke. Kindergröße.

*

Die dritte und letzte Lektion des Tages wird mit einer Führung verbunden. Der Senn zeigt dem unangemeldeten Besucher sein Reich, führt ihn zum anderen Teil der Hütte. Auch dieser Raum ist klein, hier steht ein goldener Kochtopf, der so groß ist, dass man darin ein Bad nehmen könnte. »Baden Sie hier?«, fragt Fabian. Mirko lacht, sagt, bevor er ihn, Fabian, zurückbringe, könne er ja wenigstens käsen helfen, dann sei das fast, als habe er den Käse selbst geschlachtet. Denn Käse würde mit Fleisch gemacht.

Fabian hat keine Ahnung mehr, ob das jetzt wieder ein Scherz war oder nicht. »Helfen« heißt nun vor allem zuschauen, die Milchkannen sind zu schwer für ihn, noch immer schniefend versucht er, dem Jugoslawen in seinen Ausführungen zu folgen.

Die Milch müsse man erhitzen. Langsam. Und nicht zu heiß. Hier das Thermometer, wenn es bei fünfzig sei, müsse Fabian das sofort sagen. Und dann kommt das hier rein: Bakterien. Die machen die Löcher in den Käse. »Sie essen die Löcher in den Käse?« »Nein, sie furzen sie.« Mirko lacht. Fabian mag es nicht, dass er ihn schon wieder veräppelt. Mirko: »Aber ist wahr! Und jetzt kommt, warum Käse ist mit Fleisch.« Dazu hält er eine weiße Packung in die Höhe. Das sei Lab, verkündet er, mischt etwas vom Pulver ebenfalls in die Milch und klärt Fabian endlich auf: Das Lab, das brauche es, damit aus der Milch etwas Festes werde, es trenne das Wasser vom Käse. Und es sei hergestellt aus Kälbern. Man nehme die Mägen und mache daraus ein Pulver. Dieses hier.

Mirko zeigt Fabian, wie die Milch langsam zu gerinnen beginnt. Sie sieht aus, als sei sie vor Wochen gekippt, eine eklige Angelegenheit, dieses Käsemachen, und eine langweilige dazu. Fabian setzt sich auf die Bank in der Ecke, schaut Mirko zu, wie er mit den Gerätschaften hantiert, er scheint seinen Zuschauer vergessen zu haben, konzentriert sich auf sein seltsames Gebräu. Fabian denkt an zu Hause, das Heimweh steigt nun noch nachdrücklicher in ihm auf. Mirko nimmt ein seltsames Gitter mit einem Stiel daran von der Wand, kündigt an, dass jetzt das eigentliche Käsen beginne, aber Fabian will gar nicht mehr lernen, wie man Käse macht,

er will wieder gehen. Er denkt an den langen Weg, der vor ihm liegt.
Mit dem Gitter rührt Mirko im Käse, »Jetzt du schauen!«, Fabian tut ihm den Gefallen, schaut in den Kessel, in dem sich unterdessen ein großer Pudding befindet, den der Jugoslawe in kleine, weiße Klümpchen schneidet. Im Raum breitet sich nun tatsächlich Käsegeruch aus. Fabian steigen schon wieder Tränen in die Augen. Er muss an die gemeinsamen Abendessen denken, daran, dass man immer unterbrochen wird, wenn man etwas Wichtiges erzählen will, dass es immer heißt, dass das, was das Radio erzählt, gerade wichtiger sei. Und manchmal darf dann Moritz trotzdem zum Radio reden, er redet und versucht zu erklären, warum das gerade wichtig und wovon die Rede ist, aber niemand hört zu. Denn interessanter ist es, mit Ralf oder Ada heimliche Blicke auszutauschen und mit Löffel, Messer und Brot etwas zu machen, um die anderen zum Lachen zu bringen. Zum Beispiel nimmt Ralf ein Stück Wurst, hält es der Fleischverächterin Ada vor die Nase, diese kreischt »Iihh!«, verschluckt sich dabei beinahe an ihrem Lieblingskäse, »Psst!«, kommt es von den Nachrichtenhörern, man versucht, das Kichern glucksend zu unterdrücken, Ralf spießt das Wurststück auf die Gabel, tut, als wolle er Ada neuerdings angreifen, das Lachen steigt wieder im Hals auf, der Bauch zuckt, mit zusammengepressten Lippen schaut man Ralf an und Ada, deren Gesichter nun ebenfalls zucken, zu dritt versucht man, die Luft anzuhalten, bis der Erste aufgeben muss und herausplatzt, und auch die anderen kann kein »Psst!« der Welt mehr aufhalten, drei Kinder lachen laut heraus, bis auch die Erwachsenen am Tisch grinsen

müssen, und obwohl sie doch gerade um Ruhe gebeten haben, scheinen sie sich gerne darüber zu ärgern, dass sie gerade den Zustand der Welt verpassen, und das Donnerwetter, das es geben sollte, findet nun ebenfalls lachend statt. Ralf nimmt wieder seine Wurstwaffe in die Hand, triezt nun auch Fabian damit und dann wieder Ada, Ada hält sich die Nase zu, wehrt sich mit einem auf die Gabel gespießten Stück Käse, »Hört auf!«, lachen Vera und Moritz. »Du hören gar nicht«, sagt unvermittelt Herr Mirko.
Er wolle Fabian zeigen, wie man die richtige Festigkeit der Masse erfühle. Fabian lässt seine Hand an die Glibbermasse führen, drückt darauf herum, denkt an Ada und daran, ob er ihr das mit den Kälbern im Käse erzählen soll.

*

Der Förster ist schon weiter, wartet auf dem Weg auf Moritz, wieder bloß mit dem Kinn zeigt er auf dessen Füße: »Rechte Stiefel wären mal was, hm?«
Sie gehen. Der Förster legt ein ziemliches Tempo vor, er scheint nicht außer Atem zu kommen dabei. Er ist deutlich jünger, als man vermuten würde, denkt Moritz und denkt, dass alle hier alt aussehen, viel älter als er selbst, obwohl man wahrscheinlich ungefähr denselben Jahrgang hat.
Der Förster sagt, er, Moritz, hätte ihn, den Förster, gestern benachrichtigen sollen. Der Förster macht eine Pause, er nimmt sich Zeit für seine Sätze, spricht sie ins Leere. Gestern sei Feuerwehr gewesen. Der Förster spricht auch ohne Stumpen im Mund so weit hinten im

Hals, dass es nicht jedes Wort wirklich bis über die Lippen schafft. Das ganze Dorf hätte dann bei der Suche geholfen.
Moritz nickt halb abwesend, es scheint die angemessene Reaktion zu sein.
Sie gehen.
Moritz sagt, er hoffe, dass es dem Jungen wieder besser gehe. Es tue ihm alles sehr leid.
Sie gehen.
Der Förster sagt: »Was auch immer die Jungs da geritten hat.«
Sie gehen.
Der Förster sagt, dass der Lehrer ihn heute angerufen habe. Und für den Felsbrocken da, da müsse man wohl einen Bagger bestellen.
Moritz ist noch immer ungewohnt still, hält heute die Pausen aus wie ein Einheimischer, Fragen stellt er nicht, auch der Impuls, in der Luft hängen gebliebene Satzfragmente zu vervollständigen, fehlt heute gänzlich. Er schwitzt, versucht, das Tempo zu halten, sieht selbst aus wie ein geprügelter Schulknabe.
Der Förster sagt, er hoffe, dass Moritz bald die ganze Gemeindeschreiberstelle übernehmen könne, es brauche die Neuen, sonst könne man den Laden bald dichtmachen. Einen neuen Lehrer finde man wohl auch nicht so schnell. Und man rede schon überall über Gemeinden, die man andernorts zusammenlegen würde. Der Förster nennt es »eine missliche Idee«.
»Misslich …«, wiederholt Moritz, erntet einen kurzen Seitenblick des Försters.
Die müssten sich an die Neuen gewöhnen, sagt der Förster scheinbar zusammenhangslos. Was er, Moritz,

glaube, wie die Leute geschaut hätten, als er damals mit einer Philippinerin angekommen sei.
Ein tonloses Lachen, mehr ein Husten.
Aber an die Italienerinnen habe man sich damals ja auch gerne gewöhnt.
Dazu seltsamerweise kein Lachen.
Sie gehen, nun kneift auch Moritz die Augen zusammen, der Nebel hat sich langsam aufgelöst, die Sonne blendet.
Ohne ein paar Fremde gehe es der Gegend bald misslich, sagt der Förster.
Da war es wieder, dieses seltsame Wort, Moritz muss lächeln.
Gerade jetzt, wo das Milchkontingent abgeschafft werde. »Das überleben nicht alle. – Fremdenverkehr. Den sollte man hier fördern«, sagt der Förster.
Und Moritz: »Ich weiß nicht, ob wir überhaupt bleiben.«

Ada hat ihre Gabe verloren.
Sie kennt sich aus mit Superhelden, kennt Peter Parker, Bruce Banner, Clark Kent und wie sie sind, wenn sie durch die Nacht schwingen, stampfen, fliegen, wenn sie Leben retten, weil sie gestochen wurden von Spinnen oder bestrahlt beim Selbstversuch. Oder weil sie so geboren wurden. Ralf stapelt die Comics unter seinem Bett, und weil Ada heimlich liest, weiß sie, dass eine Gabe auch eine Verantwortung ist. Jeder Held hat seine Aufgabe, und mag er noch so klein sein. Das weiß Ada und hat auch die grünen Steine gesehen, in deren Nähe von Superman bloß noch Clark Kent übrig bleibt. Ada braucht keine zweite Persönlichkeit, verliebte sich als Ada in alles und jeden, bis zum heutigen Tag, wo sie merken muss, dass sie kein Held mehr ist, an diesem Tag, der beginnt wie all die Tage in all den Sommern, in denen wir hier sind, hier auf dem Land.
Noch hat Ada den Verlust ihres Könnens nicht bemerkt, denn noch ist es nicht gefragt. Noch steht sie im hohen Gras, das auch dieses Jahr gestutzt wird.
Wir schwingen Sensen oder folgen dem Sensenschwinger mit Rechen und Heugabeln nach, aus der Begeisterung ist im Jahr Nummer vier längst Arbeit geworden, längst beneiden wir den Nachbarsbauer um seinen Rapid, vor den er einen Mäher spannen kann. Der Nachbar zieht an seinem Stumpen und grinsend seine Runden

auf dem Nachbarfeld, hat sich gewöhnt an unseren Anblick, wartet auf den Tag, an dem wir ihn fragen, ob er nicht auch bei uns über die paar Grasbüschel fahren könne. Macht er Halt, um den Mäher abzumontieren, sind wir noch immer mit der Sense unterwegs. Und während wir noch gabeln, kann er längst zetteln, denn in der zweiten Runde stößt der Rapid keinen Mäher mehr, sondern schleppt schon kreisende Zinken, eine Armee von zwei mal sieben Drillingen, die in Grasleichen stechen, sie aufwirbeln, sie von ihrem naheliegenden Totenbett wegreißen und auf der Wiese verteilen. Während wir Unebenheiten mit taktisch klugen Sensenstreichen in unseren Rhythmus einbauen müssen, hat er vor Jahren schon planiert, die Drillinge bleiben in keinen Erdhügeln stecken, verrichten ihre Aufgabe ungestört und schnell und leicht. Neidisch schauen wir durch Heckenlücken, arbeiten im Takt eines Liedes im Kopf, die Wiese scheint riesig, die Schallplatte hat einen Sprung, immer dieselbe Phrase spielt und spielt und spielt, ein ewiger Refrain, erst wenn die Wiese geschafft ist, werden wir den Ohrwurm los, oder wenn wir unterbrochen werden, weil Besuch kommt.
Besuch kommt.
Ada sieht ihn von weitem, sagt: »Da kommt Besuch.«
Sie sagt es freudig, denn Besuch bedeutet Pause, dass er auch eine Erkenntnis bringt, ahnt sie noch nicht, wir legen unsere Sense weg, stechen die Gabel schwungvoll in die Erde, gehen auf den Ex-Dorflehrer zu, der einen Kinderwagen über Stoppelgras zu stoßen versucht.
Der Ex-Dorflehrer hat rote Augen, zieht die Nase hoch, scheint nicht freiwillig hier zu sein im Pollenmeer. Vera und Moritz grüßen freundlich und fragend, Andreas ant-

wortet verschnupft, sagt, er sei bloß hier, weil das so etwas wie ein Notfall sei und unsere Hilfe scheine irgendwie angebracht. Er hebt das Kind aus dem Kinderwagen, es scheint der »so etwas wie ein Notfall« zu sein. Die Nase des Ex-Dorflehrers läuft, aus kleinen Augen betrachtet er Moritz, sagt: »Kannst du sie mal halten?« Moritz scheint überrumpelt, macht eine abwehrende Geste, sagt, er sei noch viel zu verschwitzt.
»Lasst uns doch reingehen, da ist es angenehm kühl«, schlägt Vera vor, Ada folgt dem Tross in Richtung Haus, beobachtet Moritz, der umständlich den Kinderwagen die paar Treppenstufen hochhievt und übertrieben konzentriert im Flur nach einem geeigneten Abstellplatz sucht.

Als Ada dieses Kind das erste Mal sah, war es bloß eine Beule unter Christines Pullover, und Christine schien noch nicht so recht zu wissen, ob sie sich über diese Ausbuchtung freuen sollte oder nicht. Auch dieses Kind werde bloß ein weiterer Versuch, werde den Körper ja sowieso wieder frühzeitig verlassen, sagte Christine. Und also schien sie beschlossen zu haben, sich diesmal nicht mit Vorfreude aufzuhalten, die ja doch nur wieder vergeblich sein würde.
Und Ada hörte, wie Christines Stimme brüchiger wurde, als sie versuchte, lustig zu sein, als sie sagte, sie könne es schon verstehen, warum es kein Kind in ihrem Körper aushalten wolle, in dem sie es selbst seit nun schon einunddreißig Jahren aushalten müsse. Einunddreißig Jahre Unwohlsein in der eigenen Haut, in der kein anderer stecken wolle, weil sie viel zu dünn sei, zu schlecht schütze, eine Haut, die den kleinen, viel zu verletzlichen Menschen darin viel zu schlecht verberge, ein

Mensch, der doch nur endlich ankommen wolle im Leben und deswegen einem noch kleineren Menschen das Leben schenken wolle, ob dieser sich das nun gewünscht habe oder nicht … Ada wusste nicht, von welchen Menschen Christine redete, auch die anderen schienen den Witz nicht zu begreifen, denn außer Christine, die ein tapferes Gesicht zu machen versuchte, lachte niemand.
Nein, es habe keinen Zweck, diesen Bauchinhalt zu lieben, sagte Christine.
Als das Kind dann doch in ihr bleiben zu wollen schien, schien es Andreas zu sein, der kalte Füße bekam: Er verließ Mutter und Bauch, kehrte dann allerdings wenige Wochen später zurück. Man beschloss einmal mehr, es nochmals zu versuchen, entschied, die Sache doch gemeinsam durchzuziehen.
Und der Bauch wuchs und wuchs, und kurz bevor er platzte, entschied das Kind, dass es den temporären Aufenthaltsort nun doch verlassen wollte.
Im Krankenhaus durfte man das Mädchen anschauen gehen, sah vor allem Christine, die bleich und matt im Krankenhausbett lag.
Auch diesmal kamen die glänzenden Augen nicht von der Freude, zum Lieben schien die Mutter noch zu erschöpft. Zu erschöpft vom Bangen, vom Fürchten, und zu erschöpft von der Geburt, die schwer war. Achteinhalb Monate hatte der Bauch geschafft, das Kind festzuhalten, achteinhalb Monate lang hatte die Festhalterin gezweifelt, hatte ihren Kinderwunsch verwünscht. Und jetzt war es hier, der Rausch der Hormone ließ langsam nach, und was blieb, war dieser Nachgeschmack im Mund wie nach einer monatelang

durchzechten Nacht, diese Kopfschmerzen von zu vielen körpereigenen Drogen.
Ada betrachtete Christine, und sie konnte sich nicht wehren, sie verliebte sich, wie sie sich immer verliebte. Sie streichelte die Patientin heimlich am Arm, als sie niemand beobachtete, Christine schenkte ihr ein mattes Lächeln. Dann kam Andreas und Ada wurde aus dem Zimmer gezogen, es reichte bloß noch für einen letzten Blick ins Kinderbettchen und für die Gewissheit, dass es eigentlich dieses Neugeborene war, das Adas Liebe verdient hätte.

Man betritt die Küche. Ada druckst noch mehr herum als Moritz, schleicht den anderen in sicherer Distanz hinterher. Da ist es nun wieder, das Kind, größer ist es geworden, Adas Aufgabe ist dieselbe geblieben.
Endlich könne man einmal froh sein, dass es hier drin so kalt ist, witzelt Vera. Andreas fragt nach dem neuen Ofen. Doch, doch, er sei die Investition wert gewesen, den ersten Winter habe er sich gut geschlagen, auch wenn er leider hässlicher sei als der alte und wir jetzt hoch verschuldet. Während Moritz Hände und Gesicht wäscht, macht Andreas einen Schritt ins Wohnzimmer, tätschelt den Ofen, nennt ihn »gar nicht so schlimm«. Moritz kommt dazu: »Sollen wir mal einfeuern?« Man lacht höflich, lacht freundlich, wirkt distanziert, dann drückt Andreas Moritz die Tochter in den Arm, unsicher wirkt unser Ältester, als habe er vergessen, wie man kleine Kinder halten soll. Andreas beobachtet ihn, während er Veras beiläufige Fragen beantwortet: »Wie alt ist sie denn nun eigentlich genau, schläft sie durch, geht es euch gut?«

Christine liege gerade flach und brauche etwas Ruhe, er, Andreas, habe ein Vorstellungsgespräch, und da könne er die Kleine eben schlecht mitnehmen.
Ada wartet darauf, dass der unermessliche Drang in ihr hochsteigt, dieses Kind ebenfalls zu halten, doch er bleibt aus, statt Kribbeln im Magen ist da bloß Leere, und daher ist sie froh, als Vera fragt, ob Andreas vorher noch einen Happen mitessen wolle.
Man setzt sich an den Küchentisch, Andreas nimmt das Baby wieder entgegen, es gibt Wurst (für Vera, Moritz, Ralf, Fabian, Andreas) und Käse (für Ada), die Kleinste am Tisch darf an einer Brotrinde herumsaugen. Hunger scheint sie zu haben, auch Andreas bemerkt es, sagt, er habe noch Brei im Kinderwagen, drückt den Säugling diesmal Vera in die Arme, auch sie wirkt unbeholfen, scheint froh, als Andreas mit dem Glas zurück ist.
Die Kleine will den Löffel selbst halten, schmiert sich fröhlich Brei ins Gesicht, alle Blicke sind auf sie gerichtet, auch wenn Moritz unruhig wirkt (wohl wegen der Wiese, die noch nicht einmal fertig gemäht ist) und Andreas nervös scheint (wohl wegen des Vorstellungsgesprächs) und selbst Ada sich das Geschmiere nicht anschauen will. Die Rolle der Jüngsten, der Kleinsten, der Süßesten ist eigentlich bereits vergeben, und mit der Rolle kam Ada offenbar auch ihre Gabe abhanden.
Die Kleinste am Tisch versucht, mit breiverschmierten Fingern in Andreas' Gesicht herumzustochern, er wehrt sie ab, sagt, das gehe jetzt nicht, er müsse gleich los und da müsse er ordentlich aussehen. Das stoppt die Finger nicht, Andreas muss kleine Handgelenke festhalten, Vera, die neuerdings fürs Reden zuständig scheint, fragt: »Wo bewirbst du dich denn?«

Der Ex-Dorflehrer zieht eine Grimasse, sagt: »Im Nachbardorf …« Ein wenig albern sei das ja schon, aber nach einem Jahr Stellvertretungen habe er wieder Lust auf eine richtige Arbeit, und das sei dann nur noch eine Klasse auf einmal und irgendwoher müsse das Geld ja kommen. Bis sich etwas Besseres finde.
»Bist du dann wieder unser Lehrer?«, fragt Fabian.
»Mal schauen«, antwortet Andreas.
Fabian macht einen Laut, der Unmut bekunden soll, denn seit wir im Nachbardorf in den Unterricht müssen, geht auch er deutlich lieber hin. Pausenplatzhierarchien wurden neu gemischt.
Andreas geht nicht auf den Kritiker ein, die Situation hier in der Küche scheint ihm wenig zu behagen, unkonzentriert fragt er Ralf, ob er sich aufs Gymnasium freue. Ralf erinnert daran, dass er da vor allem früh aufstehen müsse, um täglich in den Hauptort zu kommen.
Andreas schaut auf die Uhr, gleichzeitig drängt Moritz in der Sprache der Hiesigen zum Aufbruch: Ein Klopfen auf den Tisch sagt, dass nun wieder die Arbeit rufe.
Bevor wir zurück auf die Wiese dürfen, bekommen wir Instruktionen, als wüssten wir nicht mit kleinen Kindern umzugehen. Das Baby schläft über dem ganzen Gerede ein, die Kleinste von uns bekommt den Auftrag, doch ein wenig beim Kinderwagen zu bleiben, Größere können sich dann kümmern, wenn Kümmern wieder nötig wird. Das Kind schläft, die Wiese ist noch weitestgehend ungemäht.
Der Dorflehrer streichelt über die Kleinkinderwange, geht zurück zu seinem Auto und fährt ins Nachbardorf, um wieder Dorflehrer zu werden.
Wir nehmen die Sense wieder auf, zerren die Heu-

gabeln aus dem Boden, gewisse von uns murren und wären lieber Babysitter, es scheint die leichtere Aufgabe, nur die Babysitterin selbst würde insgeheim lieber zurück an die eigentliche Arbeit, würde lieber zusammen mit uns anderen dem Nachbarsbauer zeigen, dass es auch ohne Rapid geht. Doch der Nachbarsbauer könnte uns sowieso nicht bewundern, er hat sein Tagwerk auf der Wiese beendet, und bevor er zu seinem Abendwerk bei den Kühen muss, macht er wohl kurz Pause im Hirschen, lacht mit der Kellnerin über uns und unsere Anstrengung, bis er endlich zum Abschied auf den Tisch klopft.

Ada steht neben dem Kinderwagen, der im Schatten steht. Dass sie lieber mit den Wiesenarbeitern tauschen möchte, kann sie nicht sagen, denn gerade sind alle Augen auf sie und ihr Talent gerichtet. Das kleine, schlafende Neugeborene hat alle Liebe der Welt verdient und noch etwas mehr als all die anderen Neugeborenen, weil sich Christine offenbar noch etwas schwer tut mit dem Lieben. Helden spüren, wenn sie gebraucht werden, Peter zieht sich schnell um, schwingt sich als Spinne von Hochhaus zu Hochhaus und schon ist er zur Stelle, Clark kennt die Telefonzellen der Stadt, in denen er sich die Kleider vom Leib reißen kann. Ada konzentriert sich auf das schlafende Gesicht. Auf die wie aufgeblasen runden Wangen. Auf das Grübchen, da, wo das Kinn anfängt. Auf das Kinn, das die Schlafende nach hinten schiebt, damit die Unterlippe unter die obere passt. Ada betrachtet die Nase, die klein und knubbelig und rund in die Welt ragt, bloß ein paar Millimeter, aber Millimeter sind bei einem so kleinen

Ding entscheidend. Ada fokussiert das überraschend große Ohr und dann die winzige, schrumplige Hand, die in der Nähe des Mundes liegt, für den Fall, dass jemand der Kleinen gleich beibringen möchte, wie man am Daumen lutscht. Ada konzentriert sich auf ihren eigenen Herzschlag, der ruhig und unberührt noch nicht das kleinste Stück in Richtung Hals gewandert ist. Sie schaut noch einmal angestrengter, betrachtet die großen, runden Augen, die geschlossen und also nur Lider sind. Sie betrachtet die nach vorne gestreckte Oberlippe, die beinahe den weißen Ärmel des Strampelanzugs berührt. Selig schläft das kleine Ding, während Ada unberührt danebensteht und nun doch langsam den Herzschlag im Hals spürt. Es ist die Angst und nicht die Liebe, die da pocht, Ada kennt den Unterschied, fürchtet ein Missverständnis ihres Körpers. Sie wartet auf das warme Gefühl im Bauch, das sich sonst mit Gewissheit einstellt, auf dieses Kribbeln im Nacken. Sie wartet, dass sie nicht mehr anders kann und dieses niedlichste Wesen der Welt einfach auf die Stirn küssen muss. Wartet, dass sie ihm Lieder vorsingen muss, dass sie uns herbeirufen und uns verkünden muss, dass sie beschlossen habe, diesen kleinen Menschen zu behalten, und ob sie ihn in den Arm nehmen dürfe.

Wir würden sagen: »Später.« Wir würden lachen über unsere Kleinste. Wir würden uns freuen über ihre strahlenden Augen, die wir so gut kennen. Wir haben sie gesehen, damals, als die Schafe kamen, wir wissen, wie sie aussahen, als Ada die Kaninchen streichelte, wir kennen den Blick, mit dem sie dem Försterjungen hinterherschaute.

Ada weiß es selbst, wartet auf den Moment, wo die Pupillen sich weiten und sich dieses Gefühl von Glück gepaart mit Melancholie im ganzen Rückenmark ausbreitet. Es muss am Tag liegen, an der anstrengenden Heuarbeit, zu der sie am liebsten zurückkehren möchte. Am liebsten möchte sie heulen, den Kinderwagen wegstoßen, den Inhalt, der sie so verunsichert, auskippen. Sie möchte dieses Wesen doch lieben, unternimmt einen weiteren Versuch, streckt die Hand in den Wagen, streichelt über das seidigste Haar, über das sie je gestreichelt hat, fährt mit dem Zeigefingerrücken über die weichste Wange, über die sie je gefahren ist. Das hübscheste Wesen nimmt den Liebkosungstest zum Anlass, um den kleinen, zahnlosen Mund zu einem kleinen, kreisrunden O zu formen. Das Gähnen ist nur mäßig überzeugend, dann zieht sich das Kinn wieder zurück, die Oberlippe legt sich wieder auf die untere. Noch hat Ada nichts geweckt, weder das Baby noch das Sich-Verlieben.
Wäre sie Fabian, würde sie jetzt aufspringen, würde an unserer Heugabel zerren, würde rufen, dass ihr langweilig sei. Sie könnte Ablösung fordern und mit neu aufgeflammtem Enthusiasmus Grashaufen zerpflücken und verteilen. Wäre sie Ralf, würde sie uns erinnern, dass wir ein Team sind, dass jetzt einmal ein anderer von uns den Wachdienst im Schatten der Scheune übernehmen müsse. Als Moritz würde sie Reden schwingen über Rollenverteilung und Gleichberechtigung. Als Vera würde sie sich schweigend zu den Mähern und Zettlern gesellen, bis diese von allein auf die Idee kämen, zu fragen, was denn los sei. Aber Ada ist nicht Fabian, sie ist auch nicht Ralf, sie ist nicht Vera, ist nicht Moritz. Ada ist die Ver-

lieberin, Ada darf keine Schwäche zeigen, sie hat eine Aufgabe, hat eine Verpflichtung. Und das hier ist kein Spiel, das hier ist der Ernstfall.
Ada steht noch immer neben dem Kinderwagen, das Kindchenschema hat noch immer keine Wirkung gezeigt. Ada braucht eine Pause, muss darüber nachdenken, muss zu Kräften kommen. Hier ist kein Kryptonit, das ihre Stärke raubt, es kann nur die Hitze sein, die Sonne, wahrscheinlich ist sie krank, Grippen gibt es auch im Sommer, und auch Superhelden haben schlechte Tage. Sie muss von hier weg, sie muss ins Haus, ins Kühle. Muss unter Ralfs Bett nach den Heften suchen und darin nach einer Antwort.
Aber sie kann hier nicht weg, sie darf sich nichts anmerken lassen.
Solange das Baby schläft, muss Ada danebenstehen und es bewundern. »Aufpassen« haben wir das genannt.

Ada macht ihre Aufgabe gut, sie steht da, bis das Baby plötzlich erwacht und schreit und weint. Ada ruft uns, wir legen die Sense erneut weg, stoßen die Heugabel in die Erde und kommen zu Hilfe, nehmen das Kind aus dem Kinderwagen und in den Arm. Es schluchzt und strampelt, scheint noch verwirrt zu sein, dass es hier im Scheunenschatten und nicht zu Hause bei seiner Mutter ist. Oder darüber, dass ihm gerade jemand einen Ohrdreher verpasst hat.

DANIEL MEZGER (*1978)

Bild: Alexander Gheorghiu

Aufgewachsen in den Glarner Bergen. Er absolvierte eine Schauspielausbildung an der Berner Hochschule für Musik und Theater. Ab 2001 mehrere Jahre am Jungen Theater Göttingen engagiert. Seit 2004 arbeitet er als freier Autor, Musiker und Schauspieler in Zürich. Von 2006 bis 2009 studierte er am Schweizerischen Literaturinstitut in Biel.

Daniel Mezger ist Sänger bei »A Bang And A Whimper«. Bekannt ist er derzeit vor allem als Dramatiker, seine Stücke wurden zu diversen Stückemärkten und Festivals eingeladen und in Deutschland und der Schweiz aufgeführt. 2007 erhielt er von »Theater heute« eine Nominierung zum Nachwuchsdramatiker des Jahres, »Findlinge« gewann 2010 den Preis für das Schreiben von Theaterstücken der Schweizerischen Autorengesellschaft. Sein neustes Stück »Balkanmusik« hatte am Staatstheater Mainz Premiere, wurde zu den Berliner Autorentheatertagen eingeladen und in Bern und Zürich nachgespielt. Mit einem Auszug aus »Land spielen« wurde er 2010 nach Klagenfurt zum Wettlesen um den Ingeborg-Bachmann-Preis eingeladen.

www.danielmezger.ch